Maravillosa liberación

Maravillosa liberación
Jamie McGuire

Maravillosa liberación

Título original: *Beautiful Redemption*

Primera edición en España: febrero, 2017
Primera edición en México: abril, 2017

D. R. © 2015, Jamie McGuire

D. R. © 2017, Penguin Random House Grupo Editorial, S. A. U.
Travessera de Gràcia, 47-49, 08021, Barcelona

D. R. © 2017, derechos de edición mundiales en lengua castellana:
Penguin Random House Grupo Editorial, S. A. de C. V.
Blvd. Miguel de Cervantes Saavedra núm. 301, 1er piso,
colonia Granada, delegación Miguel Hidalgo, C. P. 11520,
Ciudad de México

www.megustaleer.com.mx

D. R. © Sarah Hansen, Okay Creations, por el diseño de portada
D. R. © Amy Murtola, por la fotografía de la autora
D. R. © 2016, Jorge Salvetti, por la traducción

ISBN: 978-607-315-012-5

Impreso en México – *Printed in Mexico*

El papel utilizado para la impresión de este libro ha sido fabricado a partir de madera procedente
de bosques y plantaciones gestionadas con los más altos estándares ambientales, garantizando
una explotación de los recursos sostenible con el medio ambiente y beneficiosa para las personas.

Penguin
Random House
Grupo Editorial

Para Autumn Hull,
por tu invaluable amistad.

Y para Kelli Spear,
agradecida de tenerte en mi rincón.

Capítulo 1

El control era lo único real. Había aprendido desde muy pequeña que la planificación, el cálculo y la observación podían evitarnos la mayor parte de las cosas desagradables de la vida: riesgos innecesarios, desilusiones y, lo más importante de todo, que nos rompieran el corazón.

Sin embargo, planificar no era siempre fácil, y eso se había vuelto evidente en las tenues luces del Cutter's Pub.

Las decenas de signos de neón que colgaban de las paredes y el riel de débiles spots que a lo largo del cielo raso iluminaban las botellas de alcohol detrás de la barra no eran sino un ligero consuelo. Todo lo demás volvía aún más evidente lo lejos que estaba de casa.

El pub céntrico, con la madera de granero reciclada que cubría las paredes y el pino blanco manchado de negro, había sido diseñado especialmente para que pareciera un bar de morondanga, pero todo estaba demasiado limpio. La pintura no estaba saturada de un humo centenario ni las paredes susurraban historias de Capone o Dillinger.

Hacía dos horas que estaba sentada en el mismo banco desde que había terminado de desempacar las cajas en mi nuevo departamento. Había estado acomodando, tanto como había soportado mi paciencia, las cosas que conformaban quien yo era. Explorar el vecindario era mucho más atractivo, sobre todo en ese tibio aire nocturno, a pesar de tratarse del último día de febrero. Estaba experimentando mi nueva independencia y, como agregado, de la libertad de que nadie reclamara un informe acerca de dónde me encontraba.

El almohadón del asiento que mantenía cálido con mis nalgas estaba forrado de cuero artificial naranja, y tras haberme bebido un porcentaje considerable de mi incentivo por traslado que el FBI había depositado tan generosamente en mi cuenta esa misma tarde, me las estaba ingeniando para seguir sentada sobre él lo más erguida posible.

El último de los cinco Manhattan de la noche se había esfumado del vaso como por arte de magia, bajando por mi garganta como un fuego chisporroteante. El borboun y el vermut sabían a soledad. Al menos eso me hacía sentir en casa. *Mi* casa, sin embargo, o lo que hasta el día anterior había sido mi casa, quedaba a miles de kilómetros de distancia, y cuanto más tiempo seguía ahí sentada en uno de los doce bancos que bordeaban la barra curva del bar, más lejos me parecía.

Pero no estaba perdida. Era una fugitiva. En mi nuevo departamento del quinto piso, había pilas de cajas, cajas que había empacado con entusiasmo mientras mi ex novio, Jackson, había permanecido ahí parado con cara larga en un rincón del diminuto departamento de Chicago que compartíamos.

No quedarse mucho tiempo en el mismo destino era clave para subir los escalones jerárquicos del FBI y yo me había vuelto muy buena para ese juego en muy poco tiempo. Jackson se había mostrado impávido la primera vez que le dije que iban a trasladarme a San Diego. Incluso en el aeropuerto, justo antes de que abordara el avión, me había jurado que lo nuestro todavía podía funcionar. A Jackson le costaba horrores soltar. Había amenazado con amarme para siempre.

Mecí alegremente mi copa vacía delante de mí con una sonrisa expectante. El barman me ayudó a apoyarla ruidosamente sobre la barra, y luego me sirvió otro trago. La cáscara de naranja y la cereza bailaban lentamente entre el fondo y la superficie, como yo.

—Ésta es tu última, cariño —dijo, mientras limpiaba la barra a los costados de mi copa.

—No te gastes tanto. No doy buena propina.

—Como todos los federales —aseveró sin juzgar.

—¿Es tan obvio? —pregunté.

—Muchos de ustedes viven por aquí. Todos hablan igual y se emborrachan la primera noche que están lejos de casa. No te preocupes. No tienes las letras FBI pintadas en la cara.

—Gracias al cielo —dije, alzando el vaso. No lo decía en serio. Amaba el FBI y todo lo que tuviera que ver con él. Incluso había amado a Jackson, que también era un agente federal.

—¿De dónde te transfirieron? —preguntó. Su pulóver de cuello en V demasiado ajustado, sus cuidadas cutículas y su cabello perfectamente peinado con gel desenmascaraban su seductora sonrisa.

—Chicago —dije.

Primero estiró hacia atrás los labios y después los frunció hasta parecer casi un pescado, mientras abría bien grande los ojos.

—Deberías estar festejando.

—Supongo que no debería estar triste, a menos que se me acaben los lugares a los que huir. —Bebí un trago y me lamí los labios, degustando el ahumado ardor del bourbon.

—Oh. ¿Escapando de tu ex?

—En mi línea de trabajo, en realidad jamás escapas.

—Oh, diablos. ¿También es agente federal? Donde se come no se caga, cariño.

Contorneé el borde del vaso con el dedo.

—En realidad no te preparan para eso.

—Lo sé. Ocurre muy seguido. Lo veo todo el tiempo —dijo, sacudiendo la cabeza, mientras lavaba algo en una pileta llena de espuma detrás de la barra—. ¿Vives cerca?

Lo miré, desconfiando de cualquiera que pudiera olfatear a un agente y hacerle demasiadas preguntas.

—Que si vas a venir seguido por aquí —aclaró.

Viendo adónde iba con su interrogatorio, asentí con la cabeza.

—Es probable.

—No te preocupes por la propina. Las mudanzas son caras, y también lo es emborracharse para olvidar lo que dejaste atrás. Tendrás tiempo de compensarlo más adelante.

Sus palabras hicieron que mis labios se curvaran hacia arriba como hacía meses no lo hacían, aunque tal vez nadie hubiese podido notarlo, salvo yo.

—¿Cómo te llamas? —pregunté.

—Anthony.

—¿Alguien te llama Tony?

—No si quieren beber aquí.

—Tomo nota.

Anthony atendió a la única otra clienta que había en el bar en esa noche de lunes (o tal vez sería más correcto decir "esa madrugada de martes"). La mujer regordeta de mediana edad con ojos rojos hinchados llevaba un vestido negro. En ese momento, se abrió la puerta y un hombre de mi edad entró y se sentó a dos bancos de donde yo estaba. Se aflojó la corbata y se desabotonó el cuello de la camisa blanca perfectamente planchada. Lanzó un vistazo en mi dirección, y en ese medio segundo, sus ojos verdosos y castaño claro registraron todo lo que quería saber de mí. Después, apartó la mirada.

Mi celular vibró en el bolsillo de mi blazer, y lo saqué para mirar la pantalla. Era otro mensaje de texto de Jackson. Junto a su nombre, había un pequeño seis encerrado entre paréntesis, indicando el número de mensajes que había enviado. Ese número atrapado entre paréntesis me recordó la última vez que Jackson me había tocado, durante un abrazo del que había logrado soltarme después de mucho insistirle.

Estaba a casi dos mil kilómetros de distancia de Jackson y todavía tenía la capacidad de hacerme sentir culpable, aunque no lo suficiente.

Apreté el botón lateral del celular y oscurecí la pantalla, sin responder el mensaje. Después, alcé un dedo en dirección al barman, mientras terminaba de un solo trago lo que quedaba del sexto vaso.

Había encontrado el Cutter's Pub justo a la vuelta de mi nuevo departamento en el centro de la ciudad, una zona de San Diego ubicada entre el Aeropuerto Internacional y el Zoológico. Mis colegas de Chicago estaban usando las típicas parkas del FBI encima de sus chalecos antibalas mientras yo disfrutaba del clima más templado de lo habitual de San Diego vestida con top tubo, un blazer y unos jeans superajustados. Me sentía demasiado abrigada y un poco transpirada. Claro que también podía ser por la cantidad de alcohol que había en mi organismo.

—Eres demasiado pequeña para estar en un lugar como éste —dijo el hombre sentado a dos bancos de distancia.

—¿Un lugar como qué? —preguntó Anthony, alzando una ceja, mientras amagaba con empuñar un vaso.

El hombre lo ignoró.

—No soy pequeña —dije antes de beber un trago—. Soy menudita.

—¿No es lo mismo?

—También tengo una Taser en mi cartera y un terrible gancho de izquierda, así que no abarques más de lo que puedas apretar.

—Tu kung-fu es muy fuerte.

No le di la gratificación de prestarle atención. Por el contrario, mantuve la vista fija hacia adelante.

—¿Fue un comentario racista ése?

—En absoluto. Sólo me pareces un poco violenta.

—No soy *violenta* —dije, aunque era preferible eso que parecer un blanco fácil e insulso.

—Oh, ¿en serio? —No era una pregunta. Estaba tratando de llevarme la contra—. Hace poco leí sobre una distinción con la que premiaron a unas líderes asiáticas pacifistas. Imagino que tú no eras una de ellas.

—También tengo sangre irlandesa —dije entre dientes.

Rio para sus adentros. Había algo en su voz. No era simplemente ego, era algo que iba más allá de la seguridad o la confianza que podía tener en sí mismo, algo que me hizo querer girar la cabeza y mirarlo, pero mantuve los ojos fijos en la hilera de botellas que había del otro lado de la barra.

Una vez que el hombre se dio cuenta de que no iba a conseguir una mejor respuesta, se pasó al banco contiguo al mío. Suspiré.

—¿Qué bebes?

Llevé los ojos hacia el techo como molesta y después dirigí la vista hacia él. Era tan hermoso como el sol de California, y no podría haber sido más distinto de Jackson. Incluso sentado, podía darme cuenta de que era alto —por lo menos un metro noventa—. Su piel bronceada por la playa resaltaba aún más sus ojos color pera. A cualquier hombre común le habría resultado intimidante, pero yo no tenía la sensación de que fuera peligroso —al menos no para mí—, aunque era el doble de mi tamaño.

—Lo que pedí —dije, sin tratar de disimular mi más seductora sonrisa.

Bajar la guardia ante un hermoso extraño por una hora estaba más que justificado, sobre todo después del sexto trago. Era un plan respetable.

Me devolvió la sonrisa.

—Anthony —dijo, alzando un dedo.

—¿Lo de siempre? —preguntó Anthony del otro lado de la barra.

El hombre asintió. Era un cliente de la casa. Debía vivir o trabajar cerca.

Fruncí el entrecejo cuando Anthony tomó mi vaso en vez de volver a llenarlo.

Él se encogió de hombros, sin el más mínimo gesto de disculpa en su rostro.

—Te dije que era tu último trago.

En unos minutos, el extraño se bajó la suficiente cantidad de cerveza barata como para estar a mi mismo nivel de intoxicación. Yo estaba contenta. No iba a tener que simular estar sobria, y el hecho de haber elegido cerveza me permitía conjeturar que no era pretencioso ni estaba tratando de impresionarme. O tal vez simplemente no tenía un peso.

—¿Dijiste que no puedo invitarte un trago porque Anthony te puso un límite o porque realmente no quieres? —preguntó.

—Porque yo misma me puedo pagar mis tragos —dije, aunque con cierta dificultad para pronunciar las palabras.

—¿Vives por aquí? —preguntó.

Lo miré entrecerrando los ojos.

—Tus habilidades de conversación atrofiadas me están decepcionando segundo a segundo.

Se rio en voz alta, lanzando la cabeza hacia atrás.

—Demonios, mujer. ¿De dónde eres? No de aquí.

—Chicago. Acabo de llegar. Todavía tengo las cajas sin desempacar en la sala.

—Entiendo —dijo, asintiendo con la cabeza, mientras alzaba la botella de cerveza en señal de respeto—. El año pasado me mudé dos veces de una punta a la otra del país.

—¿A dónde?

—De aquí a D.C. y después de nuevo de D.C. a aquí.

—¿Eres político o lobista? —pregunté con una sonrisa irónica.

—Ninguna de las dos cosas —dijo con una expresión de disgusto en su rostro. Tomó un sorbo de cerveza—. ¿Cómo te llamas? —preguntó.

—No estoy interesada.

—Qué nombre más espantoso.

Puse cara. Él continuó:

—Eso explica tu mudanza. Estás escapando de un tipo.

Lo miré fijo con furia. Era hermoso pero también engreído, aunque tuviese razón.

—Y no estoy buscando otro. Ni un encuentro casual de una noche ni coger para vengarme, nada. Así que no pierdas tu tiempo y tu dinero. Estoy segura de que puedes encontrar una bonita chica de la Costa Oeste que estará más que feliz de aceptarte un trago.

—¿Qué gracia tiene eso? —dijo, inclinándose hacia mí.

Santo Dios, aunque estuviera sobria, el tipo era embriagante.

Observé el modo en que sus labios tocaban el borde de la botella de cerveza y sentí una punzada entre los muslos. Yo estaba mintiendo y él lo sabía.

—¿Te he ofendido? —preguntó con la sonrisa más encantadora que jamás había visto.

—¿Estás tratando de hacerlo? —pregunté.

—Puede ser. La manera en que pones la boca cuando estás enojada… es sencillamente alucinante. Podría ser un pesado contigo toda la noche sólo para poder mirarte los labios.

Tragué.

Mi jueguito se había terminado. El tipo había ganado y él lo sabía.

—¿Quieres que salgamos de aquí? —preguntó.

Le hice una seña a Anthony, pero el extraño dijo que no con la cabeza y puso un billete de cien dólares sobre el mostrador. Tragos gratis: al menos esa parte de mi plan había funcionado. El tipo caminó hasta la puerta y me hizo un gesto de que guiara el camino.

—La propina de toda una semana quiere decir que no va a llegar a nada —dijo Anthony en voz alta para que el hermoso extraño lo oyera.

—Al demonio —dije atravesando la puerta.

Pasé al lado de mi nuevo amigo y salí a la vereda, la puerta se cerró lentamente. Me tomó de la mano, de manera juguetona pero firme.

—Parece que Anthony piensa que te vas a echar atrás.

Era mucho más alto que yo. Parada al lado de él, me sentía como en la primera fila de un cine. Tenía que levantar el mentón e inclinar la cabeza ligeramente hacia atrás para poder mirarlo a los ojos.

Me incliné hacia delante, desafiándolo a que me besara.

Vaciló, mientras observaba detenidamente mi cara, y luego sus ojos se ablandaron.

—Algo me dice que esta vez no me echaré atrás.

Inclinó su cuerpo y lo que empezó como un suave beso experimental se convirtió de pronto en un beso a la vez lujurioso y romántico. Sus labios se movían con los míos como si los recordasen, o incluso echasen de menos su sabor. Una extraña corriente eléctrica, como nunca antes había sentido en mi vida, me atravesó por todo el cuerpo, haciendo que mis nervios se desvanecieran por completo. Habíamos hecho esto muchas veces antes (en una fantasía o tal vez en un sueño). Era el *déjà-vu* más hermoso que podía haber.

Una vez terminado el beso, permaneció unos segundos con los ojos cerrados, como si estuviera saboreando el momento. Cuando bajó la vista hacia mí, sacudió la cabeza.

—Definitivamente no pienso echarme atrás.

Dimos la vuelta a la esquina, cruzando rápidamente la calle, y después subimos las escaleras del pórtico de mi edificio. Busqué en mi cartera las llaves, después entramos y esperamos el ascensor. Sus dedos rozaron los míos y una vez que se entrelazaron, me atrajo hacia él. Se abrió la puerta del ascensor y subimos sin poder despegarnos.

Me tomó de las caderas y me apretó aún más contra su cuerpo, mientras con los dedos buscaba el botón del piso. Me rozó el cuello con sus labios aterciopelados y yo sentía que todos mis nervios chispeaban y bailaban bajo mi piel. Los pequeños besos que me dio a lo largo de la mandíbula eran decididos y experimentados. Sus manos me rogaban que me pegara aún más a él con cada roce, como si me hubiese esperado toda su vida. Aunque yo tenía esa misma sensación irracional, sabía que todo era parte de la atracción, parte de la estratagema, pero el modo en que se contenía claramente de tirar demasiado fuerte de mi ropa hacía que todo mi cuerpo se estremeciese.

Cuando llegamos al quinto piso, el extraño había tirado todo mi cabello hacia un costado, dejando un hombro completamente al descubierto, mientras recorría la piel de mi cuello con sus labios.

—Eres tan suave —susurró.

Irónicamente, sus palabras hicieron que se me pusiera la piel de gallina, arruinando así su suavidad.

Oía el tintineo de mis llaves, mientras trataba torpemente de abrir la puerta de mi departamento. El tipo giró el picaporte y los dos caímos casi en el piso del vestíbulo. Se apartó de mí, cerró la puerta con la espalda y me atrajo hacia él con las manos. Olía a cerveza con un dejo a azafrán y madera de su colonia, pero su boca todavía sabía a pasta de dientes de menta. Cuando nuestros labios volvieron a encontrarse, dejé que su lengua se deslizara en mi boca, mientras yo entrelazaba los dedos detrás de su cuello.

Me quitó el blazer y lo dejó caer al suelo. Después, se aflojó el nudo de la corbata y se la quitó por encima de la cabeza. Mientras se desabotonaba la camisa, me quité el top. Mis pechos desnudos quedaron expuestos unos segundos antes de que mi largo cabello negro cayera en cascada y los cubriera.

El extraño ya se había quitado la camisa; su torso, una combinación de genes impresionantes y varios años de intensos ejercicios cotidianos que habían esculpido esa perfección que tenía delante de mis ojos. Me saqué los tacones altos, y él hizo lo mismo con sus zapatos. Pasé los dedos por cada uno de los abultados músculos de su abdomen. Posé una mano sobre el botón de su pantalón, mientras con la otra empuñé la gruesa dureza que sobresalía por debajo.

Un tamaño impresionante.

El agudo sonido del cierre hizo que mi entrepierna latiera, rogando prácticamente que la acariciaran. Presioné mis dedos contra su espalda, mientras sus besos pasaban del cuello a mis hombros y luego a mis pechos. A la vez, con sus manos me iba quitando los jeans.

Se detuvo unos segundos, tomándose el tiempo para apreciar mi cuerpo desnudo delante de él. También parecía un poco sorprendido.

—¿No usas calzones?

Me encogí de hombros.

—Jamás.

—¿Jamás? —preguntó, rogando con los ojos que dijera que no.

Adoraba la manera en que me miraba: en parte asombrado, en parte divertido, en parte abrumadoramente excitado. Mis amigas de Chicago siempre habían elogiado las ventajas de un encuentro casual de una noche libre de toda atadura. Este tipo parecía el hombre perfecto con quien hacer la prueba.

Alcé una ceja, saboreando lo sexy que ese completo extraño me hacía sentir.

—No tengo ni un par.

Me levantó en sus brazos, y enganché los tobillos alrededor de su trasero. La única tela que todavía quedaba entre nosotros era su bóxer gris.

Me besó, mientras me llevaba hasta el sofá, y después me depositó suavemente sobre los almohadones.

—¿Cómoda? —preguntó, casi en un susurro.

Cuando asentí, me besó una vez y después fue a sacar una cajita cuadrada de su billetera. Cuando volvió, la abrió con los dientes. Me alegró que hubiese traído los suyos. Aunque hubiese pensado en comprar preservativos, yo no habría tenido la previsión o el optimismo de buscar de su tamaño.

Desenrolló rápidamente el fino látex a lo largo de su miembro y después tocó con la punta la delicada piel rosada entre mis piernas. Se inclinó hacia adelante para susurrarme en el oído, pero sólo dejó escapar un suspiro entrecortado.

Estiré mis brazos alrededor de su musculoso trasero y presioné mis dedos contra su piel, guiándolo, mientras él me penetraba. Entonces me tocó a mí suspirar.

Él gimió y volvió a juntar su boca con la mía.

Tras diez minutos de maniobrar sobre el sofá, sudado y con el rostro enrojecido, el extraño me miró con una sonrisa de frustración y disculpas.

—¿Dónde está tu dormitorio?

Señalé hacia el pasillo.

—La segunda puerta a la derecha.

Me alzó, sujetándome de los muslos que yo apreté alrededor de su cintura. Caminó por el pasillo descalzo, pasando al lado de cajas y bolsas de plástico con pilas de platos y ropa de cama. No entendía cómo podía caminar sin tropezarse en la tenue luz de un departamento desconocido con su boca contra la mía.

Mientras caminaba todavía dentro de mí, no pude evitar gritar el único nombre que me vino a la mente, "Jesús".

Sonrió con sus labios contra los míos mientras abría la puerta de un empujón, y luego me puso sobre el colchón.

Se acomodó arriba de mí sin apartar sus ojos de los míos. Sus rodillas estaban un poco más separadas que cuando estábamos en el sofá, lo que le permitía entrar más hondo y mover sus caderas de tal manera que me tocaba en un lugar que hacía que mis rodillas temblaran con cada arremetida. Su boca estaba de nuevo contra la mía como si la espera le hubiera resultado una agonía. Si no lo hubiese conocido media hora antes, habría creído que el modo en que me tocaba, me besaba, se movía contra mi cuerpo era amor.

Acercó su mejilla a la mía y contuvo la respiración mientras se concentraba, a medida que su excitación se acercaba más al paroxismo. A la vez, trataba de prolongar el insensato, tonto e irresponsable viaje en el que los dos nos habíamos embarcado. Se apoyó con una mano en el colchón y sujetó mi rodilla contra su hombro con la otra. Aferré con fuerza el cobertor mientras él arremetía dentro de mí una y otra vez. Jackson no tenía un mal tamaño, pero sin dudas este extraño llenaba cada centímetro de mi ser. Cada vez que me penetraba, lanzaba una oleada de un dolor maravilloso por todo mi cuerpo, y cada vez que se retiraba, casi entraba en pánico de que ya hubiese acabado.

Con mis brazos y piernas alrededor de su cuerpo, volví a lanzar un grito por enésima vez desde que había subido a mi departamento. Su lengua era tan contundente y manejaba con tanta destreza mi boca que yo sabía que él había hecho esto muchas, muchas veces antes. Eso volvía todo más fácil. No le importaba lo suficiente como para después juzgarme, de modo que yo también me ahorraría el tener que hacerlo. Un vez que vi el cuerpo que había debajo de esa camisa, ya no hubo manera de que me culpara de nada, ni aunque hubiese estado sobria.

Volvió a penetrarme, su sudor mezclándose con el mío; parecía como si nuestras pieles se estuviesen derritiendo juntas. Mis ojos se fueron hacia atrás y quedaron casi en blanco con la devastadora mezcla de dolor y placer que recorría mi cuerpo con cada sacudida.

Su boca volvió a juntarse con la mía y no pude evitar perderme en el pensamiento de lo voraces que eran sus labios y a la vez tan suaves y deliciosos. Cada movimiento de su lengua estaba calculado, ejercitado, y parecía como si todo estuviera dirigido a darme placer. Jackson no había sido particularmente bueno besando, y aunque en realidad acababa de conocer al tipo que estaba encima de mí, sabía que iba a extrañar esos maravillosos besos una vez que se fuera de mi departamento a primeras horas de la mañana, si es que se quedaba tanto.

Mientras me follaba maravillosamente y sin piedad, me agarró el muslo con una mano, separando aún más mis piernas. Después deslizó su otra mano entre mis muslos, frotando tiernamente su pulgar en círculos sobre mi piel rosada, hinchada y sensible.

Unos segundos más tarde no podía parar de gritar, mientras alzaba las caderas para pegarlas a las suyas y le apretaba fuertemente la cintura con mis rodillas. Él se inclinó hacia adelante y acercó su boca a la mía, mientras yo gemía. Podía sentir que sus labios se arqueaban en una sonrisa.

Tras algunos movimientos lentos y unos tiernos besos, dejó de controlarse. Sus músculos se tensaron, al arremeter con fuerza dentro de mí, cada vez con mayor violencia. Una vez que alcancé mi orgasmo de una manera impresionante, él se concentró sólo en su propio placer, arremetiendo contra mí sin piedad.

Sus gemidos se ahogaron en mi boca, y después apretó su mejilla contra la mía, mientras cabalgaba la ola de su propio orgasmo. Lentamente fue aquietándose encima de mí. Se tomó unos segundos para recuperar el aliento y después giró para besarme en la mejilla, sin despegar de inmediato los labios.

Nuestro encuentro había pasado de una aventura espontánea a una penosa incomodidad en menos de un minuto.

El silencio y la quietud del cuarto hicieron que el efecto del alcohol se disipara, y la realidad de lo que habíamos hecho dejó sentir todo su peso sobre nosotros. Yo había pasado de sentirme sexy y deseada a sentirme una chica vergonzosamente calentona y barata.

El extraño se inclinó hacia mí para besarme en los labios, pero yo bajé el mentón, retirando el rostro, lo que fue una situación ridícula, dado que él todavía estaba dentro de mí.

—Mañana —empecé a decir— tengo que estar temprano en el trabajo.

Me besó de todos modos, ignorando mi expresión de vergüenza. Su lengua bailó con la mía, acariciándola, memorizándola.

Exhaló con fuerza por la nariz, para nada apurado, y después se apartó, sonriendo.

Maldición, cómo iba a extrañar su boca, y de pronto me sentí patética por eso. Dudaba de que alguna vez encontrara a alguien que pudiese besarme de esa manera.

—Yo también. Soy… Thomas —dijo con voz suave. Rodó hacia un costado y se relajó a mi lado, sosteniéndose la cabeza con la mano. En vez de vestirse, parecía listo para iniciar una conversación.

Mi independencia se me iba escapando rápidamente de las manos a medida que el extraño iba siendo cada vez un poco menos extraño. Sentí que por la cabeza me pasaban a toda velocidad pensamientos de tener que informar a Jackson de todo lo que hacía, como si fueran canales de televisión. No había elegido que me transfirieran a miles de kilómetros de distancia para estar encadenada a otra relación.

Presioné ligeramente los labios.

—No estoy —*dilo, dilo, o después te vas a querer matar*— emocionalmente disponible.

Thomas asintió con la cabeza, se levantó y después fue hasta el living para vestirse en silencio. Se paró en el umbral de mi dormitorio con los zapatos en la mano, sus llaves en la otra y la corbata colgando torcida en su cuello. Traté de no mirar, pero no lo logré, de modo que estudié meticulosamente cada centímetro de su cuerpo para recordarlo y poder fantasear el resto de mi vida.

Bajó la mirada y rio entre dientes, con una expresión aún libre de todo juicio.

—Gracias por un final grandioso e inesperado a un lunes de mierda.

Me cubrí con la manta y me senté en la cama.

—No es por ti. Estuviste espectacular.

Se volteó hacia mí, con una sonrisa de ironía en su rostro ensombrecido.

—No te preocupes por mí. No me voy de aquí dudando de mí. Me lo advertiste muy claramente. No esperaba nada más.

—Si me das un segundo, te acompaño a la puerta.

—Conozco la salida. Vivo en este edificio. Estoy seguro de que nos volveremos a encontrar.

Mis mejillas empalidecieron.

—¿Vives en este edificio?

Miró hacia el cielo raso.

—Justo aquí arriba.

Señalé hacia arriba.

—¿Te refieres al piso de arriba?

—Sí —dijo con una sonrisa entre avergonzada y culposa—, vivo justo arriba de ti. Pero estoy muy poco en casa.

Me atraganté con sus palabras, horrorizada. *Ahí tienes tu encuentro de una sola noche sin ataduras.* Empecé a comerme la uña de mi pulgar, tratando de pensar qué contestarle.

—Bueno… de acuerdo. Que duermas bien entonces, vecino.

Thomas lanzó una sonrisa arrogante y seductora.

—Buenas noches.

Capítulo 2

Haberme emborrachado la noche anterior a mi primer día de trabajo en la oficina de San Diego para olvidarme de la culpa que Jackson me quería hacer sentir con sus mensajes de texto no había sido para nada una idea brillante.

Llegué sólo con mi chaleco y, una vez que cumplí con los trámites de ingreso, me entregaron un arma, credenciales y un teléfono celular. Me asignaron al Escuadrón Cinco y me ubiqué en el único escritorio vacío, que había pertenecido al último agente que no había congeniado con el infame subagente especial a cargo, a quien nosotros llamábamos SEC. Había oído hablar de él en Chicago, pero iba a hacer falta más que un mal carácter para ahuyentarme de la posibilidad de un ascenso.

Sólo una pequeña porción de la superficie del escritorio no tenía una ligera capa de polvo, probablemente el lugar donde había estado ubicada la computadora del o de la agente anterior. El estuche con mis audífonos estaba al lado de mi laptop y la falta total de cuadros o cualquier otro tipo de adornos hacía que mi escritorio se viera patético en comparación con los otros escritorios del salón del escuadrón.

—Es patético —exclamó una voz femenina, haciéndome dudar de si no habría pensado en voz alta.

Una mujer joven pero ligeramente intimidante estaba parada de brazos cruzados y apoyada en el reborde de pared entelada de cuatro por cinco que separaba mi cubículo del pasillo principal que iba de un extremo al otro del salón del escuadrón. Llevaba su sedoso cabello color castaño atado en un chongo en la parte baja de la nuca.

—No puedo negarlo —dije, mientras quitaba el polvo con una toalla de papel.

Ya había guardado mi chaleco en mi armario. Era lo único que había traído de mi oficina de Chicago. Me había mudado a San Diego para empezar de nuevo, de modo que no tenía mucho sentido exhibir mi antigua vida.

—No me refiero al polvo —dijo, observándome con sus velados ojos verdes. Sus mejillas eran algo regordetas, pero ése era el único rasgo que delataba su juventud. En todo lo demás, no cabían dudas de que estaba bien en forma.

—Lo sé.

—Soy Val Taber. No me llames agente Taber o no podremos ser amigas.

—¿Te llamo Val, entonces?

Puso cara.

—¿Y de qué otro modo me llamarías?

—Agente Taber —dijo un hombre alto y esbelto, al pasar junto a ella. El hombre sonrió como si supiera lo que le esperaba.

—Vete al infierno —dijo ella, arrancándole un expediente de las manos. Val le echó un vistazo y después volvió a dirigirme la mirada—. ¿Eres la analista de inteligencia? ¿Lisa Lindy?

—Liis —dije, algo tensa. Nunca había logrado acostumbrarme a corregir a la gente—. Con dos íes y sin a.

—Liis. Disculpa. He oído decir que has hecho carrera muy rápido. —Su voz tenía un dejo de sarcasmo—. Me parecen puras estupideces, además en realidad no es asunto mío.

Tenía razón. El hecho de ser una agente federal especializada en lenguas prácticamente había extendido una alfombra roja para mi traslado, pero me habían dado instrucciones de no mencionar mi especialización a nadie a menos que tuviera la aprobación de mi supervisor.

Miré hacia la oficina del supervisor. Estaba aun más desierta que mi escritorio. Conseguir la aprobación de una oficina vacía no iba a ser nada fácil.

—Tienes razón —respondí sin entrar en detalles.

Había sido pura suerte que el Escuadrón Cinco necesitara un experto en lenguas, justo cuando decidí dejar Chicago. La discreción recomendada tan enfáticamente significaba que probablemente hubiese algún problema interno, pero las suposiciones no me habrían ayudado a conseguir el traslado, de manera que cumplí con el papeleo e hice las maletas.

—Genial. —Me entregó la carpeta—. Aquí hay un Título Tres para que transcribas. Maddox también quiere un FD-302. El primer correo electrónico que aparezca en tu casilla de correo debería ser para darte la bienvenida, y el segundo, un archivo de audio de Maddox. Me adelanté y te traje copias de los FD-302 y un CD hasta que te acostumbres a nuestro sistema. El jefe quiere que empieces de inmediato.

—Gracias.

Los Título Tres, conocidos en las películas y para el público en general como escuchas telefónicas, constituían una parte importante de mi trabajo en el FBI. Se hacían grabaciones que yo luego tenía que escuchar y traducir, acompañándolas con un informe escrito, también conocido como el tan denostado FD-302. Pero los Título Tres de los que solía encargarme eran en italiano, español o en mi lengua materna, el japonés. Si las grabaciones eran en inglés, era la secretaria del escuadrón la que se ocupaba de las transcripciones.

Supongo que Val pensó que había algo raro en el hecho de que una analista interpretara un Título Tres, porque creí percibir una chispa de curiosidad —o de sospecha— en sus ojos. Pero no hizo ninguna pregunta y yo no le dije nada. Hasta donde yo sabía, Maddox era el único agente al tanto de mi verdadero propósito en San Diego.

—Empezaré de inmediato —dije.

Me guiñó un ojo y sonrió.

—¿Quieres que te muestre un poco el lugar más tarde? ¿Cualquier cosa que no hayas podido ver en la ronda de orientación?

Pensé medio segundo en su pregunta.

—¿El gimnasio?

—Sé perfectamente dónde está. Voy siempre después del trabajo, justo antes de ir al bar —dijo.

—Agente Taber —dijo al pasar una mujer con chongo.

—Vete al infierno —respondió de nuevo.

Alcé una ceja.

Val se encogió de hombros.

—Les debe encantar o de lo contrario no me dirigirían la palabra.

Mis labios se tensaron al tratar de contener una carcajada. Val Taber era una ráfaga de aire fresco.

—Todas las mañanas a primera hora hay reunión de todo el escuadrón. —Se quedó pensando unos segundos—. Te mostraré el gimnasio después del almuerzo. Entre las once y el mediodía el acceso está restringido. El jefe es muy meticuloso con su entrenamiento —dijo, murmurando las últimas palabras, mientras se cubría exageradamente un costado de la boca con la mano.

—Doce y media —dije, asintiendo con la cabeza.

—Mi escritorio —dijo Val, señalando el cubículo de al lado—. Somos vecinas.

—¿Qué es ese conejo de peluche? —le pregunté, refiriéndome a un conejo blanco largo y desgarbado con ojos en forma de X que tenía sentado a un costado del escritorio.

Arrugó el pequeño triángulo de su nariz.

—La semana pasada fue mi cumpleaños. —Como yo no respondía, puso cara de asco—. Vete al infierno. —Luego la sombra de una sonrisa surcó su rostro y, antes de volver a su escritorio, me guiñó un ojo. Se sentó en su silla, me dio la espalda y abrió los correos en su laptop.

Meneé la cabeza, abrí el estuche de mis auriculares y me los coloqué. Después de conectarlos a la laptop, abrí el estuche blanco sin etiquetar, retiré un CD y lo inserté en la computadora.

Mientras se cargaba el CD, abrí un documento nuevo. Mi pulso se aceleró, mientras esperaba con los dedos listos sobre el teclado. Una nueva tarea, una página en blanco siempre me procuraban un disfrute especial que ninguna otra cosa podía darme.

El archivo indicaba a quiénes pertenecían las dos voces que hablaban, su currículum y, sobre todo, por qué se había solicitado un Título Tres. El Escuadrón Cinco de San Diego se especializaba en el crimen organizado, y aunque no era mi campo preferido de delitos violentos, tampoco estaba tan lejos. Cuando se está desesperada por salir corriendo, cualquier puerta viene bien.

Dos voces profundas y claramente distintas hablando en italiano llenaron mis oídos aislados de todo ruido exterior por los auriculares. Mantuve el sonido bajo. Irónicamente, dentro de la agencia del gobierno que había sido creada para develar secretos, los cubículos de cuatro por cuatro no eran muy ideales para mantenerlos.

Empecé a escribir. Traducir y transcribir la conversación eran sólo los primeros pasos. Después venía mi parte favorita. Era por lo que me había vuelto bastante conocida dentro del FBI y lo que en última instancia me llevaría a Virginia: el análisis. Lo que más me gustaba era Delitos Violentos, y el Centro Nacional para Análisis de Delitos Violentos en Quantico, Virginia —también conocido como NCADV— era adonde quería llegar.

Al principio, los dos tipos de la grabación se dedicaban a alimentarse recíprocamente los egos, hablando de cuántas mujeres habían tenido el fin de semana, pero luego la conversación pasó rápidamente a temas serios, cuando los dos empezaron a hablar de un hombre que parecía ser su jefe, Benny.

Eché un rápido vistazo a la carpeta que me había dejado Val, mientras escribía, llegando sólo a ver cuántos puntos había logrado Benny en el juego de la mafia, mientras era un jugador decente en Las Vegas. Me preguntaba cómo la oficina de San Diego había dado con este caso y quién estaría haciendo el trabajo de base en Nevada. En Chicago nunca teníamos suerte cuando debíamos llamar a esa oficina. Ya fuesen jugadores, delincuentes o fuerzas del orden, Las Vegas parecía mantener a todo el mundo muy ocupado.

Siete páginas más tarde sentía escozor en los dedos de ganas de empezar mi informe, pero volví a escuchar el audio para revisar con exactitud la traducción. Éste era mi primer trabajo en San Diego, y sumado a eso, tenía la presión extra de ser conocida como una excelente agente en esta área específica. El informe tenía que ser inmejorable, al menos según mis propios parámetros.

Me olvidé por completo del tiempo. Parecía como si sólo hubiese pasado media hora y, de pronto, veo a Val mirándome por encima del corto tabique que separaba nuestros cubículos, mientras golpeteaba con los dedos en el reborde.

Profería palabras que me era imposible oír, de modo que me saqué los auriculares.

—No estás resultando una amiga muy buena. Tarde para nuestro primer almuerzo juntas —dijo.

No podía saber si estaba bromeando o no.

—Sólo estaba… Perdí la noción del tiempo. Lo siento.

—Que lo sientas no pone una hamburguesa grasienta en mis tripas. Arranquemos.

Fuimos juntas hasta el ascensor y Val apretó el botón de la planta baja. Una vez que estuvimos en el estacionamiento, la seguí hasta su Lexus negro de dos puertas y me senté adentro, mientras la observaba apretar el botón de arranque. El asiento y el volante se acomodaron según sus indicaciones.

—Bonito —dije—. Te deben pagar mucho más que a mí.

—Es usado. Se lo compré a mi hermano. Es cardiólogo. Tonta.

Reí entre dientes, mientras salíamos del predio. Después de pasar por el edificio contiguo al portón de entrada, saludó al guardia y luego se dirigió al lugar de hamburguesas más cercano.

—¿No tienen hamburguesas en la oficina?

Su rostro se retorció de asco.

—Sí. Pero las hamburguesas de Fuzzy's son las mejores. Confía en mí —dijo, mientras doblaba a la derecha.

Después giró a la izquierda y entró en un extraño negocio de hamburguesas con un cartel de fabricación casera.

—¡Val! —dijo un hombre detrás del mostrador, en cuanto la vio entrar—. ¡Miren quién está aquí! —gritó.

—¡Vino Val! —dijo una mujer.

No habíamos llegado todavía al mostrador, que el hombre arrojó un objeto redondo y pequeño envuelto en papel blanco a una mujer con un delantal blanco impecable que estaba parada detrás de la caja registradora.

—BTL con queso, mostaza y mayo —dijo la mujer con una sonrisa de complicidad.

Val se volvió hacia mí.

—Un asco, ¿verdad?

—Lo mismo para mí —dije.

Tomamos nuestras bandejas de comida y nos ubicamos en una mesa vacía en un rincón cerca de la ventana.

Cerré los ojos y me dejé bañar por el sol.

—Es raro que haga tan buen tiempo, y recién estamos en marzo.

—No es raro, es glorioso. La temperatura ha estado más alta de lo normal para esta época del año, pero incluso cuando no lo está, es perfecta. Todos serían más felices si el mundo tuviese el clima de San Diego. —Val hundió una papa frita dorada y rizada en un potecito con kétchup—. Prueba las papas fritas. Santo cielo, prueba las papas fritas. Son tan ricas. A veces de noche cuando estoy sola, que es mucho más seguido de lo que tú crees, muero por comer estas papas fritas.

—Yo no creo nada —dije, mientras zambullía una papa frita en mi potecito. Me la llevé a la boca.

Tenía razón. Tomé rápidamente otra.

—Hablando del tema, ¿estás con algún tipo? ¿O con alguna tipa? Sólo pregunto.

Sacudí la cabeza.

—¿Estuviste? ¿Alguna vez…?

—¿Si besé a una mujer?

Val lanzó una carcajada.

—¡No! Si alguna vez estuviste en pareja.

—¿Por qué preguntas?

—Oh. Es complicado. Te descubrí.

—No es complicado para nada.

—Oye —dijo Val, mientras masticaba su primer bocado de hamburguesa—. Soy una muy buena amiga, pero vas a tener que abrirte un poco más. No me gusta perder el tiempo con extraños.

—Todos somos extraños al principio —dije, pensando en mi extraño de la noche anterior.

—No. No en el FBI.

—¿Por qué simplemente no abres mi expediente?

—¡Qué gracia tendría! Vamos. Sólo lo básico. ¿Te trasladaste para ascender o para escapar de alguien?

—Las dos cosas.

—Perfecto. Sigue. ¿Tus padres son insufribles? —Se tapó la boca con la mano—. Oh, cielos, no están muertos, ¿verdad?

Me sentí un poco incómoda.

—Oh… no. Tuve una infancia normal. Mis padres me adoran y se quieren mucho. Soy única hija.

Val suspiró.

—Gracias al cielo. Entonces puedo hacerte la siguiente pregunta molesta.

—No, no soy adoptada —dije—. Lindy es irlandés. Mi madre es japonesa.

—¿Tu padre es uno de esos pelirrojos? —preguntó con una sonrisa irónica.

La miré con ojos fulminantes.

—Sólo puedes hacer dos preguntas molestas el primer día.

—Continúa —concedió.

—Me gradué con honores. Salía con un tipo. Pero no funcionaba —dije, cansada de mi propia historia—. Ningún drama. Nuestra separación fue tan aburrida como nuestra relación.

—¿Cuánto tiempo?

—¿Estuve con Jackson? Siete años.

—Siete años. ¿Nada de anillos?

—Algo así —dije, poniendo cara.

—Ah. Estás casada con tu trabajo. Betty FBI.

—Él también.

Val lanzó una carcajada.

—¿Salías con un agente?

—Sí. Era un SWAT.

—Peor todavía. ¿Cómo viviste con él tanto tiempo? ¿Cómo soportó estar en segundo lugar tanto tiempo?

Me encogí de hombros.

—Me amaba.

—Pero le devolviste el anillo. ¿No lo amabas?

Volví a encogerme de hombros, mientras daba un mordisco a la hamburguesa.

—¿Algo que deba saber de la oficina? —pregunté.

Val sonrió.

—Cambiando de tema. Típico. Esteee… lo que necesitas saber de la oficina: no contraríes a Maddox. Es el subagente especial a cargo.

—Eso oí decir —respondí, frotándome las manos para sacarme la sal.

—¿Allí en Chicago?

Asentí con la cabeza.

—La habladuría se justifica. Es un cretino inmenso, gigante y enorme. Lo verás mañana por la mañana en la reunión.

—¿Estará ahí? —pregunté.

Val asintió con la cabeza.

—Te dirá que no vales nada como agente, aunque seas la mejor de las mejores, simplemente para ver cuánto eres capaz de rendir una vez que haya destruido tu confianza.

—Puedo manejar eso. ¿Qué más?

—El agente Sawyer es una basura. Mantente alejada de él. Y la agente Davies también. No te acerques a ella.

—Oh —dije, procesando sus palabras—. No me imagino entablando ninguna relación con nadie de la oficina después del desastre que fue con Jackson.

Val sonrió.

—Tengo conocimiento de primera mano de ambos… Así que también deberías mantenerte alejada de mí.

Fruncí el entrecejo.

—¿Hay alguien aquí al que una pueda acercarse sin correr ningún riesgo?

—Maddox —dijo—. Tiene un tema con la madre y hace poco se quemó mal con fuego. No te miraría las tetas por más que se las pongas en las narices.

—Así que odia a las mujeres.

—No —dijo, con la mirada un poco perdida en sus pensamientos—. Sólo las borró de su vida. Me imagino que no quiere que vuelvan a lastimarlo.

—No me importa qué problema tenga. Si lo que dices es cierto, definitivamente no quiero tener nada que ver con él.

—No tendrás ningún problema. Tú limítate a hacer tu trabajo y sigue con tu vida.

—Mi trabajo es mi vida —dije.

Val alzó el mentón, sin tratar de ocultar que mi respuesta la había impresionado.

—Realmente eres una de las nuestras. Maddox es insufrible, pero también se dará cuenta.

—¿Cuál es su historia? —pregunté.

Val bebió un sorbo de agua.

—Cuando llegué a San Diego era un tipo obsesivo pero tolerable hasta hace un año. Como te dije, una chica de su ciudad natal lo dejó. *Camille.* —Pronunció el nombre como si tuviera veneno en su boca—. Desconozco los detalles. Nadie habla del asunto.

—Raro.

—¿Tendrás ganas de tomar un trago o cinco más tarde? —preguntó, perdiendo el interés, ahora que la conversación no estaba centrada en mi vida personal—. Hay un pub muy agradable en el centro.

—Yo vivo en el centro —dije, preguntándome si volvería a ver a mi vecino.

Val hizo una mueca.

—Yo también. Como muchos de nosotros. Podemos ahogar las penas juntas.

—No tengo penas. Sólo recuerdos. Se irán solos.

Los ojos de Val volvieron a iluminarse, interesados, pero yo no estaba disfrutando el interrogatorio. No era tan buena para las amistades intensas. Bueno, lo era, pero tenía mis límites.

—¿Y qué hay de ti? —pregunté.

—Eso es para una conversación de viernes a la noche con un par de tragos fuertes y música a todo volumen. ¿Así que estás aquí para borrar a los hombres de tu vida? ¿Te estás hallando en tu nuevo lugar? —Formuló las preguntas sin una pizca de seriedad.

Aunque mis respuestas fuesen afirmativas, yo no iba a admitirlo. Evidentemente estaba buscando ridiculizarme.

—Si fuera así, ya habría fracasado horriblemente —dije, pensando en la noche anterior.

Val se inclinó hacia delante.

—¿En serio? Acabas de llegar. ¿Alguien que conoces? ¿Un ex compañero de la secundaria?

Sacudí la cabeza, sintiendo que mis mejillas se ruborizaban. Los recuerdos se precipitaron en mi mente pero en flashes: los ojos verdosos de Thomas mirándome desde donde estaba sentado en el bar, el sonido de la puerta de mi departamento, cuando él se apoyó contra ella para cerrarla, la facilidad con la que había entrado en mí, y mis tobillos en el aire, sacudiéndose con cada una de sus maravillosas arremetidas. Junté inconscientemente las rodillas como un reflejo.

Una amplia sonrisa se dibujó en el rostro de Val.

—¿Un encuentro casual de una noche?

—No es que sea asunto tuyo, pero sí.

—¿Un completo extraño?

Asentí.

—Algo así. Vive en mi edificio, pero no lo supe hasta después.

Val se quedó con la boca abierta y después se apoyó sobre el respaldo.

—Lo sabía —dijo.

—¿Sabías qué?

Se inclinó hacia adelante y cruzó los brazos, apoyándolos sobre la mesa.

—Que íbamos a ser grandes amigas.

Capítulo 3

Quién demonios es Lisa? —Se oyó un grito retumbar contra las cuatro paredes del salón del escuadrón—. Lisa Lindy.

Era apenas mi segundo día en la oficina de San Diego y yo era uno de los numerosos agentes que aguardaban que empezara la reunión de la mañana. Todos habían parecido nerviosos antes de ese exabrupto, pero ahora daban la impresión de haberse relajado.

Subí la vista y miré fijo a los ojos del joven subagente especial a cargo y me quedé muda. Era él: el tipo con el que me había acostado, los labios que extrañaba, mi vecino.

De inmediato una mezcla de pánico y bilis me subió a la garganta, pero la tragué.

—Es Liis —dijo Val—. Sin "a" y con dos íes, señor.

El corazón se me salía del pecho. El jefe estaba esperando que alguien diera un paso al frente. La vida iba a pasar de un nuevo comienzo a muy complicada en tres, dos…

—Yo soy Liis Lindy, señor. ¿Hay algún problema?

Cuando nuestros ojos se encontraron, se detuvo unos segundos y una ola de puro terror me invadió por completo. Él

37

también pareció reconocerme y, tras iluminarse una décima de segundo su rostro, empalideció. El encuentro de una sola noche sin ataduras era ahora un enredo tan grande que quería cortarme las venas.

Se recuperó de inmediato. Lo que fuera que lo había enfurecido tanto se disipó por unos segundos, pero después su rostro se tensó y volvió a odiar a todo el mundo.

La feroz reputación del subagente especial Maddox había llegado hasta mis oídos hacía ya tiempo. Los agentes de todo el país sabían de su temible firmeza en el manejo de la oficina de San Diego y lo imposible que era satisfacer sus expectativas. Yo estaba preparada para sufrir bajo su mando. Pero para lo que no había estado preparada era para soportarlo después de haber estado literalmente bajo su cuerpo.

Maldición, maldición, maldición.

Me miró fijo y me extendió la carpeta.

—Este FD-302 es inaceptable. No sé cómo hacía las cosas en Chicago, pero en San Diego no escribimos un par de idioteces en un papel y lo llamamos un buen informe.

Su crítica despiadada delante de todos los otros agentes me sacó de golpe del túnel de vergüenza en el que me estaba metiendo y me trajo de vuelta a mi rol de agente perfecta.

—El informe es exhaustivo —dije con total seguridad.

A pesar de mi enojo, mi mente jugó con los recuerdos de la noche anterior: con el cuerpo de mi jefe debajo de ese traje, con cómo se hinchaban sus bíceps cuando arremetía contra mi cuerpo, con el delicioso sabor de sus labios en los míos. De golpe, sentí la gravedad del lío en el que me había metido sola. No tenía idea de cómo armar una oración, y mucho menos cómo parecer segura.

—Señor —empezó a decir Val—, me gustaría echar un vistazo al informe y…

—¿Agente Taber? —dijo Maddox.

Por un segundo pensé que le respondería "vete al infierno".

—¿Sí, señor?

—Soy totalmente capaz de discernir cuándo un informe es aceptable y cuándo no.

—Sí, señor —comenzó a decir de nuevo Val, sin perturbarse en lo más mínimo, mientras entrelazaba los dedos sobre la mesa.

—¿Es usted capaz de realizar la tarea que le fue encomendada, agente Lindy? —preguntó Maddox.

No me gustó el modo en que dijo mi nombre, como si le dejara un mal sabor en la boca.

—Sí, señor. —Era tan espantosamente raro llamarlo señor. Me hacía sentir sumisa. La sangre irlandesa de mi padre hervía en mis venas.

—Entonces, hágalo.

Quería estar en San Diego por más que eso me pusiera directamente enfrente de un SEC tan renombradamente imbécil como Maddox. Era mucho mejor que estar en Chicago y tener con Jackson Schultz la misma conversación que tenía desde hacía siete años. Ese nombre sí que me dejaba un mal sabor en la boca.

Aun así, no pude evitar decir lo que dije:

—Me encantaría hacerlo, si usted me lo permite.

Me pareció oír un murmullo casi imperceptible en el salón. El agente Maddox parpadeó un par de veces. Dio un paso hacia mí. Era alto y bastante amenazador, aun de traje. Aunque me llevaba mucho más de una cabeza y tenía fama de ser un excelente tirador y temible con sus puños, mi costado irlandés me llevó a entrecerrar los ojos y alzar la cabeza, desafiando a mi superior a dar un paso más, incluso en mi primer día de trabajo.

—Señor —dijo otro agente, llamando la atención de Maddox.

Maddox giró, dejando que el agente le susurrara algo al oído.

Val se inclinó hacia mí, y me habló tan bajo que apenas pude oírla.

—Ése es Marks. Es el más cercano a Maddox de toda la oficina.

Maddox asintió con la cabeza y después sus fríos ojos verdes miel estudiaron por un segundo a todos los presentes.

—Tenemos algunas pistas sobre Abernathy. Marks se reunirá esta noche con el contacto en Las Vegas. Taber, ¿dónde estamos con el tipo de Benny, Arturo?

Val comenzó a dar su informe, justo en el preciso momento en que Maddox arrojaba mi FD-302 sobre la mesa.

La dejó terminar, y después bajó los ojos hacia mí con una mirada fulminante.

—Envíeme algo cuando realmente tenga alguna información de inteligencia. La traje a bordo basándome en la recomendación de Carter. No lo haga quedar como un imbécil.

—El agente Carter no prodiga fácilmente sus elogios —dije, para nada divertida—. La tomo muy seriamente.

Maddox alzó una ceja, esperando.

—Señor. Quiero decir que tomo su recomendación muy seriamente, señor.

—Entonces deme algo que pueda usar, antes de que termine el día.

—Sí, señor —dije, mordiéndome el labio inferior.

Todos se pusieron de pie y se dispersaron, y yo tomé de mal modo mi informe de la mesa, lanzándole una mirada de odio a Maddox, mientras él se iba con el agente Marks, que lo seguía detrás.

Alguien me alcanzó una taza con agua, que tomé antes de arrastrarme de vuelta hasta mi escritorio y dejarme caer con muy poca elegancia en mi silla.

—Gracias, agente Taber.

—Vete al infierno —dijo—. Y eres una heroína. Odia tus agallas.

—El sentimiento es mutuo —dije, antes de beber otro sorbo—. Éste es sólo un alto en el camino. Mi objetivo final es ser analista en Quantico.

Val echó hacia atrás sus largas trenzas rojizas, enrollándolas en un chongo en la base del cuello. Mi triste y fino cabello negro se moría de envidia, mientras Val luchaba con cuatro hebillas para que el chongo lograra mantener todo el peso de su cabello sin desarmarse. Un mechón del costado le cruzaba la frente y el otro se lo acomodó detrás de la oreja izquierda.

Val era joven de aspecto, pero no parecía inexperta. El día anterior había mencionado varios casos cerrados que ya tenía en su haber.

—Yo también dije que San Diego sería algo temporario y aquí estoy, después de cuatro años.

Me acompañó hasta la máquina de café.

Todos los miembros del Escuadrón Cinco estaban de nuevo abocados a sus tareas, escribiendo en sus computadoras o hablando por teléfono. Una vez que se llenó mi taza, tomé varios sobrecitos de azúcar y crema y volví a mi silla negra de respaldo alto. Traté de no comparar todo con mi cubículo de Chicago, pero la agencia de San Diego había remodelado sus oficinas hacía dos años. En algunas partes, todavía podía olerse la pintura fresca. Chicago ya tenía varios años de uso. Cuando me transfirieron allí, las oficinas ya tenían seis años y medio. La silla de mi oficina se había moldeado prácticamente a mi espalda, los archivos de mi escritorio estaban organizados exactamente de la manera que yo quería, las paredes del cubículo entre los agentes eran lo suficientemente altas como para tener al menos un poco de privacidad, y el SEC no me había despellejado delante de todo el escuadrón en mi segundo día de trabajo.

Val me observó poner la taza humeante sobre mi escritorio y después se sentó en su silla.

Abrí el sobrecito de crema, con el ceño fruncido.

—Tengo un poco de leche descremada en la heladera —dijo con un dejo de conmiseración en su voz—. ¿Quieres?

Puse cara de asco.

—Odio la leche.

Val alzó de golpe las cejas y después bajó los ojos al piso, sorprendida por mi tono.

—De acuerdo, no eres fanática de la leche. No volveré a preguntar.

—No. Odio la leche. La odio con el alma.

Val rio para sí.

—Bueno, no volveré a ofrecerte. —Miró mi escritorio vacío, sin un solo retrato de familia ni un simple portalápices—. El tipo que trabajaba en ese cubículo se llamaba Trex.

—¿Trex? —pregunté.

—Scottie Trexler. Cielos, qué lindo era. También lo transfirieron, sin escalas. Creo que está en otra agencia ahora. —Val suspiró. Sus ojos veían algo que yo no veía—. Me agradaba.

—Lo lamento —dije, sin saber qué otra cosa decir.

Val se encogió de hombros.

—He aprendido a no apegarme mucho a nadie aquí. Maddox es muy severo con la tripulación de este barco y no todos los agentes lo soportan.

—A mí no me asusta —dije.

—No le diré que dijiste eso, o realmente va a estar detrás de ti como un perro.

Sentí que mi rostro se ruborizaba lo bastante como para que Val se diera cuenta y entrecerrara los ojos.

—Te pusiste colorada.

—No, en absoluto.

—Y ahora estás mintiendo.

—Es el café.

Val me miró fijo a los ojos.

—Ni siquiera lo has probado. Algo que dije te avergonzó. Maddox…

Cambié de posición, tratando de evadir su intensa mirada.

—Vives en el centro.

—No —dije, sacudiendo la cabeza. No estaba negando mi lugar de residencia, sino lo que sabía que Val muy pronto descubriría. *Maldita la idea de tener amigas que se ganan la vida como agentes del FBI.*

—Maddox es tu vecino, ¿no es cierto?

Sacudí aún más rápido la cabeza, mirando alrededor.

—Val, no... Basta.

—Cielos. Estás bromeando. Maddox es el tipo con el que estuviste la otra noche —dijo, por suerte bajando la voz hasta volverla un susurro.

Me cubrí el rostro y dejé que mi frente se apoyara sobre el escritorio. Podía oírla, asomándose por el tabique.

—Oh, Dios, Liis. ¿Te quisiste matar cuando lo viste recién? ¿Cómo no te diste cuenta? ¿Cómo no se dio cuenta él? Santo cielos, fue él quien pidió tu traslado.

—No sé —dije, sacudiendo la cabeza de un lado a otro y aferrando con los dedos el borde del escritorio. Me incorporé, mientras me despejaba los ojos de la fina película de humedad que los cubría—. Estoy bien jodida, ¿no es cierto?

—Al menos una vez, que yo sepa. —Val se incorporó, haciendo que la chapa de su escudo se balanceara. Me miró con una sonrisa y puso sus largos dedos en los bolsillos de los pantalones.

Yo la miré, desesperada.

—Mátame de una vez. Ahórrame esta humillación. Tienes un arma. Puedes hacerlo.

—¿Por qué haría algo así? Es lo mejor que le ha pasado a este escuadrón en años. Alguien se volteó a Maddox.

—No vas a decírselo a todo el mundo, ¿verdad? Prométemelo.

Val hizo la mueca de una sonrisa.

—Somos amigas. Jamás haría una cosa así.

—Es cierto. Somos amigas.

Val estiró la cabeza hacia mí.

—¿Por qué me hablas como si fuera una enferma mental?

Me sorprendí y negué con la cabeza.

—Lo siento. Es probable que éste sea el peor día de mi vida.

—Bueno, te ves alterada. —Se fue sin decir más nada.

—Gracias —me dije a mí misma, mientras echaba un vistazo al salón.

Nadie había oído nuestra conversación, pero de todos modos seguía teniendo la sensación de que mi secreto ya no era un secreto. Me recliné en la silla y me puse los auriculares, mientras Val salía del salón del escuadrón en dirección a la puerta de seguridad que llevaba al pasillo.

Me cubrí un segundo la boca y suspiré, sintiéndome perdida. *¿Cómo había arruinado mi nuevo comienzo tan completamente y antes de que siquiera empezara?*

No sólo me había acostado con mi jefe, sino que si los otros agentes llegaban a enterarse, podía poner en peligro cualquier posibilidad que tuviese de conseguir un ascenso mientras Maddox fuese mi superior. Si él tenía algún tipo de integridad, pasaría por alto cualquier oportunidad de ascenderme por temor a que se supiese la verdad. Una promoción sería sospechosa para cualquiera de los dos, aunque eso no importase mucho. Maddox había hecho lo posible por dejar bien en claro delante de todos que no estaba impresionado con mi eficiencia —un informe en el que había puesto el ciento por ciento de mí; y cuando yo me proponía hacer algo bien, el resultado era excelente.

Revisé mi transcripción y no podía creerlo. La traducción estaba impecable. El informe era exhaustivo. Pasé el mouse por encima de la flecha superior derecha y cliqueé para volver a oír el audio.

Cuanto más oía las voces de los italianos hablar acerca de un trabajo y de la prostituta con la que uno de ellos se había acostado la noche anterior, más rojas se ponían mis mejillas de furia.

Me enorgullecían mis informes. Era mi primer trabajo en la oficina de San Diego y el hecho de que Maddox me hubiese descalificado delante de todo el mundo había sido algo totalmente fuera de lugar.

Después, pensé en mi almuerzo con Val el día anterior y las advertencias que me había dado sobre Maddox. *"Te dirá que no vales nada como agente, aunque seas la mejor de las mejores, simplemente para ver cuánto eres capaz de rendir una vez que ha destruido tu confianza."*

Me saqué los auriculares, tomé el informe y fui directamente a la oficina del SEC en la otra punta del salón.

Me detuve al ver a la mujer despampanantemente hermosa que funcionaba como puesto de control, antes de que alguien pudiera entrar en la oficina en suite de Maddox. La placa sobre su escritorio decía CONSTANCE ASHLEY, un nombre que le sentaba muy bien, con su cabello rubio claro que le caía como una suave cascada sobre sus hombros. Alzó los ojos por debajo de unas largas pestañas y prácticamente se quedó parpadeando sin decir nada.

—Agente Lindy —dijo después, con un dejo de acento sureño. Sus mejillas rosadas, su serenidad y su buena predisposición eran pura fachada. Sus acerados ojos azules la delataban.

—Señorita Ashley —dije, asintiendo con la cabeza.

Ella me ofreció una sonrisa.

—Con Constance es suficiente.

—Con Liis es suficiente. —Traté de no parecer tan impaciente como me sentía. Constance era agradable, pero yo estaba ansiosa por hablar con Maddox.

Jugueteó con el pequeño aparato que tenía en la oreja y luego asintió.

—Agente Lindy, me temo que el subagente especial Maddox no está en su oficina. ¿Quiere que solicite una entrevista?

—¿Dónde está? —pregunté.

—Eso es clasificado —dijo, sin que su dulce sonrisa se alterara.

Eché un vistazo a mi chapa de agente. Afortunadamente, tenía acceso libre a todo el edificio.

Constance no pareció muy divertida.

—Necesito hablar con él —dije, tratando de no suplicar—. Está esperando un informe mío.

Volvió a tocar el pequeño aparato de plástico y asintió.

—Volverá después del almuerzo.

—Gracias —dije, dándome media vuelta y regresando por donde había venido.

En vez de retirarme a mi cubículo, fui hasta el hall y eché un vistazo en todos los cubículos hasta que encontré a Val. Estaba en la oficina del agente Marks.

—¿Puedo hablar contigo un segundo? —pregunté.

Miró a Marks y luego se paró.

—Claro.

Salió y cerró la puerta, mordiéndose el labio inferior.

—Disculpa la interrupción.

Puso cara.

—Hace seis meses que me persigue. Ahora que Trex no está en el medio, se le metió equivocadamente en la cabeza la idea de que tiene alguna chance.

Mi rostro se contrajo.

—¿Acaso me transfirieron a un bar de encuentros? —Sacudí la cabeza—. No me respondas a eso. Necesito un favor.

—¿Tan pronto?

—¿Dónde suele estar Maddox a la hora del almuerzo? ¿Tiene algún lugar preferido para comer? ¿Se queda en el edificio?

—El gimnasio. Todos los días está ahí a esta hora.

—Es cierto. Ya me lo habías mencionado. Gracias —dije.

—Odia que lo interrumpan —gritó a mis espaldas—. Odia con el alma que lo interrumpan.

—Odia todo —masculló entre dientes, mientras apretaba el botón del ascensor.

Bajé dos pisos y después tomé el corredor aéreo que conectaba con las oficinas del ala oeste.

Las nuevas oficinas de San Diego comprendían tres grandes edificios, y probablemente me resultaría un laberinto durante al menos las dos o tres primeras semanas. Había sido una suerte que Val me hubiese mostrado cómo llegar al gimnasio el día anterior.

Cuanto más me aproximaba al gimnasio, más rápido caminaba. Acerqué mi escudo al cuadrado negro que sobresalía de la pared. Después de un bip y el sonido de una cerradura abriéndose, empujé la puerta y vi los pies de Maddox colgando en el aire, con el rostro colorado y el cuerpo brilloso de transpiración, mientras hacía flexiones de brazos en una barra fija. Apenas me registró, mientras continuaba con sus ejercicios.

—Tenemos que hablar —dije, mostrándole el informe, ahora todo arrugado por la fuerza con la que lo había aferrado, lo cual me puso aún más furiosa.

Bajó de la barra y aterrizó en el suelo con un golpe seco. Respiraba agitado, pero usó el cuello de su camiseta gris jaspeado del FBI para secarse el sudor que le corría por el rostro. El dobladillo inferior se había subido un poco, dejando al descubierto una ligera franja de sus perfectos abdominales y una porción de la V con la que había fantaseado por lo menos una docena de veces desde la primera vez que la vi.

Su respuesta me trajo de vuelta al presente.

—Largo de aquí.

—Este espacio es para todos los que trabajan en las instalaciones, ¿no es cierto?

—No entre las once y las doce.

—¿Quién lo dice?

—Yo. —Percibí un ligero movimiento de los músculos de su mandíbula bajo su piel, y después miró los papeles que tenía en la mano—. ¿Rehízo ese FD-302?

—No.

—¿No?

—No —dije hirviendo de furia—. La transcripción y la traducción están impecables y el FD-302, como he dicho, es exhaustivo.

—Te equivocas —dijo con una mirada fulminante.

Detrás de su irritación había algo más, aunque no podía descifrar por completo qué era.

—¿Puede explicarme qué es lo que falta? —pregunté.

Maddox se alejó de mí, la tela debajo de ambos brazos y en la parte inferior de la espalda estaba oscura por la transpiración.

—Disculpe, señor, pero le he hecho una pregunta.

Giró rápidamente sobre sus talones.

—Se equivoca si cree que puede venir a mí con preguntas, usted aquí obedece órdenes, y le dije que modifique ese informe para mi satisfacción.

—¿Cómo quiere exactamente que lo haga, señor?

Lanzó una carcajada que no delataba diversión alguna.

—¿Su superior en Chicago hacía su trabajo por usted? Porque en…

—Estoy en San Diego. Lo sé.

Entrecerró los ojos.

—¿Está usted insubordinada, agente Lindy? ¿Es por eso que la mandaron aquí, para que estuviera bajo mis órdenes?

—Usted solicitó mi traslado, ¿no lo recuerda?

Su expresión todavía me resultaba incomprensible, y me estaba volviendo loca.

—No la solicité a usted —dijo—. Solicité al mejor experto en lenguas que tuviéramos.

—Se supone que ésa soy yo, señor.

—Disculpe, agente Lindy, pero después de leer ese informe me cuesta mucho creer que usted sea tan buena como cree.

—No puedo darle información de inteligencia que no está en el audio. Tal vez debería usted decirme qué es lo que quiere oír de ese Título Tres.

—¿Está usted sugiriendo que le estoy pidiendo que mienta en su informe?

—No, señor. Estoy sugiriendo que me diga qué espera usted de mí.

—Quiero que haga su trabajo.

Apreté los dientes tratando de impedir que mi costado irlandés hiciera que me despidieran.

—Me encantaría cumplir con mis obligaciones, señor, y hacerlo de manera que satisfaga sus expectativas. ¿Qué es lo que usted encuentra deficiente en mi informe?

—Su totalidad.

—Eso no ayuda en nada.

—Lo lamento —dijo con soberbia y volvió a alejarse.

Se me había acabado la paciencia.

—¿Cómo diablos logró que lo ascendieran a SEC?

Se detuvo y giró sobre sus talones, inclinándose ligeramente hacia adelante.

—¿Qué dijo?

—Disculpe, señor, pero usted oyó lo que dije.

—Éste es su segundo día de trabajo, agente Lindy. ¿Acaso cree usted que puede…?

—Y podría perfectamente ser el último después de esto, pero estoy aquí para hacer mi trabajo, y usted se interpone en mi camino.

Maddox se quedó mirándome un largo rato.

—¿Cree usted que podría hacerlo mejor?

—Ni lo dude.

—Perfecto. Usted es ahora la supervisora del Escuadrón Cinco. Dele su informe a Constance para que lo digitalice y lleve sus cosas a su nueva oficina.

Mis ojos recorrieron todo el gimnasio, tratando de procesar lo que acababa de pasar. Acababa de darme un ascenso que yo creía me llevaría por lo menos cuatro años conseguir.

Maddox se alejó de mí y empujó la puerta que llevaba hacia el vestuario de hombres. Mi respiración estaba agitada, tal vez más que la de él después de sus ejercicios.

Me di media vuelta y vi a una decena de personas paradas en la puerta de vidrio. Se sobresaltaron y se alejaron en cuanto se dieron cuenta de que las había pescado espiando. Abrí la puerta y regresé por el pasillo y luego por el corredor aéreo en un estado de confusión.

Recordé que había visto una caja vacía al lado de la máquina de café, de modo que la fui a buscar y la puse sobre mi escritorio, y luego metí en ella mi laptop y los pocos archivos que tenía en mis cajones.

—¿Fue tan terrible? —preguntó Val, genuinamente preocupada.

—No —dije, todavía obnubilada—. Me ascendió a supervisora del escuadrón.

—¿Qué? —preguntó con la voz entrecortada por una carcajada—. ¿Dijiste que te ascendió a supervisora?

Subí los ojos.

—Sí.

Las cejas de Val se dispararon hacia el techo.

—Te mira con más odio con el que mira al agente Sawyer, y eso es decir bastante. ¿Me estás diciendo que le hiciste frente una vez y te dio un ascenso?

Miré alrededor del salón, también tratando de pensar en una razón plausible.

Val se encogió de hombros.

—Se ha vuelto loco, perdió la razón. Le saltaron todos los cables. —Luego me señaló con el dedo—. Si hubiese sabido que ser insubordinada y hacer algo tan tabú como decirle a otro agente cómo manejar un caso significaba un ascenso, se lo habría dicho hace mucho tiempo.

Respiré hondo y levanté la caja antes de dirigirme a la oficina vacía del supervisor. Val me siguió.

—Esta oficina está vacía desde que Maddox fue ascendido a SEC. Es uno de los SEC más jóvenes del FBI. ¿Lo sabías?

Sacudí la cabeza, mientras apoyaba la caja sobre mi nuevo escritorio.

Si alguien puede hacer algo así, sin tener que dar explicaciones ni meterse en problemas, ése es Maddox. Tiene tan comprado al director que apuesto que antes de que pase mucho tiempo llegará a ser agente especial a cargo.

—¿Conoce al director? —pregunté.

Val rio.

—Cena con él muy seguido. Pasó el Día de Acción de Gracias en su casa el año pasado. Es el favorito del director, y no me refiero el favorito de la oficina de San Diego, o siquiera de California. Me refiero a todo el FBI. Thomas Maddox es el muchacho de oro. Puede conseguir lo que quiera, y él lo sabe. Todos lo saben.

Puse cara.

—¿Tiene familia? ¿Por qué no fue a su casa para el Día de Acción de Gracias?

—Algo relacionado con su ex, o eso oí.

—¿Cómo alguien como Maddox puede llegar a codearse con el director? Tiene la personalidad de un psicópata.

—Puede ser. Pero es leal con aquellos que pertenecen a su círculo, y ellos son leales con él. De modo que ten cuidado con lo que digas de él y a quién. Puedes pasar de un ascenso sorpresa a un traslado sorpresa.

Eso me hizo bajar a tierra.

—Voy a... acomodar mis cosas.

Val caminó hacia el pasillo, deteniéndose un segundo en la puerta.

—¿Unos tragos esta noche?

—¿De nuevo? Pensé que habías dicho que debía mantener-me alejada de ti.

Val sonrió.

—No me hagas caso. Soy famosa por dar pésimos consejos.

Apreté los labios, tratando de reprimir una sonrisa.

Incluso con mi monumental metida de pata la primera no-che, tal vez las cosas, después de todo, no fueran tan malas en San Diego.

Capítulo 4

Mira quién está aquí —dijo Anthony, poniendo un par de servilletas en frente de dos bancos vacíos.

—Gracias por la advertencia la otra noche —dije—. Podrías haberme dicho que me estaba yendo con mi jefe.

Val lanzó una carcajada.

—¿Dejaste que se fuera de aquí con él sin decirle nada? ¿Ni siquiera una pista? Eso es muy cruel.

Anthony torció la boca hacia un costado.

—No era tu jefe... No todavía. Además, sabía que no iba a pasar nada.

Entrecerré los ojos.

—Pero sabías que iba a serlo, y además perdiste la apuesta.

Anthony quedó perplejo.

—¿Maddox? Oh, no, cariño, debes haber alucinado.

—No te sorprendas tanto —dije—. Es descortés.

—No es eso... Es sólo que... —Anthony miró hacia Val—. Lo he visto rechazar a tantas mujeres. Ya fue bastante sorprendente que te pidiera ir con él.

Val sacudió la cabeza y rio entre dientes.

—Te lo dije. Juró borrar a las mujeres de su vida.

—Bueno, San Thomas ha roto su promesa —dije.

Anthony apuntó su dedo hacia mí, trazando pequeños círculos invisibles en el aire.

—Debes tener vudú en tu cachucha.

Val rio.

—¡Puede ser! —dije, fingiendo sentirme insultada.

Anthony pareció arrepentido y puso cara de cordero degollado.

—Tienes razón. Debería haberte avisado. Invito la primera ronda. ¿Amigos?

—Es un comienzo —dije, mientras me sentaba.

—Oh —dijo Anthony, mirando a Val—, es peleadora.

—Sólo espera a que Maddox se entere de que tú sabías que ella era una agente.

Anthony se llevó una mano al pecho, pareciendo realmente preocupado.

—La boca se te haga a un lado, no vas a decírselo, ¿verdad?

—Yo podría hacerlo —dije, mascando la uña de mi pulgar—. Más vale que de ahora en más me cuides las espaldas.

—Lo juro —dijo Anthony, alzando tres dedos.

—Déjate de tonterías. Nunca fuiste *boy scout* —dijo Val.

—Hey —dijo una voz masculina, antes de inclinarse para besar a Val en la mejilla y sentarse en el banco vacío a su lado.

—Hey, Marks. Conoces a Lindy, ¿verdad?

Marks se inclinó hacia adelante, me miró y luego volvió a sentarse derecho.

—Sí.

Val puso cara.

—¿Qué fue eso? —Marks estaba concentrado en la gran pantalla de televisión que había arriba de la barra, y como no contestaba, Val lo golpeó en el brazo—. Joel, ¿qué fue toda esa tontería?

—Qué mier... ¿Por qué me golpeas? —dijo, frotándose el brazo—. Sólo elijo mantenerme lejos de los problemas.

Miré hacia el techo y después a Anthony.

—¿Lo de siempre? —preguntó Anthony.

Asentí con la cabeza.

—¿Ya tienes un "lo de siempre"?

Suspiré.

—Sólo vine tres veces.

—En la misma cantidad de días —agregó Anthony. Apoyó un Manhattan sobre la servilleta delante de mí—. ¿Vas a hablarme esta vez?

—Tienes suerte de que te esté hablando ahora —dije.

Anthony asintió, dándome la razón, y luego miró a Val.

—Aunque sólo hubiese venido una vez, igual recordaría lo que pidió. ¿En el bar de quién crees que estás?

Val alzó una ceja.

—Este bar no es tuyo, Anthony.

—Es mi bar —dijo, posando un vaso de whisky enfrente de ella—. ¿Acaso ves a alguien más atendiendo en esta pocilga? —Hizo un gesto señalando todo el lugar—. ¿OK?

Val rio, y Anthony le tomó el pedido a Marks. Yo estaba acostumbrada a un trato más formal y cortés. Me agradaban las ironías y los comentarios filosos de su chicaneo, sin seriedad ni susceptibilidades. Después de un día de trabajo, era refrescante.

Sonó la campanilla de la puerta y un simple y rápido vistazo se convirtió de pronto en una larga mirada, mientras Maddox caminaba hasta el banco vacío que había junto a Marks. Los ojos de Maddox se cruzaron con los míos por una fracción de segundos y después saludó a su amigo. Antes de que Maddox tuviera tiempo de ubicarse en el banco y aflojarse la corbata, Anthony ya había puesto una botella de cerveza sobre la barra delante de él.

—Relájate —me susurró Val—. No se quedará mucho tiempo. Tal vez una cerveza.

—Me alegra no haber trabajado nunca de agente encubierta. Estoy empezando a creer que mis pensamientos están rodeados por paredes de vidrio y, encima, subtitulados, por las dudas de que no resulten demasiado obvios.

Val me ayudó a llevar adelante una conversación seminormal, pero después Maddox pidió otra cerveza.

El rostro de Val se contrajo.

—Eso no es para nada típico de él.

Traté de recordar si la vez que nos conocimos había bebido más de una cerveza.

—Demonios —susurré—. De todos modos, tal vez ya debería ir yendo.

Hice un gesto a Anthony pidiéndole la cuenta, y Marks se inclinó hacia adelante.

—¿Ya te vas? —preguntó.

Me limité a asentir con la cabeza.

Él pareció molestarse por mi silencio.

—¿No hablas ahora?

—Sólo trato de ayudarte a mantenerte lejos de los problemas. —Firmé el papelito que Anthony me extendió, dejándole una propina que cubría las tres noches, y después tomé mi cartera.

El aire nocturno me pedía a gritos que diera un paseo en cualquier dirección, en vez de ir directo a mi casa, pero di la vuelta a la esquina, crucé la calle y empecé a subir la escalinata de mi edificio. Una vez adentro, mis tacones resonaron contra el piso de cerámicas hasta que llegué a la zona de los ascensores.

La puerta de entrada se abrió, volvió a cerrarse y luego Maddox se detuvo al verme.

—¿Subes? —preguntó.

Le clavé los ojos con la cara en blanco, y él miró alrededor como si estuviese perdido, o tal vez sin poder creer que hubiese dicho algo tan estúpido. Estábamos en la planta baja.

Las puertas se abrieron con un alegre tintineo de campanillas, y entré. Después subió él. Apreté los botones del quinto y sexto pisos, incapaz de olvidar que Maddox vivía justo arriba de mí.

—Gracias —dijo.

Me pareció percibir que hacía un intento por ablandar su voz áspera y grave de yo-soy-el-jefe.

Mientras el ascensor subía los cinco pisos, la tensión entre mi supervisor y yo iba incrementándose con la misma velocidad que iban iluminándose los números arriba de la puerta.

Cuando finalmente llegamos al quinto piso, bajé del ascensor y exhalé todo el aire que había estado reteniendo. Giré para despedirme de Maddox, y justo antes de que se cerraran las puertas, él también bajó.

En cuanto sus pies tocaron la alfombra de mi piso, pareció arrepentirse.

—¿Tu casa no está...?

—En el próximo piso. Sí —dijo. Miró hacia mi puerta y tragó saliva.

En cuanto vi la pintura azul rayada de mi puerta, me pregunté si los recuerdos le habrían llegado tan rápido y con tanta crudeza como a mí.

—Liis... —Hizo una pausa, dando la impresión de que buscaba cuidadosamente las palabras exactas. Luego suspiró—. Te debo una disculpa por la primera noche que nos conocimos. Si hubiese sabido... Si hubiese hecho bien mi trabajo y revisado a fondo tu expediente, ninguno de los dos estaría en esta situación.

—Soy una persona adulta, Maddox. Puedo manejar la responsabilidad también como tú.

—No te di el ascenso por lo de la otra noche.

—Realmente espero que no haya sido por eso.

—Sabes también como yo que tu informe era excepcional, y tienes más cojones que la mayoría de los hombres de nuestra unidad. Nadie me ha enfrentado de la manera en que tú lo hiciste. Necesito un agente así como supervisor.

—¿Me interrogaste delante de todo el mundo sólo para ver si te hacía frente? —pregunté tan furiosa como intrigada.

Lo pensó unos segundos, y después puso las manos en los bolsillos y se encogió de hombros.

—Sí.

—Eres un imbécil.

—Lo sé.

Mi mirada se detuvo involuntariamente en sus labios. Me perdí unos segundos en los recuerdos y en lo maravilloso que había sido cuando me tenía en sus brazos.

—Ahora que hemos aclarado eso, me parece que hemos empezado con el pie izquierdo. No tenemos que ser enemigos. Trabajamos juntos, y me parece que lo mejor para el escuadrón es que tengamos un trato cordial —dije.

—Creo que, dada nuestra historia, tratar de ser amigos sería una idea particularmente mala.

—No amigos —me apresuré a decir—. Me refiero a un respeto mutuo, como colegas.

—Colegas —repitió impávido.

—Sí, profesionales —dije—. ¿No estás de acuerdo?

—Agente Lindy, sólo quería aclarar que lo que pasó entre nosotros fue un error, y aunque muy posiblemente haya sido una de las mejores noches que tuve desde que regresé a San Diego, no podemos volver a cometer el mismo error de nuevo.

—Me doy cuenta —me limité a responder. Estaba tratando con todas mis fuerzas de ignorar su comentario sobre la maravillosa noche que habíamos pasado, porque realmente había sido maravillosa, más que maravillosa, y nunca más volvería a tenerla.

—Gracias —dijo aliviado—. No me hacía ninguna gracia tener pendiente esta conversación.

Miré hacia todos lados menos hacia él y después saqué las llaves de mi cartera.

—Buenas noches, señor.

—Puedes llamarme Maddox cuando no estamos en la oficina. O… Thom… Maddox está bien.

—Buenas noches —dije, poniendo la llave en la cerradura y girando el picaporte.

Cuando cerré la puerta, vi a Maddox dirigirse hacia las escaleras con una expresión de enojo en el rostro.

Mi sofá estaba todo rodeado de cajas como si lo hubiesen tomado de rehén. Las paredes blancas sin cortinas resultaban incómodamente frías, incluso con la agradable temperatura templada del exterior. Fui derecho al dormitorio y me dejé caer de espaldas sobre la cama, mirando hacia el techo.

Al día siguiente me esperaba una larga jornada. Tenía que organizar mi oficina y tratar de ponerme al tanto de dónde estábamos con el caso de Las Vegas. Tendría que desarrollar mi propio sistema para supervisar el progreso de cada uno de los agentes en la tarea que le había sido asignada y lo que deberían hacer luego, una vez terminada. Era mi primer trabajo como supervisora y estaba bajo el mando de un SEC que esperaba que hiciera un trabajo perfecto.

Suspiré.

En una de las esquinas, el cielo raso tenía una mancha oscura y me pregunté si Maddox alguna vez habría dejado que su bañera se rebasara o simplemente habría una pérdida en alguna de las paredes. Un sonido ligero se filtraba a través de las paredes de nuestros departamentos. Mi jefe estaba ahí arriba, probablemente por entrar en la ducha, lo que significaba que se estaba desvistiendo.

Maldición.

Lo había conocido antes de que fuera mi jefe y ahora me era difícil no recordar al hombre embriagante del bar, el hombre al que pertenecía ese par de labios que añoraba ya antes de que se hubiese ido de mi cama.

La ira y el odio eran las únicas maneras en que iba a poder sobrellevar el tiempo que pasara en San Diego. Iba a tener que aprender a odiar a Thomas Maddox, y tenía el presentimiento de que él iba a hacer que me fuera muy difícil odiarlo.

Los estantes estaban vacíos pero sin polvo. La oficina del supervisor, un espacio más grande del que jamás hubiese soñado tener para mí, era todo por lo que había luchado, y a la vez sentía que el próximo paso era otro escalón roto más en mi ascenso por la escalera del FBI.

Lo que para una persona normal habría podido parecer como un desorden total de fotos, mapas y fotocopias era mi manera de tener en claro qué agente había sido asignado a qué tarea, qué pistas eran las más prometedoras y qué personas de interés para la investigación eran más interesantes que otras. Un nombre que apareció una y otra vez me llamó particularmente la atención: una leyenda del póker caída en desgracia con el nombre de Abernathy. Su hija, Abby, también aparecía en unas fotos de vigilancia en blanco y negro, aunque todavía no había llegado a leer los informes sobre su implicancia en el caso.

Mientras clavaba la última chinche, entró Val y se quedó pasmada.

—Guau, Liis. ¿Cuánto hace que estás con esto?

—Toda la mañana —dije, admirando mi obra de arte, mientras bajaba de la silla. Me llevé las manos a la cintura y lancé un largo suspiro.

—Una maravilla, ¿no es cierto?

Val inhaló hondo, aparentemente abrumada.

Alguien llamó a la puerta. Giré y vi al agente Sawyer apoyado contra el umbral.

—Buenos días, Lindy. Tengo un par de cosas que querría discutir contigo, si no estás ocupada.

Sawyer no parecía el ser despreciable que me había pintado Val. Su cabello, recién cortado, era lo suficientemente largo como para poder pasarse los dedos pero aun así profesional. Tal vez usaba demasiado spray, pero el peinado estilo James Dean le sentaba bien. Su mandíbula cuadrada y sus dientes parejos y blancos resaltaban sus brillantes ojos azules. Era bastante bonito de aspecto, pero su mirada ocultaba algo desagradable.

Val puso cara.

—Diré a la gente de mantenimiento que tienes basura en tu oficina —dijo, casi empujándolo al pasar.

—Soy el agente Sawyer —dijo él, avanzando unos pasos para darme la mano—. Pensé en presentarme ayer, pero me demoré en el juzgado. Terminé tarde.

Fui hasta detrás de mi escritorio y traté de acomodar las pilas de papeles y carpetas.

—Lo sé. ¿En qué puedo ayudarlo, Sawyer?

Sawyer se sentó en uno de los dos sillones de cuero que estaban ubicados delante de mi gran escritorio de roble.

—Tome asiento —dije, señalando el sillón sobre el que ya estaba sentado.

—Es lo que tenía pensado —dijo.

Lentamente y sin apartar la mirada del par de ojos azules como un mar que me miraban del otro lado del escritorio, me ubiqué en mi enorme sillón de escritorio. El alto respaldo me hizo sentir como si me estuviese sentando en un trono, mi trono, y ese bufón que tenía enfrente estaba tratando de orinar en mi corte. Lo miré de arriba como si fuese un perro sarnoso.

Sawyer colocó una carpeta sobre el escritorio y la abrió, señalando un párrafo resaltado en naranja.

—Ya le he mostrado esto antes a Maddox, pero ahora que tenemos un par de ojos nuevos…

Maddox entró como una tromba en mi oficina.

Sawyer se paró como si le hubiese disparado.

—Buenos días, señor.

Maddox se limitó a hacer un gesto con la cabeza en dirección a la puerta y Sawyer desapareció sin decir una palabra. Maddox cerró la puerta de un portazo, haciendo que la pared de vidrio temblara, así que me ahorré tener que temblar yo.

Me recliné en el sillón y me crucé de brazos, medio esperando y medio anticipando el estúpido comentario que saldría de su boca perfecta.

—¿Qué le parece su oficina? —preguntó.

—¿Perdón?

—Su oficina —dijo, mientras caminaba y señalaba los estantes vacíos—. ¿Es de su agrado?

—¿Sí?

Maddox me miró fijo. ¿Es una pregunta eso?

—No. La oficina es de mi agrado, señor.

—Bien. Si necesita algo, hágamelo saber. Y —señaló a la pared de vidrio— si esa basura babosa la molesta, venga directamente a decírmelo, ¿de acuerdo?

—Soy totalmente capaz de manejar a Sawyer, señor.

—En el momento —dijo furioso— en que haga algún comentario insidioso, que cuestione su autoridad o se le lance, venga directamente a verme.

¿Se tire algún lance? ¿A quién cree que le está hablando?

—¿Por qué lo asignó a este caso si le desagrada tanto?

—Es bueno en lo que hace.

—Aún así, usted no lo escucha.

Maddox se frotó los ojos con el pulgar y el índice, en un gesto de frustración.

—El hecho de que yo tenga que soportar sus idioteces para aprovechar su talento no quiere decir que usted también tenga que hacerlo.

—¿Le parezco alguien débil?

Alzó las cejas.

—¿Cómo?

—¿Está tratando de socavarme? —Me incorporé en la silla—. ¿Ése es su juego? Estuve tratando de desentrañar todo este asunto. Supongo que es mucho más efectivo hacer que yo parezca débil e incompetente que sacarme del medio directamente.

—¿Qué? No —dijo, dando la impresión de estar auténticamente confundido.

—Puedo manejar a Sawyer. Puedo manejar mi nuevo puesto. Soy completamente capaz de manejar este escuadrón. ¿Alguna otra cosa, señor?

Maddox se dio cuenta de que se había quedado con la boca abierta y la cerró de golpe.

—Eso es todo, agente Lindy.

—Genial, porque tengo trabajo que hacer.

Maddox abrió la puerta, metió las dos manos en los bolsillos del pantalón y se fue de mi oficina, dirigiéndose hacia la puerta de seguridad. Miré el reloj y supe exactamente adónde iba.

Val entró enseguida, con los ojos desorbitados.

—Santo Dios, ¿qué fue todo eso?

—No tengo idea, pero lo voy a averiguar.

—Anoche se fue apurado del pub. ¿Te acompañó hasta tu casa?

—No —dije, parándome.

—Mentira.

La ignoré.

—Tengo que desenchufarme un poco. ¿Vienes conmigo?

—¿El gimnasio durante la hora del SEC? Ni lo sueñes. No deberías empujarlo, Liis. Imagino que los dos están metidos en algún tipo de competencia, pero él es famoso por su carácter.

Tomé mi bolso de gimnasia y me lo puse sobre el hombro.

—Si me provoca a que lo empuje, lo empujaré.

—¿A dónde? ¿Al precipicio?

Pensé un segundo en esa posibilidad.

—Entró directamente aquí todo molesto por Sawyer.

Val se encogió de hombros.

—Sawyer es un imbécil. Pone a todo el mundo molesto.

—No, tengo la clara sensación de que Maddox estaba... Me doy cuenta de que parece ridículo, pero se comportó como un ex novio celoso. Si no es eso, entonces creo que me dio este ascenso para hacerme quedar como una incompetente. Encaja perfectamente con lo que me dijiste sobre él, y con lo que me hizo antes del ascenso.

Val metió una mano en el bolsillo y abrió una bolsita de pretzels. Se llevó uno a la boca y lo comió en pequeños mordiscos como una ardilla.

—Me inclino más por tu teoría de que Maddox está celoso, pero es imposible. Primero, nunca estaría celoso de Sawyer. —Su rostro se retorció en una expresión de asco—. Segundo, ya no se engancha más en esas cosas, no desde que esa chica le hizo odiar todo lo que tuviera una vagina.

Estuve a punto de recordarle que tampoco se había acostado con nadie antes de mí, pero eso hubiese implicado que yo quería que él estuviera celoso, y eso no era cierto.

—¿Qué te hace pensar que fue culpa de ella? —pregunté.

Val se detuvo unos segundos.

—Estaba enamorado de esa chica. ¿Has estado en su oficina?

Sacudí la cabeza.

—Esos estantes vacíos estaban llenos con retratos de ella. Todos sabían del esfuerzo que hizo por hacer bien las cosas y amarla de la manera en que ella se lo merecía. Ahora nadie habla de eso, no porque él haya hecho algo mal, sino porque ella le rompió el corazón y nadie quiere hacer que él se sienta más desgraciado de lo que ya se siente.

La ignoré.

—Soy una analista de inteligencia, Val. Está en mi naturaleza unir pedazos de información y formar una teoría.

Val arrugó la nariz.

—¿Y qué tiene que ver eso con todo esto? Estoy tratando de explicarte que no está celoso de Sawyer.

—Nunca dije que lo estuviera.

—Pero quieres que lo esté. —Val estaba segura de que estaba en lo cierto. Era enloquecedor.

—Quiero saber si tengo razón respecto de él. Quiero saber si está tratando de hundirme. Quiero pelar esa capa de la superficie y ver qué hay debajo.

—Nada que vaya a gustarte.

—Veremos —dije, pasando a su lado en dirección a la puerta.

Capítulo 5

Maddox se detuvo en mitad de una serie de abdominales invertidos y suspiró.

—Estás bromeando.

—No —dije, yendo directamente al vestuario de mujeres.

Se dejó caer de espaldas contra el banco en el que estaba sentado, con las piernas flexionadas y los pies plantados, bien firme en el suelo.

—¿Quieres que nos odiemos? —dijo, mirando hacia el techo—. Estoy empezando a sentir que eso es lo que quieres.

—No te equivocas por mucho —dije, mientras abría la puerta vaivén del vestuario de un empujón.

Después de sacar mi ropa de gimnasia del bolso de lona, me calcé mi falda azul marino por encima de las caderas y me desabotoné la blusa celeste. Después me desabroché mi corpiño armado y me puse uno deportivo. Era increíble cómo un pedazo de tela podía transformarme de una mujer de curvas ligeras a la contextura de un muchacho de doce años.

El lugar, adornado con armarios y pósteres motivacionales, no olía a moho y zapatillas sucias como había imaginado. El olor a lavandina y a pintura fresca dominaba el aire.

Maddox estaba terminando sus abdominales mientras yo me dirigí a la cinta para correr. Mis Adidas chirriaban cada vez que levantaba o apoyaba un pie sobre el piso de goma. Subí al cinturón de la máquina y pasé la parte de abajo de mi camiseta blanca del FBI a través de la hebilla de seguridad.

—¿Por qué ahora? —dijo del otro lado del salón—. ¿Por qué tienes que venir en mi hora del almuerzo? ¿No puedes ejercitarte por las mañanas o después del trabajo?

—¿Has visto este lugar a esas horas? Está repleto de gente. La mejor hora del día para entrenarse sin tener que estar esquivando cuerpos transpirados es durante tu hora del almuerzo, porque nadie quiere venir aquí cuando tú estás.

—Porque no los dejo.

—¿Vas a pedir que me vaya? —pregunté, mirándolo por encima del hombro.

—Quieres decir que te diga que te vayas.

Me encogí de hombros.

—Pura cuestión de semántica.

Sus ojos se detuvieron en mis calzas ajustadas, mientras pensaba en qué responderme, y después dejó el banco y se dirigió hacia las barras dobles, donde levantó las piernas casi a la altura del pecho. Si se entrenaba así cinco veces por semana, no me sorprendía que tuviese esos abdominales. Tenía el cabello empapado por el sudor y todo su torso brillaba.

Fingí no notarlo, mientras apretaba el botón para arrancar la cinta. Ésta comenzó a moverse suavemente hacia adelante, y los cambios produjeron una vibración familiar debajo de mis pies. Me coloqué un par de auriculares y usé la música para que me ayudara a olvidar que Maddox estaba detrás de mí. Incrementar la velocidad y la inclinación de la cinta también ayudaba.

Después de varias vueltas, me saqué uno de los auriculares y lo dejé colgando sobre mi hombro. Giré para mirar a la pared de espejos a mi izquierda y le dije al reflejo de Maddox:

—Ah, de paso, te advierto que a mí no me engañas.

—¿Oh, sí? —dijo Maddox, jadeando detrás de mí.

—Puedes estar seguro de que sí.

—¿Qué demonios se supone que significa eso?

—No voy a dejar que lo hagas.

—¿Realmente crees que quiero sabotearte? —Parecía divertido.

—¿No es así?

—Ya te dije que no. —Tras una breve pausa, estaba parado al lado de la cinta, con las manos apoyadas sobre las manijas de seguridad—. Sé que te di una mala impresión. Pero lo que me motiva es hacer mejores agentes, no hundir su carrera.

—¿Eso incluye al agente Sawyer?

—El agente Sawyer tiene una historia en nuestro escuadrón de la que tú no sabes nada.

—Entonces, instrúyeme.

—No me corresponde a mí contarla.

—¿Es eso? —pregunté con una sonrisa irónica.

—No entiendo a qué te refieres.

—No le permites que hable conmigo debido a la historia de otra persona.

Maddox se encogió de hombros.

—Me divierte meterme en su camino.

—Tu rabieta en mi oficina *después* de que se fue el agente Sawyer realmente fue meterte en su camino. Es cierto.

Maddox sacudió la cabeza y después se alejó. Empecé a ponerme de nuevo el auricular pero él volvió a pararse a mi lado.

—¿Por qué soy yo el imbécil por mantener a un cretino como Sawyer lejos de ti?

Apreté un botón, y la cinta se detuvo.

—No necesito tu protección —dije, suspirando.

Maddox empezó a hablar, pero volvió a alejarse, esta vez en dirección al vestuario de hombres.

Después de ocho minutos de estar juntando rabia sobre su actitud, me bajé de la cinta y entré como una tromba en el vestuario de hombres.

Maddox tenía una mano apoyada sobre el lavabo y con la otra sujetaba un cepillo de dientes. Tenía el cabello mojado y sólo estaba cubierto con la toalla.

Escupió, se enjuagó los dientes y después golpeteó el cepillo sobre el lavabo.

—¿Necesitas algo?

Cambié el peso del cuerpo.

—Tal vez puedas engrupir a todos, incluyendo al director; pero tú a mí no me engañas. No creas ni por un segundo que tus estupideces me engañan. No voy a ninguna parte, así que es mejor que termines cualquier jueguito que sea que estés jugando.

Tiró el cepillo de dientes en el lavabo y caminó hacia mí. Retrocedí, acelerando el paso a medida que él aceleraba el suyo. Una vez que me acorraló contra la pared, apoyó con un golpe las dos palmas a cada lado de mi cuerpo, justo por encima de mi cabeza. Estaba a centímetros de mi cara, su piel todavía goteaba por la reciente ducha.

—Yo la ascendí a supervisor, agente Lindy. ¿Qué le hace pensar que quiero que se vaya?

Alcé el mentón.

—Su horrible actitud respecto de Sawyer no parece corroborar mucho sus palabras.

—¿Qué quiere que diga? —dijo.

Podía oler la fragancia a menta en su boca y el jabón en su piel.

—Quiero la verdad.

Maddox se inclinó hacia mí y su nariz recorrió el contorno de mi mandíbula. Cuando sus labios me tocaron la oreja, mis rodillas casi no me sostienen.

—Puedes tener lo que quieras.

Se inclinó hacia atrás, clavando la mirada en mis labios.

Se me entrecortó la respiración y cerré los ojos para juntar fuerzas, cuando él se acercó aún más.

Se detuvo justo al lado de mi boca.

—Dilo —susurró—. Di que quieres que te bese.

Estiré una mano y la deslicé por su musculoso abdomen, esparciendo las gotitas de agua hasta que llegué a la toalla. Cada nervio de mi cuerpo me rogaba que dijera sí.

—No —grité, pasando por debajo de él y empujándolo a un costado. Salí a toda prisa del vestuario.

Volví a subirme a la cinta, elegí la velocidad más rápida y me coloqué de nuevo los auriculares en los oídos, cambiando de canción hasta que encontré una bien estridente.

Cuarenta y cinco minutos más tarde, exhausta y transpirada, bajé el ritmo y comencé a caminar con las manos sobre las caderas. Tras una relajación de cinco minutos, me duché y me vestí antes de recogerme el cabello en un chongo.

Val me estaba esperando del otro lado de la pasarela elevada.

—¿Cómo fue? —preguntó con auténtica preocupación.

Seguí caminando hacia los ascensores, y ella mantuvo el paso.

Me esforcé lo más posible por mantener los hombros y el rostro relajados.

—Corrí. Estuvo genial.

—Mentira.

—Olvídalo, Val.

—¿Sólo… corriste? —Parecía confundida.

—Sí. ¿Qué tal estuvo tu almuerzo?

—Traje una bolsa. Sándwiches de mantequilla y maní. ¿Te gritó?

—No.

—¿Trató de sacarte a las patadas?

—No.

—No… entiendo.

Reí para mis adentros.

—¿Qué hay que entender? No es un ogro. En realidad, a esta altura, él podría pensar que *yo* soy el ogro.

Subimos al ascensor juntas y apreté el botón de nuestro piso. Val dio un paso hacia mí, acercándose tanto que tiré mi cuerpo hacia atrás.

—Sí… es un ogro. Es dañino y despiadado y les grita a las personas cuando entran en el gimnasio durante su hora, aunque sólo sea para buscar una zapatilla que se olvidaron. Lo sé muy bien. Yo fui esa agente. Me gritó, se puso loco conmigo por ir a buscar una maldita zapatilla que había dejado en el vestuario —dijo las últimas palabras muy lentamente y con énfasis, como si estuviera parada delante de un jurado recitando su poesía slam.

—Tal vez haya cambiado.

—¿Desde que tú llegaste? ¿En tres días? Imposible.

Su tono contundente me molestó.

—Estás siendo un poco exagerada.

—¿Dramática?

—Sí.

—Así hablo yo.

—¿Dramáticamente?

—Sí. Deja de buscar cosas para juzgarme y oye lo que te estoy diciendo.

—De acuerdo —dije.

La puerta del ascensor se abrió y salí al pasillo. Val me siguió hacia la puerta de seguridad.

—Joel insistió para que comiese mis sándwiches en su oficina.

—¿Quién es Joel?

—El agente Marks. Ten cuidado. Anoche me mandó un mensaje de texto. Dijo que Maddox se ha estado comportando raro. Su hermano menor se casa el mes que viene. Bueno, se casa por segunda vez. No, eso tampoco es exacto.

Mi rostro se contrajo.

—¿Renueva sus votos, quizá?

Val me señaló con el dedo.

—Exacto.

—¿Por qué me estás contando esto?

—Maddox va a ver, tú sabes… a ella.

—¿La chica que le rompió el corazón?

—Afirmativo. La última vez que fue a visitar a su familia y la vio, volvió hecho un hombre nuevo. —Val arrugó la nariz—. No en un buen sentido. Estaba destruido. Daba miedo.

—De acuerdo.

—Ya está sufriendo por adelantado. Le dijo a Marks… Esto es superclasificado, ¿me oyes?

Me encogí de hombros.

—Sigue.

—Le dijo a Marks que estaba bastante contento de que te hubiesen transferido aquí.

Entré en mi oficina y le di a entender a Val con una pequeña sonrisa que pasara. Una vez que cerré la puerta, asegurándome de que ella notara que me había ocupado de que quedara bien cerrada, di media vuelta y me apoyé contra la puerta. Sentía el frío y la dureza de la madera incluso a través de mi blusa.

—¡Oh, Dios, Val! ¿Qué debo hacer? —susurré simulando entrar en pánico—. *¿Está bastante contento?* —Puse la cara más horrible que podía y empecé a jadear.

Val miró hacia el techo y se dejó caer en mi trono.

—Vete al infierno.

—No puedes decirme que me vaya al infierno mientras estás sentada en mi sillón.

—Puedo, si tú te burlas de mí. —Se inclinó hacia adelante y sus pantalones chirriaron contra el cuero oscuro—. Te digo que es un asunto serio. Él no es así. No se pone contento, ni siquiera *bastante* contento. Odia a todo el mundo.

—De acuerdo, pero todo esto es muy estúpido, Val. Incluso si es atípico, estás activando la alarma de incendios por una vela.

Val alzó una ceja.

—Te estoy diciendo que tú acabas de voltearle la vela.

—Val, tú tienes cosas más importantes que hacer, y yo también.

—¿De copas esta noche?

—Tengo que desempacar.

—Te ayudaré, llevo vino.

—Trato hecho —dije, mientras ella salía de mi oficina.

Estar sentada en mi sillón era reconfortante. Me estaba escondiendo a la vista de todo el mundo, con mi espalda protegida por el alto respaldo y mi cuerpo envuelto por los apoyabrazos que pasaban la altura de mi cintura. Mis dedos se deslizaron por el teclado, mientras pequeños puntos negros iban llenando los casilleros de la contraseña en el monitor. Recordé de pronto que la primera vez que había entrado en el sistema, al ver el escudo del FBI, mi pulso se había acelerado. Algunas cosas nunca cambiaban.

Mi casilla de correo estaba llena de mensajes de todos los agentes, con informes de su trabajo, preguntas y pistas. El nombre de Constance prácticamente saltó en la pantalla, de modo que cliqueé sobre él.

AGENTE LINDY:

EL SEC MADDOX SOLICITA UNA ENTREVISTA
A LAS 15:00 PARA DISCUTIR UN TEMA.
POR FAVOR, DESPEJE SU HORARIO.

CONSTANCE

Mierda.

Cada minuto que pasaba, tras leer ese mensaje, era más torturante que mi caminata hacia el gimnasio. A las tres menos cinco, cerré el tema en el que estaba trabajando y salí al pasillo.

Las largas pestañas negras de Constance revolotearon al verme, y llevó una mano al aparatito en su oído. Unas palabras escaparon de sus labios rojos, muy bajas e inaudibles. Giró una fracción de segundo hacia la puerta de Maddox. Su cabello rubio blanquecino cayó detrás de sus hombros y luego volvió a recuperar, rebotando, su suave ondulación. Después pareció volver de nuevo al presente y me sonrió.

—Por favor, pase, agente Lindy.

Asentí con la cabeza, notando que no me sacaba los ojos de encima, mientras pasaba junto a su escritorio. No era sólo la asistente de Maddox. Era su perro guardián disfrazado de rubia.

Respiré hondo y giré el brilloso picaporte de níquel.

La oficina de Maddox tenía muebles de caoba y lujosas alfombras. Pero sus estantes estaban tan patéticamente vacíos como los míos, sin ningún retrato familiar ni objetos personales que pudieran hacer creer que Maddox tenía una vida personal fuera del FBI. Las paredes mostraban sus recuerdos favoritos, incluyendo placas y premios junto con una foto de él dándose la mano con el director.

Sobre su escritorio había tres portarretratos que me daban la espalda. Me molestaba no poder ver qué tenían. Me pregunté si serían fotos de ella.

Maddox estaba parado con su traje azul marino y una mano en el bolsillo, disfrutando la hermosa vista que tenía desde su oficina, ubicada en una esquina del edificio.

—Tome asiento, Lindy.

Me senté.

Dio media vuelta.

—Tengo un dilema con el que tal vez usted pueda ayudarme.

Cien frases diferentes podrían haber salido de su boca. Ésa no era una de las que yo hubiese podido prever.

—Disculpe, señor. ¿Qué fue lo que dijo?

—Acabo de tener una reunión con el AEC, y él cree que usted podría ser la solución para un tema del que hablamos —dijo, sentándose finalmente en su sillón.

Las cortinas dejaban entrar el sol de la tarde, que resplandecía sobre la ya brillosa superficie del escritorio. Éste era tan grande como para que seis personas se sentaran alrededor de él, y no creía que dos personas pudieran levantarlo.

Me apoyé un poco en las puntas de mis pies para entrar más cómoda en el espacio entre el escritorio y la alfombra. Exhalé todo el aire que tenía en mis pulmones, buscando sentirme lo suficientemente anclada en el suelo para que lo que fuera que Maddox estuviera por echarme encima no me arrancara volando de la silla.

De pronto, lanzó un expediente sobre el escritorio que se deslizó hacia mí, deteniéndose a pocos centímetros del borde. Cuando lo tomé y tuve en mis manos la gruesa pila de papeles que contenía, todavía estaba demasiado descolocada por el comentario previo de Maddox como para abrirlo.

—El agente especial a cargo Polanski, el AEC, cree que yo soy la solución —dije con escepticismo.

O yo había subestimado seriamente mi valor o Maddox estaba lleno de sucios trucos.

—Léalo —dijo, volviéndose a parar y dirigiéndose hacia la ventana. A juzgar por la expresión de seriedad en su rostro y la rigidez de su cuerpo, estaba nervioso.

Abrí la gruesa carpeta de cartón para echar un vistazo a la primera página y después vi los numerosos FD-302, las fotos de vigilancia y la lista de los muertos. Un informe contenía acusaciones y transcripciones de juicios de un estudiante universitario llamado Adam Stockton. Era algún tipo de organizador de alguna especie de competencia, y había sido sentenciado a diez años de prisión. Hojeé rápidamente todo el caso, sabiendo que no era eso lo que Maddox quería que yo viera.

Varias de las fotos eran de un hombre que se parecía bastante a Maddox, la misma estatura pero con el cabello rapado y los brazos llenos de tatuajes. Había otras con una chica bonita, de unos veinte años, con muchos más años de sabiduría en sus ojos de los que debería haber tenido. Algunas eran fotos individuales, pero la mayoría era de ellos dos juntos. Reconocí a la chica como la misma que aparecía en algunas de las fotos que había colgado en la pared de mi oficina —era la hija de Abernathy. El chico con el cabello rapado y Abby obviamente eran novios, pero la manera en que se abrazaban me llevaba a creer que era una relación nueva y apasionada. De no ser así, se amaban mucho. Él tenía una postura protectora en casi todas las fotos, pero ella no se mostraba para nada intimidada. Me pregunté si él se daría cuenta de que adoptaba esa postura cuando estaba con ella.

Los dos eran estudiantes de la Eastern State University. Unas páginas más adelante supe que, una noche, un incendio había destruido uno de los edificios del campus, y habían muerto ciento treinta y dos jóvenes. Antes de preguntar por qué tantos chicos estaban reunidos en el sótano de un edificio de la facultad a esas horas de la noche, di vuelta la página y encontré la respuesta: un ring de pelea flotante, y el tipo parecido a Maddox era uno de los sospechosos.

—Santo Dios. ¿Qué es esto? —pregunté.

—Siga leyendo —dijo, todavía de espaldas.

Casi de inmediato, dos nombres saltaron a mis ojos: Maddox y Abernathy. Tras algunas páginas más, terminó de armarse todo el rompecabezas y alcé la vista hacia mi jefe.

—¿Su hermano está casado con la hija de Abernathy?

Maddox no se dio vuelta.

—Usted me está tomando el pelo.

Maddox suspiró, volviéndose finalmente hacia mí.

—Ojalá lo estuviera. Van a renovar sus votos a fines de este mes en St. Thomas… para que la familia pueda asistir a la ceremonia. Su primera boda fue en Las Vegas hace casi un año.

Le mostré la carpeta.

—Apenas unas horas después del incendio. Es una chica inteligente.

Maddox caminó lentamente hasta su escritorio y volvió a sentarse. Su incapacidad para quedarse quieto me estaba poniendo todavía más nerviosa de lo que parecía estar él.

—¿Qué le hace pensar que fue idea de ella? —preguntó.

—Él no parece ser el tipo de muchacho que dejaría que su novia lo salve —dije, recordando su postura en las fotos.

Maddox ahogó una carcajada y bajó los ojos.

—No es el tipo de muchacho que dejaría que nadie lo salve, que es por lo que esto va a ser particularmente difícil. El agente especial Polanski insiste en que necesito alguien que me apoye, y estuve de acuerdo con él.

—¿Que lo apoye en qué?

—Voy a tener que decírselo después de la ceremonia.

—¿Que ella se casó con él para darle una coartada?

—No —dijo sacudiendo la cabeza—. Puede que Abby se haya casado con mi hermano por alguna razón, pero esa razón es porque lo ama. —Maddox frunció el entrecejo—. Saber la verdad lo destrozaría, aunque ella lo haya hecho para salvarlo.

—¿Usted siempre hace lo que es mejor para sus hermanos?

Bajó la vista hacia los portarretratos que yo no podía ver.

—Ni se imagina hasta qué punto. —Suspiró—. Hice lo que pude después del incendio, pero como puede ver por la lista de las víctimas, una sentencia de diez años para Adam no ayudará en nada. Adam fue acusado de doscientos sesenta y cuatro casos de homicidio involuntario, dos por cada una de las víctimas.

—¿Cómo se las ingenió el fiscal de distrito para lograr esa condena? —pregunté.

—Adam fue condenado bajo dos teorías distintas del delito: homicidio culposo y homicidio no premeditado.

Asentí con la cabeza.

—Tenía las manos atadas —continuó Maddox—. Y no pude ayudar a mi hermano… hasta que comuniqué a Polanski lo que me convirtió en uno de los SEC más jóvenes en la historia del FBI. Tenía a alguien adentro. Casi no podía creerlo. Mi hermano menor estaba saliendo y ahora está casado con la hija de una de las personas investigadas en uno de nuestros casos más importantes, Mick Abernathy. Logré que Polanski —con la venia del director, por supuesto— hiciera a un lado los cargos si Travis aceptaba trabajar con nosotros, pero cerrar este caso va a llevar más tiempo del que tal vez habría durado su sentencia en prisión.

—¿Va a ser uno de los nuestros? —pregunté.

—No como agente.

—¿El FBI lo va a reclutar? —dije sorprendida.

—Sí. Sólo que él todavía no lo sabe.

Mi cara se retorció en una expresión de repulsión.

—¿Por qué decírselo justo el día de su boda?

—No se lo diré el día de la boda. Se lo diré a la mañana siguiente, antes de irme. Tiene que ser personalmente, y no sé cuándo lo volveré a ver. Ya no voy más a visitar a mi familia.

—¿Y si no acepta?

Maddox, herido por la pregunta, dejó escapar un largo suspiro.

—Irá a la cárcel.

—¿Y yo dónde encajo en todo esto?

Maddox giró un poco en su silla, los hombros todavía tensos.

—Sólo… déjeme terminar. Fue ciento por ciento idea del AEC. Pero da la casualidad de que tiene razón.

—¿Qué? —Mi mente iba a toda velocidad y mi paciencia se estaba acabando.

—Necesito una acompañante para la boda. Necesito que alguien más de la oficina asista a la boda y esté presente durante la conversación. No sé cómo puede llegar a reaccionar. Una agente mujer sería un buen respaldo. Polanski piensa que usted es la candidata perfecta.

—¿Por qué yo? —pregunté.

—La mencionó por su nombre.

—¿Y por qué no Val? ¿Por qué no Constance?

Maddox se retrajo un segundo como sorprendido por mi pregunta y luego clavó los ojos en su dedo mientras golpeaba con él sobre el escritorio.

—Sugirió que debía ser alguien que encajara bien.

—Encajara bien—repetí confundida.

—Dos de mis hermanos están enamorados de mujeres que… carecen de fineza.

—¿Que yo carezco de *fineza*? —pregunté, señalándome el pecho con el dedo—. ¿Está hablando en serio? —Estiré el cuello—. ¿Alguna vez vio a Val?

—¿Ve lo que digo? —dijo Maddox, señalándome con toda la mano—. Eso es exactamente lo que diría Abby, o… Camille, la novia de Trent.

—¿La novia de Trent?

—Mi hermano.

—Su hermano Trent. Y Travis. Y usted es Thomas. ¿Quién más me falta? ¿Tao y Tai-Chi?

Maddox no pareció divertido.

—Taylor y Tyler. Son mellizos. Están entre Trent y yo.

—¿Por qué las "tes"? —no puede evitar preguntar, aunque estaba más que irritada con toda la conversación.

Suspiró.

—Es una tradición familiar. No sé. Lindy, necesito que venga a la boda de mi hermano conmigo. Necesito que me ayude a convencerlo de que no vaya a la cárcel.

—No debería ser tan difícil para usted convencerlo. El FBI es una gran alternativa comparado con una condena en prisión.

—Va a trabajar encubierto. Tendrá que ocultárselo a su mujer.

—¿Y?

—Realmente ama mucho a su esposa.

—Nuestros otros agentes encubiertos también —repliqué, sin la más mínima pizca de compasión.

—Travis tiene un pasado. Su relación con Abby ha sido muy volátil, y él siente que la honestidad es una parte muy importante de su compromiso con el matrimonio.

—Maddox, me está aburriendo. Nuestros agentes encubiertos sencillamente les dicen a sus personas queridas que no pueden hablar de su trabajo y punto. ¿Por qué él no puede hacer lo mismo?

—No puede decirle nada. Va a trabajar como un agente encubierto en un caso que podría implicar al padre de Abby. Eso realmente podría volverse un problema en su matrimonio. No se arriesgará voluntariamente a hacer nada que pueda significar perderla.

—Se acostumbrará. Nos limitaremos a darle una coartada simple y precisa y de ahí no nos moveremos.

Maddox sacudió la cabeza.

—Nada de todo esto es simple, Liis. Vamos a tener que ser excepcionalmente creativos para impedir que Abby lo descubra. —Suspiró y miró hacia el techo—. Esa chica es viva como una zorra.

Lo miré con los ojos entrecerrados, muy consciente de que había usado mi nombre de pila.

—El AEC quiere que yo vaya. ¿Y usted?

—No es una mala idea.

—Que seamos amigos es una mala idea, ¿pero que pasemos por una pareja todo un fin de semana no lo es?

—Travis es… un muchacho difícil.

—¿Cree que se pondrá violento?

—Sé que sí.

—Doy por sentado que no quiere que le dispare si lo hace. Maddox me lanzó una mirada.

—Entonces, ¿puedo dispararle a usted? —pregunté. Maddox alzó los ojos hacia el techo y yo levanté las manos—. Sólo estoy tratando de entender qué papel juego en todo esto.

—Travis no es un muchacho muy dócil cuando no tiene alternativas. Si piensa que puede perder a Abby, luchará. Perderla porque miente o perderla por tener que ir a prisión no son verdaderas alternativas. Podría llegar a rechazar mi ofrecimiento.

—¿Tanto la ama?

—No creo que ésa sea una palabra adecuada para describir lo que siente por ella. Amenazarlo con perderla es como amenazar su vida.

—Eso es horriblemente… dramático.

Maddox lo pensó un segundo.

—La naturaleza de su relación es el drama.

—Comprendo.

—Trent ha organizado una fiesta de despedida de soltero la noche anterior a la boda en mi pueblo, Eakins, Illinois.

—Lo he oído nombrar —dije. Como Maddox me miró confundido, continué—. Pasé por la salida a Eakins varias veces cuando entraba o salía de Chicago por la autopista.

Maddox asintió.

—Al día siguiente, iremos al Aeropuerto Internacional Chicago-O'Hare y tomaremos un avión a St. Thomas. Le pediré a Constance que le mande por correo electrónico las fechas y el itinerario.

Tenía sentimientos encontrados respecto de volver a casa tan rápido.

—OK.

—Como le he dicho, pasaremos por una pareja. Mi familia cree que trabajo en marketing y me gustaría que eso quede así.

—¿No saben que es un agente del FBI?

—Correcto.

—¿Puedo preguntar por qué?

—No.

Parpadeé.

—De acuerdo. Supongo que compartiremos una habitación de hotel en Eakins y en St. Thomas.

—Correcto.

—¿Algo más?

—No por ahora.

Me paré.

—Que tenga una buena tarde, señor.

Se despejó la garganta, evidentemente sorprendido de mi reacción.

—Gracias, agente Lindy.

Cuando giré sobre mis talones para irme era perfectamente consciente de cada uno de mis gestos: lo rápido que caminaba, el modo en que mecía los brazos, incluso lo derecha que era mi postura. No quería darle ninguna pista. Ni yo misma sabía qué sentía sobre el futuro viaje y claramente no tenía la menor intención de que él especulara al respecto.

De regreso en mi oficina, cerré la puerta y casi me derrumbé en el sillón. Crucé las piernas a la altura de mis tobillos y las apoyé sobre el escritorio.

Los nudillos del agente Sawyer golpearon a la puerta y me miró expectante a través de la pared de vidrio. Le hice señas de que se fuera.

Maddox estaba contento de que me hubiesen trasladado a San Diego, y el AEC pensaba que carecía de fineza, todavía más que Val Vetealinfierno y la zorra de la agente Davies. Me miré la blusa celeste de lino, toda abotonada, y mi falda hasta las rodillas.

Malditos cerdos apestosos y mugrientos, por supuesto que tengo fineza. ¿Sólo por el hecho de decir lo que pienso creen que soy una persona sin tacto?

Me puse toda roja de furia. Pensé que los días en que las mujeres eran discriminadas en el FBI habían quedado en el pasado. Si algún agente hacía un comentario sexista era rápidamente censurado por los otros agentes masculinos, aunque no hubiese ninguna mujer delante.

¿Carecer de fineza? Ya le voy a demostrar a ese maldito cerdo repugnante cómo me falta fineza delante de todo el escuadrón.

Me cubrí la boca, aunque no había hablado en voz alta. *Tal vez no estuviese tan equivocado.*

El sonido agudo del teléfono fijo chilló dos veces y me lo llevé al oído.

—Lindy.

—Habla Maddox.

Bajé de inmediato las piernas del escritorio, aunque no me pudiese ver.

—Hay otra muy buena razón por la que usted es una buena candidata, una que no le mencioné al AEC.

—Estoy sentada al borde de la silla —dije con voz monótona.

—Vamos a pasar por una pareja y yo… creo que usted es la única agente que se sentiría lo suficientemente cómoda conmigo como para interpretar ese papel.

—No puedo imaginar por qué lo dice.

La línea se quedó en silencio por unos largos segundos.

—Estaba bromeando —dije—. Es bueno saber que no es sólo porque el AEC piensa que no tengo clase.

—Aclaremos ese punto. El AEC no dijo eso ni yo tampoco.

—Me temo que usted sí.

—No es eso lo que quise decir. Le rompería los dientes a cualquiera que dijera eso de usted.

Ahora fui yo la que me quedé callada.

—Gr… gracias. —No sabía qué otra cosa responder.

—Esté atenta a los correos de Constance.

—Sí, señor.

Puse el receptor en el teléfono y volví a subir las piernas sobre el escritorio, pensando en el viaje que haríamos en unas siete semanas.

Iba a pasar varias noches a solas con Maddox, haciéndome pasar por su novia, y no estaba totalmente contrariada al respecto, aunque deseaba estarlo.

Traté de no sonreír. No quería sonreír, así que fruncí el entrecejo, y ésa fue la mentira más grande que dije desde la vez que le dije a Jackson —y a mí misma— que estaba feliz con él en Chicago.

Val golpeó ligeramente el vidrio con un nudillo y después dio unos golpecitos sobre su reloj. Asentí con la cabeza y se alejó.

No estaba segura de cuánto quería Maddox que dijera sobre nuestro posible viaje. Mantener el secreto de nuestra primera noche y mi verdadero trabajo en el Escuadrón Cinco ya era bastante difícil. Desgraciadamente para mí, Val era mi única amiga en San Diego y daba la casualidad de que su superpoder era darse cuenta de todo.

Capítulo 6

Enredé mis dedos en mis cabellos de frustración, mientras luchaba por concentrarme en las palabras de la pantalla. Hacía dos horas que no sacaba los ojos de la computadora y la vista se me empezaba a nublar.

Las persianas de la ventana estaban cerradas pero la luz del atardecer se había filtrado entre las rendijas y ya hacía horas que el sol se había puesto. Después de estudiar el expediente de Travis detenidamente, pasé el resto de la tarde buscando maneras de librarlo de la sentencia a prisión por el incendio, pero utilizarlo como un agente encubierto seguía siendo la mejor opción. De hecho era la única. Desgraciadamente para Travis, su hermano era tan bueno en su trabajo que el FBI creía que sumar otro Maddox a sus filas sería un auténtico beneficio. De modo que no lo iban a emplear sólo circunstancialmente. Lo enrolarían en nuestras filas.

Oí unos golpecitos y vi que el agente Sawyer dejaba un expediente en uno de los contenedores de metal fijados a mi puerta. El contenedor estaba ahí para que los agentes no tuvieran que molestarme cada vez que solicitaban mi firma, pero Sawyer abrió la puerta justo lo necesario para poder meter la cabeza en mi oficina, con una amplia sonrisa en el rostro.

—Es tarde —dijo.

—Lo sé —respondí, apoyando el mentón sobre mi mano sin sacar los ojos de la pantalla.

—Es viernes.

—Estoy al tanto —dije—. Buen fin de semana.

—Pensé que tal vez te gustaría cenar en algún lado. Debes estar hambrienta.

Maddox entró de pronto en mi oficina, sonriente y simpático conmigo, y luego le lanzó una mirada fulminante a Sawyer.

—La agente Lindy y yo tenemos una reunión en dos minutos.

—¿Una reunión? —dijo Sawyer, riendo entre dientes. Bajo la intensa mirada de Maddox, su sonrisa inmediatamente se esfumó. Luego, se acomodó la corbata y después se despejó la garganta—. ¿De veras?

—Buenas noches, agente Sawyer —dijo Maddox.

—Buenas noches, señor —respondió, y desapareció rápidamente por el pasillo.

—No tenemos una reunión —dije con los ojos en el monitor.

—No, no tenemos —dijo Maddox con voz cansada.

—Tú me has hecho su jefe. Tienes que dejar que me hable tarde o temprano.

—Yo no lo veo así.

Me incliné hacia un costado para verle la cara, con el rostro todavía aplastado contra mi mano, y le fruncí el entrecejo, dubitativa.

—Te ves terrible —dijo Maddox.

—Tu aspecto es peor —mentí.

Parecía un modelo de Abercrombie, incluyendo esa mirada severa e impenetrable, y daba la casualidad de que yo sabía que debajo de ese traje y esa corbata lucía igual de espléndido. Volví a esconderme detrás de mi computadora antes de que pudiera notar que mis ojos se habían clavado en esos labios inolvidables.

—¿Con hambre? —preguntó.

—Muerta.

—Vayamos a comprar algo. Yo manejo.

Sacudí la cabeza.

—Todavía tengo mucho que hacer.

—Tienes que comer.

—No.

—Demonios, eres terca.

Eché una mirada alrededor para crear efecto.

—La agente Davies anda diciendo que conseguí este ascenso por cuestiones muy ajenas al trabajo. ¿Tienes idea de lo difícil que es lograr que los agentes me tomen en serio cuando el primer día que llego aquí me nombran su supervisora?

—En realidad fue el segundo día. Y la agente Davis sí ascendió hasta su puesto por una cuestión muy ajena al trabajo, y difícilmente ascienda más de ahí.

Alcé una ceja.

—¿Le has dado tú ese ascenso?

—Absolutamente no.

—Bueno, tal vez ella lo haya conseguido así, pero, técnicamente hablando, tiene razón sobre mí. Y eso me está carcomiendo la conciencia. Estoy trabajando horas extras para hacerme creer a mí misma que me gané el puesto.

—Crece un poco, Liis.

—Tú primero, Thomas.

Me pareció oírlo exhalar la más mínima pizca de una carcajada, pero hice de cuenta que no había oído nada. Sólo me permití bosquejar una sonrisa de satisfacción, cobijada en la seguridad que me proporcionaba la pantalla encendida de mi computadora que se interponía entre nosotros.

Desde abajo en la calle llegaba el sonido de bocinas y sirenas. Afuera el mundo continuaba como de costumbre, sin registrar que nosotros trabajábamos hasta tarde y llevábamos una vida solitaria para garantizar que las demás personas pudiesen ir tranquilamente a dormir en un mundo un poco más seguro, con menos delincuentes y criminales sueltos. La persecución y captura de delincuentes era mi trabajo de todos los días —o había sido mi función hasta entonces. Ahora, en cambio, me habían asignado la tarea de lograr que el hermano de Thomas no terminara en la cárcel. Al menos, eso era lo que yo sentía.

Mi sonrisa de satisfacción se esfumó.

—Dime la verdad —dije con la boca casi pegada a mi mano.

—Sí, tengo hambre —dijo Thomas con voz grave.

—No hablo de eso. ¿Cuál es tu objetivo? ¿Atrapar a Benny o lograr que Travis no termine en la cárcel?

—Una cuestión está enredada con la otra.

—Elige una.

—Prácticamente lo crié yo.

—Eso no es una respuesta.

Thomas inhaló hondo y exhaló, dejando caer sus hombros como si la respuesta lo apabullase.

—Daría mi vida por salvar la de él. Sin ninguna duda, me apartaría del caso. Lo he hecho antes.

—¿Dejar un caso?

—No, y no, no quiero hablar de eso.

—Comprendido —dije. Yo tampoco quería hablar de ella.

—¿*Tú* no quieres que hable de eso? Sin embargo, todo el mundo en la oficina se muere por saber.

Le clavé la mirada.

—Acabas de decir que no querías hablar. Sin embargo, hay algo que quisiera saber.

—¿Qué? —preguntó con cautela.

—¿Quién está en los portarretratos que tienes en tu oficina?

—¿Qué te hace pensar que se trata de una persona? Podrían ser fotos de gatos.

Mi rostro perdió de pronto toda emoción.

—Tú no tienes gatos.

—Pero me gustan los gatos.

Me recliné hacia atrás y golpeé el escritorio, frustrada.

—No te gustan los gatos.

—No me conoces tanto.

Volví a esconderme detrás del monitor.

—O tienes un milagroso cepillo para pelo de gato o no tienes gatos.

—Aun así, podrían gustarme los gatos.

Me incliné hacia adelante.

—Me estás matando.

Una ligera sonrisa rozó sus labios.

—Vayamos a cenar.

—No a menos que me digas quién está en esas fotos.

Thomas frunció el entrecejo.

—¿Por qué no miras tú misma la próxima vez que estés en mi oficina?

—Tal vez lo haga.

—Bien.

Nos quedamos en silencio unos segundos, y luego finalmente dije: "Haré lo que me pides".

—¿Ir a cenar?

—No, ayudarte a ayudar a Travis.

Se acomodó inquieto en la silla.

—No sabía que no pensabas hacerlo.

—Tal vez no deberías considerarme como algo seguro.

—Entonces, en ese caso, no deberías haber dicho que sí —replicó de inmediato.

Cerré mi laptop con un gesto de vehemencia.

—Yo no dije que sí. Dije que leería el correo de Constance.

Me miró entrecerrando los ojos.

—Voy a tener que vigilarte.

Una sonrisa de satisfacción surcó mi rostro.

—Mejor que lo hagas.

Sonó mi celular y en la pantalla apareció el nombre de Val. Tomé el teléfono y lo llevé a mi oreja.

—Hey, Val. Sí, justo terminando. OK. Te veo en veinte minutos. —Apreté el botón de finalizar y apoyé el celular sobre el escritorio.

—Eso duele —dijo Thomas, revisando su propio celular.

—Aprende a lidiar con eso —dije, abriendo el cajón inferior para sacar mi cartera y mis llaves.

Frunció la frente.

—¿Marks también va?

—No sé —dije, mientras me ponía de pie y me colgaba la cartera en el hombro.

En el hall se oía el ruido de aspiradoras, yendo y viniendo. Sólo la mitad de las luces estaban encendidas. Thomas y yo éramos los únicos que quedábamos en esa ala, además del personal de limpieza.

La expresión de Thomas me hizo sentir culpable. Incliné la cabeza hacia un lado.

—¿Quieres venir?

—Si Val va a estar ahí sería menos incómodo si fuese también Marks —dijo, deteniendo un segundo el paso.

—De acuerdo. —Lo pensé un par de segundos—. Invítalo.

Los ojos de Thomas se iluminaron, sacó su celular y mandó un rápido mensaje. En unos segundos, llegó la respuesta. Alzó la vista del celular.

—¿Dónde?

—Un lugar en el centro que se llama Kansas City Barbeque. Thomas rio.

—¿Te está paseando por el circuito turístico obligado?

Sonreí.

—Es el bar de *Top Gun*. Dice que no hizo esas cosas cuando se mudó aquí, que nunca se animó y que ahora tiene una excusa.

Thomas escribió en su celular, mientras una sonrisa iba ganando su rostro.

—KC Barbeque, entonces.

Me senté en el banco de la punta y eché un vistazo a todo el lugar. Las paredes estaban cubiertas de souvenirs de *Top Gun*: fotos y pósteres autografiados por el elenco. Para mí no se parecía en nada al bar de la película, salvo por la rocola y el antiguo piano.

Val y Marks estaban enfrascados en una conversación sobre los pros y los contras de una nota de solicitud de las pistolas 9 mm a cambio de nuestra Smith & Wesson estándar. Thomas estaba del otro lado de la barra en forma de L, parado en medio de una pequeña horda de chicas californianas de las que cualquier *beach boy* hubiera estado orgulloso. Las chicas reían mientras bebían y se turnaban para ir a buscar los dardos, aplaudiendo y vitoreando cada vez que Thomas daba en el blanco.

Thomas no parecía sentirse muy halagado por la atención que le prodigaban, pero se estaba divirtiendo y cada tanto miraba hacia mí con una sonrisa relajada.

Se había quitado la chaqueta y arremangado su camisa blanca, revelando unos buenos centímetros de sus gruesos y bronceados antebrazos. Tenía el nudo de la corbata flojo y se había desabotonado el cuello de la camisa. Por mi parte luchaba por ahuyentar los celos que amenazaban con subir a la superficie cada vez que miraba a su nuevo grupo de fans, pero todavía podía sentir esos brazos alrededor de mi cuerpo, mientras me colocaban en distintas posiciones y recordaba observar sus músculos cuando los flexionaba, mientras él…

—¡Liis! —dijo Val, chasqueando los dedos—. No oíste nada de lo que te dije, ¿verdad?

—No —dije, y terminé mi trago—. Voy a ir arrancando.

—¿Qué? ¡No! —dijo Val, frunciendo la boca, aunque no pudo evitar que su labio inferior se contrajese hacia atrás al estirarlos en una sonrisa—. No tienes auto. No puedes irte.

—Llamé un taxi.

Los ojos de Val dejaron entrever que se sentía traicionada.

—¿Cómo puedes hacerme esto?

—Los veo el lunes —dije, colgándome la cartera al hombro.

—¿El lunes? ¿Y qué hay de mañana? ¿Vas a perderte una perfecta noche de sábado?

—Tengo que desempacar y realmente me gustaría pasar algo de tiempo en el departamento por el que pago.

Val volvió a fruncir los labios.

—De acuerdo.

—Buenas noches —dijo Marks, y volvió a llevar su atención hacia Val.

Abrí la puerta y sonreí cortésmente a los clientes que estaban sentados afuera en el patio. Las tiras de luces multicolores que colgaban del techo me hicieron sentir que estaba de vacaciones. Todavía no me había acostumbrado al hecho de que el clima templado y las camisolas fuesen ahora lo normal. En vez de tener que atravesar la helada tundra de Chicago en sacones largos hasta los tobillos, podía salir a la calle en un vestido de verano y sandalias, si se me antojaba, incluso a altas horas de la noche.

—¿Te vas? —dijo Thomas, al parecer agitado por haberse apurado.

—Sí, este fin de semana querría terminar de desempacar.

—Déjame que te lleve.

—Pensé que estabas —me di vuelta para echar un vistazo a su grupito de admiradoras a través de la ventana— ocupado.

—Para nada —dijo, sacudiendo la cabeza como si no entendiera cómo podía pensar eso. Cuando me miró de esa manera, sentí como si yo fuese la única persona en toda la ciudad.

Mi corazón se aceleró y rogué que surgiera de inmediato a la superficie la más mínima pizca de odio que todavía pudiese sentir hacia él.

—No puedes llevarme a casa. Has estado bebiendo.

Apoyó su botella media vacía de Corona sobre una mesa.

—Estoy sobrio. Lo juro.

Miré mi reloj.

—Es bonito —dijo Thomas.

—Gracias. Fue un regalo de cumpleaños de mis padres. Jackson nunca entendió cómo podía usar algo tan pequeño que ni siquiera tiene números.

Thomas cubrió mi reloj con su mano. Sus dedos envolvían mi pequeña muñeca una vez y media.

—Ya llamé un taxi.

—Lo superarán.

—Yo...

—Liis —Thomas deslizó su mano desde mi muñeca hasta mi mano, guiándome hasta el estacionamiento—. Además, también voy para allí.

La calidez de su sonrisa hizo que pareciese más el extraño que conocí la primera noche y menos el ogro de la oficina. No me soltó la mano hasta que llegamos a su Land Rover Defender negro. El auto parecía tener casi la misma edad que yo, pero Thomas claramente le había hecho algunos cambios y modificaciones, y lo mantenía meticulosamente limpio.

—¿Qué? —preguntó, al notar la expresión en mi rostro, una vez que se ubicó en el asiento del conductor.

—Es un vehículo raro para la ciudad.

—Estoy de acuerdo, pero no puedo desprenderme de él. Hemos pasado muchas cosas juntos. Lo compré por eBay la primera vez que me mudé aquí.

Yo había dejado en Chicago mi Toyota Camry plateado de cuatro años. No tenía ahorrada la plata para mandarlo despachar, y conducir un trayecto tan largo no me había resultado para nada tentador, de modo que ahora estaba parado en la casa de mis padres con las palabras SE VENDE y mi número de celular escritos con pomada de zapatos en el parabrisas. No se me había ocurrido ponerlo en eBay. Estaba tan decidida a olvidarme de Jackson y de mi antiguo hogar que no había pensado en nada ni en nadie que estuviera dentro de los límites de la ciudad de Chicago. No había llamado a ninguno de mis viejos amigos y ni siquiera a mis padres.

Thomas me dejó seguir sumida en mis pensamientos, perdido él mismo en los suyos, mientras conducía hasta nuestro edificio. Mi mano se había sentido sola desde que él la había soltado para abrirme la puerta de su auto. Una vez que estacionó y corrió hasta mi lado para comportarse de nuevo como un caballero, traté de no desear que volviese a tomar mi mano, pero no lo logré. Sin embargo, esta vez Thomas me defraudó.

Caminé con los brazos cruzados contra mi pecho, simulando que de todas maneras no la habría aceptado. Una vez adentro, Thomas apretó el botón y esperamos en silencio a que llegase el ascensor. Cuando se abrieron las puertas, hizo un gesto de que yo entrase, pero él no me siguió.

—¿No subes?

—No estoy cansado.

—¿Vas a hacer todo el camino de vuelta al bar?

Lo pensó unos segundos y sacudió la cabeza.

—No, es probable que me cruce al bar de enfrente.

—¿Al Cutter's Pub?

—Si subo contigo ahora… —dijo cuando las puertas se cerraron sin lograr terminar la frase.

El ascensor subió los cinco pisos y me liberó. Como me sentía ridícula, corrí hasta la ventana al final del hall y vi a Thomas cruzando la calle con las manos en los bolsillos. Una extraña tristeza me invadió hasta que él se detuvo y miró hacia arriba. Cuando nuestras miradas se cruzaron, una sonrisa iluminó su rostro. Lo saludé con la mano, él me devolvió el saludo y siguió caminando.

En una mezcla de vergüenza y exultación, caminé hasta mi departamento y busqué la llave en mi cartera. La metí en la cerradura, giré el picaporte y entré. De inmediato cerré la puerta y luego deslicé la cadena y puse la traba.

Las cajas apiladas en mi departamento estaban empezando a parecer muebles. Dejé mi cartera sobre la mesita que tenía al lado y me descalcé. Iba a ser una noche larga y solitaria.

Tres golpes a la puerta me sobresaltaron y sin fijarme por la mirilla, me apuré a quitar las trabas y abrir la puerta tan rápido que el viento acarició mi cabello.

—Hola —dije, parpadeando un par de veces.

—Disimula un poco tu desilusión —dijo Sawyer, entrando en mi living sin siquiera pedir permiso.

Se sentó en mi sofá, reclinándose en los almohadones y estirando los brazos sobre el respaldo. Parecía sentirse más a gusto en mi departamento que yo.

No me tomé la molestia de preguntar a un agente del FBI cómo es que sabía dónde vivía.

—¿Qué diablos haces aquí sin haberte anunciado?

—Es viernes, estuve tratando toda la semana de hablar contigo. Vivo en el edificio de al lado. Estaba afuera, fumando mi cigarrillo electrónico y vi a Maddox entrar aquí contigo, pero después él se dirigió al Cuttrer's Pub sin ti.

—No entiendo qué parte de todo eso se traduce en una invitación.

—Lo siento —dijo, sin una pizca de disculpa en su voz—. ¿Puedo entrar?

—No.

—Es sobre el hermano menor de Maddox.

Eso me hizo vacilar unos segundos.

—¿Qué hay con él?

Sawyer disfrutaba claramente el hecho de haber captado toda mi atención.

—¿Leíste el expediente?

—Sí.

—¿Todo?

—Sí, Sawyer. Deja de hacerme perder tiempo.

—¿Leíste la parte que cuenta cuando Benny trató de emplear a Travis? El AEC le ordenó a Thomas que reclute a su hermano. Tiene acceso a información que nadie más tiene.

—Ya sé todo eso. —No quise comunicarle que lo de reclutar a Travis ya era prácticamente un hecho. Una corazonada me dijo que no lo revelara.

—¿Ya sabes también que es una pésima idea? Abby Abernathy es la persona ideal.

—No se lleva bien con su padre. Travis es la elección más viable.

—Abby se llevó de inmediato a Travis a Las Vegas y mintió respecto de la coartada. Trenton estuvo en la pelea. Él sabe que su hermano estuvo ahí. Toda la familia está metida en el asunto.

—Excepto Thomas.

Sawyer suspiró con una sensación de frustración y se sentó hacia adelante, apoyando los codos sobre sus rodillas.

—¿Se trata de Thomas, ahora?

Lo miré furiosa.

—Hace un año que le vengo diciendo a Thomas que deberíamos usar a Abby. Ella es la mejor candidata.

—No estoy de acuerdo —me limité a decir.

Se sentó al borde del sofá y estiró las manos.

—Sólo deja… que termine.

—¿Qué sentido tiene? Si Travis descubre que hemos forzado a su esposa a trabajar para nosotros, toda la operación se echará a perder.

—¿Y entonces la mejor opción es contratarlo a él, al muchacho inestable? —dijo impávido.

—Creo que Maddox conoce a su hermano, él está manejando esto. Deberíamos confiar en él.

—Hace una semana que lo conoces. ¿Confías en él?

—No, ni siquiera una semana. Y sí. Y tú también deberías confiar en él.

—Está demasiado cerca de este caso. Se trata de su hermano. Demonios, hasta el director está demasiado metido. Por alguna razón que desconozco, prácticamente ha adoptado a Maddox. Están manejando todo de una manera muy poco cauta. No soy yo el que se está comportando como un imbécil. Es una cuestión de sentido común, y me está volviendo loco que nadie me escuche. Luego llegas tú, alguien sin ninguna conexión con el caso y puesta en un lugar de autoridad. Pensé que finalmente alguien me escucharía, y que me parta un rayo si Maddox no está haciendo todo lo posible por mantenerme alejado de ti.

—Eso te lo concedo —dije.

—Y lo que es peor, cuanto más alto hablo, menos me escuchan.

—Tal vez deberías tratar de hablar más bajo.

Sawyer sacudió la cabeza. Sus ojos azules encendidos de furia se apagaron de golpe, cuando apartó la vista de mí.

—Santo cielo, Lindy. ¿Necesitas una mano para desempacar?

Quería mandarlo a bañar, pero un par de manos extra me ayudarían a terminar más rápido.

—En realidad…

Volvió a alzar las manos.

—Conozco mi reputación en la oficina. Acepto la mitad de lo que dicen. De acuerdo, casi todo. Pero no soy un cretino todo el tiempo. Te ayudaré y luego me iré a mi casa. Lo juro.

Lo miré con ojos fulminantes.

—Soy lesbiana.

—No, no lo eres.

—De acuerdo, pero hay más chances de que me vuelva lesbiana que de que tenga sexo contigo.

—Comprendido. Aunque me resultas extremadamente atractiva... No negaría que en el mundo real haría lo imposible por llevarte a casa si te encontrara en un bar, pero deberías saber que, aunque soy un cretino y un mujeriego a veces, no soy estúpido. No me acostaría con mi jefe.

El comentario de Sawyer hizo que mis mejillas se ruborizaran. Su encanto sureño no dejaba de tener un cierto efecto sobre mí, aunque la razón me decía que era una pérdida de tiempo para cualquier mujer que buscara respeto o una relación.

Tal vez Sawyer fuera un mujeriego, y también era probable que fuese un imbécil la mayor parte del tiempo, pero era alguien transparente. Mantenido a distancia, podía ser valioso y hasta quizás incluso un amigo.

Señalé hacia la cocina.

—Empecemos por allí.

Capítulo 7

Me desperté en un cuarto casi completamente ordenado y limpio. Toda mi ropa estaba colgada en el ropero o doblada adentro de los cajones de la cómoda. Sawyer y yo habíamos logrado desempacar todas las cajas e incluso habíamos llegado a limpiar casi todo el lío que armamos, salvo por algunas tuercas de embalar y algunas cajas vacías que habíamos roto al desempacar y que apilamos al lado de la puerta de entrada.

Con una sudadera gris y unos pantalones piyamas, me envolví en mi bata blanca de paño y luego abrí la puerta de mi dormitorio, echando un vistazo hacia la cocina y el living. Eran el mismo ambiente, separados sólo por una plancha que daba la vuelta como una especie de isla y posiblemente una barra para el desayuno.

Mi departamento era pequeño pero yo no necesitaba más espacio. La idea de tener todo un lugar para mí sola me hizo respirar hondo y girar sobre las puntas de mis pies como María en *The Sound of Music*, hasta que recodé que no estaba sola.

Sawyer estaba acostado en el sofá, todavía durmiendo. Nos habíamos bajado dos botellas y media de vino hasta que finalmente cayó rendido. Uno de sus brazos le cubría el rostro, tapándole los ojos. Tenía uno de los pies apoyado en el suelo, probablemente para evitar que el cuarto girara. Sonreí. Aun ebrio, había mantenido su promesa de no tirarse ningún lance, y para cuando lo dejé sobre el sofá para irme a acostar a mi dormitorio ya se había ganado una cantidad infinita de respeto.

Revisé mis alacenas patéticamente desprovistas, buscando algo para desayunar que resultara tolerable a mi resaca. Justo estaba a punto de tomar una caja de galletas, cuando alguien llamó a la puerta.

Fui caminando como un pato en mis chancletas a cuadros rosas y blancos, un regalo de madre para las últimas Navidades. *Maldición*, pensé, *hoy no tengo que olvidarme de llamarla.*

Después de quitar la cadena y correr la traba, giré el picaporte y espié por la rendija de la puerta.

—Thomas —dije sorprendida.

—Hey. Lamento haberte dejado sola anoche.

—No me dejaste sola.

—¿Acabas de despertarte? —dijo, observando mi bata.

Me ajusté el cinturón.

—Sí. Desempacar fue toda una fiesta.

—¿Necesitas ayuda? —preguntó.

—No. Ya hice todo.

Sus ojos parecían inquietos, instigados por su instinto de investigador. Había visto esa expresión muchas veces antes.

—¿Terminaste de desempacar todo tú sola?

Aprovechó mi vacilación en responder para apoyar la mano en la puerta y empujarla ligeramente.

Su furia fue instantánea.

—¿Qué demonios hace él aquí?

Llevé la puerta a su antigua posición.

—Está durmiendo en el sofá, Thomas. Santo cielos, piensa un poco.

Se inclinó hacia adelante.

—Yo también he estado en ese sofá antes.

—Oh, vete al infierno —dije.

Empujé la puerta para cerrarla, pero Thomas la mantuvo abierta.

—Te dije que si te molestaba, me lo dijeras.

Me crucé de brazos.

—No me molestó. Pasamos una noche agradable.

Sus ojos parpadearon y frunció el entrecejo. Dio un paso hacia mí y sin subir la voz me dijo:

—Si realmente te preocupa qué imagen tienen de ti, no deberías dejar que Sawyer pase la noche en tu casa.

—¿Necesitas algo? —dije.

—¿Qué te dijo? ¿Discutió contigo el caso?

—¿Por qué?

—Sólo responde mis preguntas, Lindy —dijo apretando los dientes.

—Sí, pero no creo que me haya dicho nada que no te haya dicho a ti.

—Quiere que contratemos a Abby.

Asentí.

—¿Y? —preguntó.

Me sorprendió que me preguntara mi opinión.

—Tu hermano no lo permitirá. Además, no creo que podamos confiar en ella. De acuerdo con el expediente, ha ayudado a su padre muchas veces a pesar de su relación volátil. Nunca lo entregará, salvo quizá por Travis. Pero para eso, primero tendríamos que arrestarlo. Entonces, quizá tal vez aceptara.

Thomas suspiró y yo me maldije a mí misma por pensar en voz alta.

—¿*Tú* tendrías que arrestarlo? —dijo Thomas.

—¿A qué te refieres?

Thomas respondió casi en un susurro:

—Me delataría.

—¿Te delataría? ¿De qué demonios hablas?

Thomas pasó el peso de su cuerpo a la otra pierna.

—Es difícil de explicar y no pienso hacerlo mientras yo esté aquí en el hall y Sawyer simule estar durmiendo en tu sofá.

Giré y Sawyer abrió un ojo.

Se sentó, con una sonrisa burlona.

—A decir verdad estaba durmiendo hasta que golpeaste a la puerta. ¡Este sofá es realmente cómodo, Lindy! ¿Dónde lo conseguiste? —preguntó, apoyándose con fuerza en los almohadones.

Thomas abrió la puerta de par en par y señaló hacia el pasillo.

—¡Fuera de aquí!

—No puedes echarlo de mi departamento —dije.

—¡Sal inmediatamente de aquí! —gritó Thomas, con las venas del cuello a punto de estallar.

Sawyer se puso de pie y tomó sus cosas de la larga mesa ratona rectangular, sin poner demasiada atención a que sus llaves no rayaran el vidrio. Se paró entre el vano de la puerta, donde yo estaba, a pocos centímetros de mi cara.

—Te veo el lunes.

—Gracias por la ayuda —dije, tratando de que el tono de mi voz dejara entrever una disculpa, sin dejar de sonar profesional al mismo tiempo. Un equilibrio imposible.

Sawyer hizo un gesto con la cabeza a Thomas y se fue. Una vez que el ascensor se abrió y volvió a cerrarse, Thomas me miró serio.

Miré hacia el techo.

—Oh, termínala. Estás haciendo demasiado esfuerzo.

Entré y Thomas me siguió.

Saqué los crackers de la alacena y le mostré la caja.

—¿Quieres desayunar?

Thomas pareció confundido.

—¿Qué?

—Estoy con resaca. Pienso desayunar esto.

—¿Qué quieres decir con que estoy haciendo demasiado esfuerzo?

Alcé la vista hacia él.

—Te gusto.

—Yo… sí… me agradas, supongo —dijo, tropezando con las palabras.

—Pero eres mi jefe, no crees que debamos vernos. Así que ahora tratas de ahuyentar a cualquier posible candidato.

—Ésa es toda una teoría —dijo.

Abrí la bolsa de plástico y puse un puñado de galletas en un plato, me serví un vaso de agua tibia y usé la barra de mesa.

—¿Estás diciendo que estoy equivocada?

—No estás equivocada. Pero no estás emocionalmente disponible, ¿recuerdas?

Las galletas crujieron entre mis dientes, y la boca algodonosa que sentía por haber bebido demasiado alcohol se puso aún más pastosa. Empujé el plato a un costado y bebí el agua.

—No deberías ser tan duro con Sawyer. Sólo está tratando de trabajar en equipo. Y tú estás tratando de salvar a tu hermano. Sé que es importante para ti. Por alguna razón, tu familia no sabe que eres un federal, y ahora vas a obligar a tu hermano a unirse a las filas. Todos lo entendemos pero no hay ninguna necesidad de cagarte en cada idea que tu equipo te traiga.

—Sabes, Liis, tus observaciones no son siempre correctas. A veces las cosas son más profundas de lo que se ve en la superficie.

—Las razones que llevan al origen de un problema no siempre son simples, pero la solución siempre lo es.

Thomas se sentó en el sofá, con una expresión de profunda preocupación.

—No entienden, Liis, y evidentemente tú tampoco.

Mi duro caparazón se derritió al ver derretirse el suyo.

—Tal vez entendería si me lo explicaras.

Sacudió la cabeza, frotándose la cara con la mano.

—Ella sabía que esto pasaría. Es por eso que se lo hizo prometer.

—¿Quién es ella? ¿Camille?

Thomas me miró, completamente sorprendido. Al parecer lo había arrancado de sus pensamientos.

—¿Qué demonios fue lo que te hizo pensar en ella?

Caminé los dos metros que me separaban del sofá y me senté a su lado.

—¿Vamos a trabajar en esto juntos o no?

—Sí.

—Entonces, tenemos que confiar en el otro. Si algo se interpone con mi tarea, lo hago a un lado.

—¿Como yo?

Recordé nuestra discusión en el gimnasio y me pregunté cómo había tenido el coraje de decir al SEC que se apartara de mi camino.

—Thomas, tienes que arreglar esto.

—¿Qué?

—Lo que sea que te esté molestando. Sawyer parece pensar que estás demasiado inmiscuido en este caso. ¿Es cierto?

Thomas frunció el ceño.

—Sawyer ha querido este caso desde que se lo presenté al supervisor. Lo quiso cuando me ascendieron a supervisor y lo quiso cuando me ascendieron a SEC.

—¿Es cierto que te ascendieron por el acceso que tienes al caso?

—¿Que Travis empezara a salir con Abby?

Esperé a que me respondiera.

Miró alrededor del cuarto, con una expresión seria.

—En gran parte. Pero también me he roto el culo.

—Entonces, deja de dar vueltas y llevemos a esos tipos a la Justicia.

Thomas se paró y comenzó a caminar por el living.

—Llevarlos a la Justicia significa arrestarlos, y la manera más fácil de hacerlo es usando a mi hermano menor.

—Entonces, hazlo.

—Sabes que no es tan fácil. No puedes ser tan ingenua —replicó Thomas.

—Sabes qué es lo que hay que hacer. No entiendo por qué lo vuelves tan complicado.

Thomas pensó unos segundos y después volvió a sentarse a mi lado. Se cubrió la boca y la nariz con las manos y luego cerró los ojos.

—¿Quieres hablar de eso? —pregunté.

—No —dijo, con una voz casi inaudible.

Suspiré.

—¿Realmente no quieres hablar de eso? ¿O debo pedírtelo?

Dejó caer las manos sobre sus rodillas y se reclinó hacia atrás.

—Ella tenía cáncer.

—¿Quién? ¿Camille?

—Mi madre.

La atmósfera del cuarto se puso más densa, tanto que no podía moverme. Ni podía siquiera respirar. Lo único que podía hacer era escuchar.

Thomas tenía los ojos clavados en el suelo, mientras su mente parecía estar atrapada en malos recuerdos.

—Antes de morir, nos habló a cada uno de nosotros. Yo tenía once años. He pensado mucho en eso. Pero aun así, no puedo imaginar —respiró hondo— lo que debe haber sido para ella… tratar de explicar a sus hijos todo lo que habría querido enseñarnos en toda una vida, pero tener que hacerlo en unas pocas semanas.

—No me puedo imaginar lo que debe haber sido para *ti*.

Thomas sacudió la cabeza.

—Cada palabra que dijo, incluso cada palabra que trató de decir, se quedó grabada a fuego en mi memoria.

Me recliné sobre el almohadón, apoyando la cabeza en mis manos, mientras escuchaba a Thomas describir cómo su madre se había acercado a él, lo hermosa que era su voz, aunque apenas podía hablar, y todo lo que él sabía que ella lo había amado, aun en sus últimos momentos de vida. Pensé en cómo debía haber sido la mujer que había criado a un hombre como Thomas, junto con otros cuatro varones. Qué tipo de mujer podía despedirse con tanta fuerza y amor como para que les durase a sus hijos por el resto de su infancia. La descripción que hizo de ella me hizo un nudo en la garganta.

Thomas juntó las cejas.

—Dijo: "Va a ser muy difícil para tu padre. Tú eres el mayor. Lo siento mucho, y sé que no es justo, Thomas. Pero no sólo cuida de ellos. Sé un buen hermano".

Apoyé el mentón en mis manos, observando las distintas emociones que iban surcando su rostro. No podía entrar en sus pensamientos, pero, sin duda alguna, me compadecía de su dolor, tanto que tuve que resistir la tentación de abrazarlo.

—Lo último que le dije a mi madre es que iba a tratar. Lo que le voy a hacer a Travis no se parece mucho a tratar, no se parece en nada.

—¿Realmente lo crees? —pregunté con una mezcla de escepticismo e indignación—. ¿Todo lo que has trabajado en este caso? ¿Todos los resortes que has tenido que mover para lograr que recluten a Travis en vez de que tenga que ir a la cárcel?

—Mi padre es un detective de Policía retirado. ¿Sabías eso? —Thomas me miró con sus ojos verdes. Estaba metido hasta el cuello en su pasado, en su historia familiar, en la culpa y la desilusión.

No sabía cuánto peor podía ponerse la historia. Una parte de mí temía que fuese a admitir que había sido violado.

Titubeando, sacudí la cabeza y pregunté: "¿Él... te... pegaba?".

Thomas contrajo el rostro en una expresión de disgusto.

—No, no, nada por el estilo. —Sus ojos se desenfocaron—. El viejo estuvo como ausente unos años, pero es un buen tipo.

—¿A qué te refieres? —pregunté.

—Fue justo después de que mi madre me habló la última vez. Yo estaba llorando en el pasillo, justo afuera de su dormitorio. Quería poder desahogarme, para que mis hermanos no me vieran. Y entonces oí que ella le pidió a mi padre que dejara su trabajo en la Policía, y le hizo prometer que nunca permitiría que nosotros siguiéramos sus pasos. Ella siempre había estado orgullosa de su trabajo, pero sabía que su muerte iba a ser muy dura para nosotros y no quería que papá siguiera en un trabajo que podía dejarnos huérfanos. Mi padre amaba su trabajo, pero se lo prometió. Sabía que ella tenía razón. Nuestra familia no se podía permitir otra pérdida.

Se frotó los labios con el pulgar.

—Estuvimos muy cerca de que eso pasara con Trent y Travis. Casi mueren junto con Abby en ese incendio.

—¿Tu padre lo sabe?

—No. Pero si les hubiese pasado algo, él no lo habría soportado.

Puse la mano sobre su rodilla.

—Eres muy bueno en tu trabajo, Thomas.

Suspiró.

—Ellos no lo verán así. Pasé el resto de mi infancia tratando de ser un adulto. No podía dejar que mi padre rompiera su promesa. Él la amaba demasiado. No podía hacerle eso.

Le tomé la mano y la retuve en la mía. Su historia era tanto peor de lo que había creído. No podía imaginar toda la culpa que debía cargar encima cada día de su vida, amando un trabajo que supuestamente no debería tener.

—Cuando decidí enrolarme en el FBI, fue lo más difícil y excitante que hice en toda mi vida. He tratado tantas veces de decírselo. Pero no puedo.

—No tienes que decírselo. Si realmente crees que no lo entendería, no se lo digas. Es tu secreto.

—Ahora también va a ser un secreto que Travis deberá guardar.

—Me encantaría —dije poniendo mi mano sobre la suya— que pudieras verlo como yo lo veo. Lo estás protegiendo de la única manera que puedes hacerlo.

—Yo lo crié. Lo bañaba todas las noches. Mi padre nos amaba pero estaba hundido en el dolor. Por algún tiempo después de que consiguió su nuevo trabajo, solía beber hasta que caía rendido. Ha tratado de repararlo. Pide disculpas todo el tiempo por haber tomado el camino más fácil. Pero yo crié a Travis. Yo le vendaba las heridas. Me metí en tantas peleas por él y peleé a su lado. No puedo dejar que termine en la cárcel. —Su voz se quebró.

Sacudí la cabeza.

—Y no lo harás. El director aceptó reclutarlo. Quedará en libertad.

—¿Entiendes con lo que tengo que lidiar en esto? Travis tendrá que mentir a su familia y a su esposa, como yo he mentido. Pero yo elegí hacerlo, y sé lo difícil que es, Liis. Travis no tiene otra opción. No sólo mi padre se desilusionará, sino que Travis también tendrá que vivir en la clandestinidad. Sólo el director y nuestro equipo lo sabrán. Va a tener que mentir a todas las personas que conoce, porque yo sabía que su conexión con Benny podía conseguirme este ascenso. Soy su hermano, maldición. ¿Qué clase de persona le hace una cosa así a su hermano?

Verlo odiarse a sí mismo no era fácil, en especial sabiendo que para él no había perdón alguno.

—Tú no hiciste esto sólo por un ascenso. Puedes decirte eso a ti mismo, pero a mí no me engañas. —Le apreté la mano. Su dolor era tan grande que hasta yo podía sentirlo—. Y tú no lo obligaste a incurrir en una actividad ilegal. Sólo estás tratando de ahorrarle las consecuencias de sus propios actos.

—Es un niño —dijo Thomas, con voz temblorosa—. Recién está por cumplir sus veintiún años, por todos los cielos. No es más que un niño, y yo lo abandoné. Me fui de California sin mirar atrás, y ahora está metido en serios problemas.

—Thomas, escúchame. Tienes que meterte esto bien en la cabeza. Si tú no crees en las razones por las cuales reclutar a Travis, puedes estar seguro de que él tampoco lo hará.

Envolvió mis manos en las suyas. Después, llevó mis dedos a su boca y los besó. Todo mi cuerpo se inclinó hacia él medio centímetro, como atraído por una fuerza de gravedad que no podía controlar. Mientras observaba sus labios entibiando mi piel, sentí celos de mis propias manos.

Nunca antes había querido desafiar mis propias reglas con tanta vehemencia que mi conciencia estaba en guerra en mi propia cabeza. Ni la mitad de estas emociones conflictivas habían existido la noche en que decidí dejar a Jackson. El efecto que Thomas ejercía en mí era maravilloso, enloquecedor y aterrador.

—Me acuerdo del hombre que conocí mi primera noche aquí, ese hombre sin la presión de manejar un equipo de agentes o de tener que tomar decisiones importantes para proteger a su hermano. Te digas lo que te digas, eres una buena persona, Thomas.

Me miró y apartó sus manos de las mías, indignado.

—No soy ningún santo, demonios. Si te contara la historia de Camille, no me estarías mirando así.

—Mencionaste que era la novia de Trent. Puedo imaginarme.

Sacudió la cabeza.

—Es peor de lo que imaginas.

—Diría que ayudar a Travis a evitar una sentencia a prisión es una suerte de reparación.

—Ni de cerca. —Se paró.

Estiré la mano para sujetarlo, pero no lo logré. No quería que se fuera. Tenía todo el día por delante y nada que desempacar. Ahora que Thomas estaba en el living de mi departamento, parecía llenar todo el espacio vacío. Temía sentirme sola cuando se fuera.

—Podemos hacerlo, sabes —dije—. Travis quedará libre. Podrá estar en su casa con su esposa y tendrá un buen trabajo. Todo saldrá bien.

—Mejor que sea así. Dios me debe una, más de una.

No estaba en mi living. Estaba a kilómetros de distancia.

—Lo importante es que no perdamos el foco —dije—. Éste tiene que ser el mejor trabajo que cualquiera de los dos haya hecho.

Asintió, reflexionando en lo que le había dicho.

—¿Y qué hay de Camille? —pregunté—. ¿Has pensado en eso?

Thomas caminó hacia la puerta y apoyó la mano sobre el picaporte.

—En otra oportunidad. Creo que hemos hablado suficientes verdades para un día.

Cuando Thomas se fue, dando un portazo, mis hombros se me subieron hasta las orejas y cerré los ojos. Una vez que los pocos cuadros que Sawyer había colgado en las paredes dejaron de vibrar, me recliné en los almohadones del sofá, furiosa. Se suponía que Thomas debía hacerme más fácil odiarlo, pero después de lo que me había contado, me resultaba imposible.

Me preguntaba quién en el FBI sabría de sus conflictos personales —con su hermano y el caso Las Vegas, y el hecho de tener que ocultar a su familia su verdadero trabajo—. Tal vez Marks, probablemente el AEC, y seguramente el director.

Thomas me había hecho su socia en esto. Por alguna razón inexplicable, confiaba en mí y eso hacía que de una manera igual de inexplicable yo quisiera poner todo de mí para que este caso se resolviera.

Val había dicho que Thomas tenía un círculo de gente leal y que tuviera cuidado con lo que decía. Ahora yo formaba parte de ese círculo, y sentía curiosidad por saber si era porque necesitaba contar con mis habilidades, como era el caso con Sawyer, o si era porque me necesitaba a *mí*.

Me cubrí el rostro, pensando en sus labios sobre mi piel, y supe que esperaba que fuera por ambas cosas.

Capítulo 8

De ninguna manera —dije a la agente Davies.

Ella hizo rechinar sus dientes, mientras estaba ahí sentada rígida en mi oficina.

—No va a disponer de tres millones de dólares de los contribuyentes para un plan tan improvisado.

—No es un plan improvisado, Lindy. Está todo ahí en el expediente. Si transferimos tres millones a esa cuenta, tendremos al Fondo de Inversiones Vick.

—¿Sabe cuánto vale para mí el fondo de inversiones de un simple intermediario?

—¿Tres millones? —preguntó Davies con sus grandes ojos sólo a medias esperanzados.

—No. Deje de hacerme perder el tiempo —dije, mientras continuaba escribiendo en mi computadora y revisaba mi agenda.

Val y yo íbamos a almorzar en Fuzzy's, y después tenía que preguntarle a Thomas si podía hablar con el otro experto en idiomas, el agente Grove, sobre algunas discrepancias que había encontrado en su FD-302.

Davies dio un golpe sobre mi escritorio y se puso abruptamente de pie.

—Otro maldito jefe prepotente más… —Sus quejas por lo bajo siguieron resonando hasta que llegó a la puerta.

—Agente Davies —la llamé.

Se dio media vuelta, haciendo rebotar su cola de caballo color castaño. La expresión de enfado en su rostro se endureció aún más cuando nuestras miradas se encontraron.

—Más vale que entienda bien esto. No soy otro maldito jefe prepotente más. Soy su jefe y punto.

Sus ojos se ablandaron y parpadeó un par de veces.

—Que tenga un buen día, agente Lindy.

—Lo mismo para usted, agente Davies. —Le hice un gesto de que cerrara la puerta, y una vez cerrada, me puse los auriculares para escuchar el archivo digital que Thomas me había mandado esa misma mañana.

El expediente que el agente Grove había traducido unos días antes era exacto, salvo por unos pocos elementos clave. Había querido preguntarle a Thomas antes, porque algo no cerraba. En general eran pequeños errores en algún número aquí y allí, pero después Grove se había equivocado en el nombre de un sospechoso y había empezado a saltearse muchas otras cosas.

Me saqué los auriculares, salí al salón del escuadrón y noté que Grove no estaba en su oficina.

—Val —dije—, ¿has visto a Maddox?

Ella se acercó, con un pequeño paquete de papas fritas en una mano, mientras se lamía la sal de la otra.

—Está entrevistando a alguien por lo del Centro de Bienvenida para Talibanes.

Fruncí el entrecejo.

—¿Hablas en serio? ¿Es así como se va a llamar?

—Es como lo llama todo el mundo —dijo, encogiéndose de hombros.

Val se refería al edificio de millones de dólares que estaba enfrente de nuestro edificio de miles de millones de dólares. Funcionaba como un puesto de seguridad para visitantes y era donde se interrogaría a las personas de interés para los casos. De esa manera, si ellos o sus amigos intentaban introducir explosivos, el edificio principal estaría fuera de peligro.

Alguien había apodado a este puesto de control el Centro de Bienvenida para Talibanes y, por alguna extraña razón, el apodo había prendido.

Acerqué mi tarjeta de identificación a la puerta —me había tomado la costumbre de asegurarme de tenerla siempre conmigo cada vez que dejaba mi oficina— y salí del edificio. Por lo general, atravesar el estacionamiento para llegar al puesto de control era un paseo agradable, pero el cielo estaba cubierto por nubes grises y en cuanto pisé el cemento, empezaron a caer las primeras grandes gotas de lluvia.

El aire olía a metal y respiré hondo. La última semana la había pasado casi todo el tiempo adentro. Eso era algo para lo que no había estado preparada. Era fácil vivir detrás del escritorio en las temperaturas heladas de Chicago. Pero trabajar tantas horas con un tiempo tan hermoso estaba resultando cada vez más difícil a medida que se iba sucediendo un día hermoso tras otro.

Miré hacia el cielo y vi relámpagos en el horizonte. Iba a ser más fácil trabajar con este tiempo.

Abrí la puerta doble de vidrio y me sacudí las manos, salpicando toda la alfombra. A pesar de estar empapada, estaba de buen humor.

Miré a la agente que estaba en el mostrador de entrada con una sonrisa. No pareció impresionada con mi optimismo, mis modales o el hecho de que hubiera caminado tan lejos bajo la lluvia.

Mi sonrisa se desvaneció y me despejé la garganta.

—¿El agente especial Maddox?

Miró mi identificación un largo rato y después asintió con la cabeza, dándome la espalda.

—Está en la sala de interrogatorio número dos.

—Gracias —dije. Caminé hasta la puerta de seguridad y me incliné un poco para acercar el escudo a la caja negra que había junto a la puerta. Me sentí ridícula. Uno de estos días iba a tener que conseguirme un portaidentificación retráctil.

Se destrabó la puerta y la empujé para abrirla. Caminé por el pasillo, después atravesé otra puerta y entonces vi a Thomas de pie solo, observando al agente Grove interrogar a un sujeto desconocido, un asiático tosco y escuálido, vestido con un jogging de colores brillantes.

—Agente Lindy —dijo Thomas.

Me crucé de brazos, porque mi blusa blanca estaba mojada y tenía frío.

—¿Cuánto hace que lo está interrogando?

—No hace mucho. El sujeto ha estado cooperando.

Los oí hablar en japonés. Fruncí el entrecejo de inmediato.

—¿Qué te hizo venir hasta aquí? —preguntó Thomas.

—Tenía algunas preguntas respecto de las transcripciones de Grove. Necesito tu permiso para hablar con él.

—¿Sobre el caso Yakuza?

—Sí.

—Ah —dijo, sin parecer muy interesado—. Tu función aquí es confidencial.

—Alguien dejó una pila de sus informes en mi puerta. Supuse que Grove sabía que también soy especialista en lenguas y quería que los revisara.

—Las suposiciones son peligrosas, Liis. Yo los puse ahí.

—Oh.

—¿Encontraste algo?

Miré a través del vidrio a las tres personas que estaban dentro. Otro agente estaba sentado en la punta de la mesa, tomando notas. Parecía estar extremadamente aburrido.

—¿Quién es ése? —pregunté.

—Pittman. Ya van tres vehículos que destroza. Está haciendo trabajo de escritorio por un tiempo.

Miré a Thomas. Era imposible leer su rostro.

—No pareces sorprendido de que haya encontrado discrepancias —dije, mientras observaba a Grove a través del vidrio espejado. Lo señalé—. Ahí acaba de traducir que once ex miembros de Yakuza están viviendo en un edificio en el que también viven otros sujetos que el FBI investiga.

—¿Y?

—El sujeto dijo que esos tipos son de hecho miembros actuales de Yakuza y son dieciocho, no once. Grove está omitiendo datos. O es un desastre en japonés o no es confiable.

El agente Grove se paró y dejó al sujeto solo en el cuarto con el agente que se ocupaba de las transcripciones. Caminó lentamente hasta la puerta, la abrió y volvió a cerrarla una vez que estuvo afuera. Cuando nos vio a los dos, se sobresaltó, pero se recuperó al instante.

—Agente Maddox —dijo con voz nasal.

Cualquiera podría haber pasado por alto el ligero temblor de sus dedos cuando acomodó sus anteojos. Era un tipo regordete de tez cobriza. Sus ojos eran tan oscuros que se veían casi negros y su bigote hirsuto parecía crisparse cuando hablaba.

Thomas hizo un gesto en mi dirección con la misma mano con que sujetaba su taza de café.

—Ésta es la agente Lindy, la nueva supervisora del Escuadrón Cinco.

—He oído su nombre —dijo Grove, mirándome con sospecha—. ¿De Chicago?

—Nacida y criada.

Grove tenía la misma expresión que había visto muy a menudo en gente que me preguntaba si era coreana, japonesa o china. Estaba tratando de deducir si yo hablaba la lengua que tan incorrectamente había estado traduciendo.

—Tal vez debería entrar ahí y darme una mano. El tipo tiene un acento muy raro. Me hace trastabillar a cada rato —dijo Grove.

Me encogí de hombros.

—¿Yo? No hablo ni una palabra de japonés. Pero he estado pensando en tomar clases.

Thomas intervino:

—Tal vez podrías ayudarla, Grove.

—Como si tuviera tiempo para eso —masculló entre dientes, mientras se frotaba distraídamente las manos sudorosas.

—Sólo era una ocurrencia —dijo Thomas.

—Voy a buscar un café. Los veo después.

Thomas alzó el mentón y esperó hasta que el agente Grove salió del cuarto.

—Buena actuación —dijo luego, mientras observaba a Pittman mirar su reloj.

—¿Cuánto hace que lo sabes? —pregunté.

—Tengo mis sospechas desde hace por lo menos tres meses. Me convencí un día en que fui a hacer una redada a un lugar que hasta dos días antes había estaba repleto con gente de Yakuza y lo encontré completamente vacío.

Alcé una ceja.

Thomas se encogió de hombros.

—Iba a pedirle que tradujera los Títulos Tres que teníamos de los tipos de Benny en Las Vegas, pero después de ese arresto fallido, lo pensé mejor y decidí traer a otra persona, a alguien mejor.

—¿Alguien que no fuera un doble agente?

Thomas se volvió hacia mí con la tenue sombra de una sonrisa en el rostro.

—¿Por qué crees que te traje aquí?

—¿Vas a arrestarlo? —pregunté—. ¿Qué harás?

Volvió a encogerse de hombros.

—Dudo de que lo sigamos usando como traductor.

Puse cara.

—Hablo en serio.

—Yo también.

Thomas caminó conmigo por el pasillo hasta el estacionamiento, luego arrojó su taza de café en un cesto y abrió un paraguas.

—Deberías invertir en uno de éstos, Liis. Es primavera, ¿sabes?

Esta vez no pronunció mi nombre tan secamente como antes. Lo dijo muy suavemente, como si con la lengua acariciase cada una de sus letras y yo me sentí contenta de que tuviésemos la excusa de la lluvia para mantenernos tan juntos bajo un mismo paraguas.

Esquivé charcos, disfrutando internamente cada vez que Thomas hacía malabares por cubrirme. Al final decidió pasar su mano libre por mi cintura y pegarme contra su cuerpo. Si llegábamos a un charco, podía muy fácilmente alzarme para que no me mojara los pies.

—Nunca me gustó la lluvia —dijo Thomas, cuando nos detuvimos frente a la puerta de entrada, mientras sacudía el paraguas—. Pero puede que haya cambiado de idea.

Le sonreí, haciendo todo lo posible por disimular el ridículo mareo que me producía su inocente piropo.

Una vez que estuvimos en el vestíbulo del edificio principal, Thomas volvió a su típica conducta de SEC.

—Voy a necesitar un FD-302 con tus hallazgos para última hora de hoy. Voy a tener que informarle al AEC.

—De inmediato me ocupo de eso —dije, mientras doblaba para dirigirme hacia los ascensores.

—¿Liis?

—¿Sí?

—¿Vas a ir al gimnasio hoy?

—Hoy no. Voy a almorzar con Val.

—Oh.

Saboreé la sombra de desilusión que surcó sus ojos.

—Mañana.

—Sí, de acuerdo —dijo, tratando de restar importancia al ligero golpe que había recibido su ego.

Si se hubiese mostrado más triste, no habría podido refrenar la sonrisa que amenazaba con iluminarme el rostro.

Una vez que estuve dentro del ascensor, después que se hubo disipado la emoción, me puse furiosa conmigo misma. Prácticamente lo había echado de mi dormitorio la noche que nos conocimos, porque estaba casi segura de que iba a estar demasiado ocupada disfrutando de mi libertad. Estar con Jackson había sido asfixiante, y un traslado me había parecido la mejor solución.

¿Por qué demonios me sentía de esta manera con Thomas? A pesar de mis sentimientos respecto de comenzar una nueva relación y, teniendo en cuenta su temperamento y su bagaje emocional, ¿qué tenía él que me hacía perder mi capacidad de razonamiento?

Fuera lo que fuera, debía lograr manejarlo. Teníamos que concentrarnos en llevar a cabo nuestra tarea en St. Thomas y dejar que algo tan caótico como los sentimientos se mezclaran en el asunto no iba a ayudar a nadie.

La puerta del ascensor se abrió, revelando la cara brillantemente sonriente de Val que estaba parada justo en el vestíbulo. Al segundo de verme, su buen humor se evaporó.

—¿Nunca has oído hablar de los paraguas, Liis? Santo cielo.

Lancé los ojos hacia el techo.

—Actúas como si estuviese cubierta con caca de perro. Es agua de lluvia.

Me siguió hasta mi oficina y se sentó en uno de los sillones gemelos enfrente de mi escritorio. Se cruzó de piernas y brazos y se quedó mirándome fijo.

—Suéltalo de una buena vez.

—¿De qué hablas? —dije, sacándome los tacones y colocándolos junto a la ventilación para que se secaran.

—¿Me hablas en serio? —dijo, presionando la barbilla contra el pecho—. No seas tan chiquilina. Las amigas primero, los machos después.

Me senté y entrelacé mis dedos sobre el escritorio.

—Sólo dime qué es lo que quieres saber, Val. Tengo cosas que hacer. Creo que acabo de hacer que despidan a Grove, o que lo arresten.

—¿Qué? —Alzó las cejas medio segundo y después volvió a fruncir el ceño—. Puedes ser una genia para el disimulo, pero sé cuando alguien me está ocultando algo, y tú, Liis, tienes un secreto.

Me cubrí los ojos con la mano.

—¿Cómo te das cuenta? Tengo que mejorar en esto.

—¿Qué quieres decir con que cómo me doy cuenta? ¿Sabes en cuántos interrogatorios he participado? Me doy cuenta, eso es todo. Diría que tengo poderes psíquicos, pero eso es una estupidez. "Gracias, papi, por ser un cretino embustero y haber potenciado mi camelómetro".

Me saqué la mano del rostro y la miré.

—¿Qué? Yo digo la verdad. No como tú... amiga falsa y embustera.

Fruncí la nariz.

—Eso fue muy duro.

—También lo es saber que tu amiga no te tiene confianza.

—No es que no confío en ti, Val. Es sólo que no es asunto tuyo.

Se puso de pie y caminó alrededor del sillón, posando sus manos sobre el respaldo.

—Para serte franca, prefiero que no confíes en mí. Y... ya no estás más invitada a Fuzzy's.

—¿Qué? —grité—. Vamos, Val.

—No. Se acabó Fuzzy's para ti. Y ellos me adoran, Liis. ¿Sabes lo que eso significa? No habrá más Fuzzy's para tus almuerzos. Se acabó Fuzzy's *para siempre*. —Enfatizó exageradamente cada una de las sílabas de la última palabra. Después, abrió bien grande los ojos, giró sobre sus talones y se fue cerrando la puerta.

Me crucé de brazos e hice puchero.

Cinco segundos más tarde, sonó mi teléfono de línea. Levanté el teléfono.

—Lindy —respondí.

—Apresúrate. Me muero de hambre.

Sonreí, tomé mi cartera y mis zapatos, y corrí hacia el pasillo.

Capítulo 9

Así que —dijo Val mientras masticaba, limpiándose la mezcla de salsa mayo y mostaza de la comisura de la boca— tienes una cita con Maddox en tres semanas. ¿Es eso lo que me estás diciendo?

Fruncí el entrecejo.

—No. Es lo que tú me sonsacaste.

Sonrió, frunciendo los labios para evitar que el gran bocado de la enorme hamburguesa cayera de su boca.

Yo apoyé mi barbilla sobre mi puño e hice puchero.

—¿Por qué no nos olvidamos de esto, Val? Necesito que él confíe en mí.

Val tragó.

—¿Cuántas veces te lo he dicho? No hay secretos en la oficina. Maddox debería haber calculado que yo terminaría por averiguarlo. Está muy al tanto de mis talentos.

—¿Qué se supone que eso quiere decir?

—Refrena tus celos, O. J. Simpson. Quiero decir que Maddox sabe que somos amigas, y sabe que puedo oler un secreto mejor que un cazamapaches.

—¿Un cazamapaches? ¿Quién eres ahora?

—Mis abuelos viven en Oklahoma. De chica los visitaba todos los veranos —dijo, restando importancia al tema—. Oye, estás haciendo un trabajo excelente como supervisora. El AEC te está observando de cerca. Vas a estar en Quantico antes de que cante un gallo.

Casi me atraganto con una papa frita.

—Val, me estás matando.

—No puede sacarte los ojos de encima.

Sacudí la cabeza.

—Termínala.

Me miró con ojos de picardía.

—A veces sonríe cuando pasas. No sé. Es como conmovedor. Nunca lo he visto así.

—Cállate.

—Entonces, ¿qué hay de la boda de Travis?

Me encogí de hombros.

—Vamos a pasar la noche en Illinois, y después iremos a St. Thomas.

La sonrisa de Val era contagiosa.

Reí.

—¿Qué? Córtala, Val. Es un asunto de trabajo.

Me arrojó una papa frita y después me dejó terminar mi almuerzo en paz.

Salimos de Fuzzy's y volvimos al trabajo.

Cuando pasamos por la oficina de Marks, él la saludó con la mano.

—¡Hey! ¿Nos vemos en Cutter's esta noche?

—¿Esta noche? —Val sacudió la cabeza—. No, tengo que hacer las compras de supermercado.

—¿Compras de supermercado? —dijo Marks, poniendo cara de incredulidad—. Si tú no cocinas.

—Pan. Sal. Mostaza. No tengo nada —dijo ella.

—Ven a verme después. Ahora viene Maddox.

Sus ojos flotaron hacia mí por apenas una fracción de segundo, pero lo suficiente como para hacer que mis mejillas se sonrojaran.

Me retiré a mi oficina, porque no quería que pareciera que buscaba enterarme de cuáles eran los planes de Thomas. Justo acababa de sentarme en mi trono y abrir mi computadora cuando Sawyer llamó a la puerta que estaba entreabierta.

—¿Mal momento? —preguntó.

—Sí —dije, haciendo rodar el mouse. Cliqueé en el ícono de mi correo y no pude evitar fruncir el entrecejo al leer la larga lista de asuntos pendientes—. ¿Cómo puede ser? Me voy una hora y tengo treinta y dos mensajes nuevos.

Sawyer metió las manos en los bolsillos y se apoyó sobre el marco de la puerta.

—Somos muy indigentes. Hay uno mío.

—Genial.

—¿Quieres ir a Cutter's esta noche?

—¿Qué pasa? ¿No hay otro bar en el vecindario?

Se encogió de hombros, se acercó a mi escritorio y se dejó caer en uno de los sillones. Se reclinó hacia atrás, con las rodillas bien abiertas y los dedos entrelazados sobre el pecho.

—Éste no es mi living, agente.

—Lo siento, señora —dijo, incorporándose—. Todos vamos a Cutter's. A muchos de nosotros que vivimos en la zona nos queda cerca.

—¿Por qué tantos de nosotros vivimos en esa zona?

Volvió a encogerse de hombros.

—El Departamento de Vivienda tiene buenas relaciones con los propietarios. Está bastante cerca de la oficina. Es un bonito barrio y, para ser el centro, es considerablemente barato. —Sonrió—. Hay un pequeño restaurante en Mission Hills que se llama Brooklyn Girl. Está bastante bueno. ¿Quieres ir ahí?

—¿Dónde queda Mission Hills?

—A unos diez minutos de tu departamento.

Lo pensé un segundo.

—Sólo cena, ¿de acuerdo? No es una cita.

—Por Dios, no… No a menos que quieras invitarme la cena.

Solté una carcajada.

—No. De acuerdo, Brooklyn Girl a las ocho.

—Genial —dijo poniéndose de pie.

—¿Qué fue eso?

—No tengo que comer solo. Discúlpame si festejo.

—Largo de aquí —dije con un gesto de la mano.

Sawyer se despejó un segundo la garganta y entonces noté que la puerta había quedado entreabierta. Subí la vista y vi a Thomas parado en el umbral. Su cabello corto todavía estaba húmedo por la ducha después de su práctica diaria.

—¿Cuánto hace que estás parado ahí? —pregunté.

—Lo suficiente.

Apenas registré su indirecta.

—Realmente deberías dejar de andar revoloteando por mi puerta. Da miedo.

Suspiró, entró en la oficina y luego cerró la puerta. Se sentó y esperó pacientemente, mientas yo revisaba mi correo.

—Liis.

—¿Qué? —dije desde atrás del monitor.

—¿Qué estás haciendo?

—Revisando mi correo, también conocido como trabajar. Deberías probarlo.

—Solías llamarme "señor".

—Solías obligarme a que lo hiciera. —Un largo silencio me hizo inclinarme y mirarlo a los ojos—. No me hagas tener que explicar.

—¿Explicar qué? —preguntó, genuinamente intrigado.

Aparté la vista, molesta, y después cedí.

—Es sólo una cena.

—En el Brooklyn Girl.

—¿Y?

—Es mi restaurant preferido. Él lo sabe.

—Cielos, Thomas, esto no es una competencia a ver quién mea más lejos.

Lo pensó unos segundos.

—Tal vez para ti no.

Sacudí la cabeza, abrumada por una sensación de frustración.

—¿Y qué puede querer decir eso?

—¿Recuerdas la noche que nos conocimos?

Toda mi desfachatez y mi coraje se derritieron, y al instante me sentí como me había sentido esos primeros segundos después que acabó dentro de mí. El pudor y la vergüenza me pusieron de nuevo en mi lugar, más rápido de lo que podría haberlo hecho cualquier intimidación.

—¿Qué pasa con eso? —pregunté, masticándome la uña del pulgar.

Thomas vaciló.

—¿Lo dijiste en serio?

—¿Qué parte?

Me miró a los ojos unos segundos que parecieron una eternidad, sopesando cada una de sus siguientes palabras.

—Lo de que no estás emocionalmente disponible.

No me había sorprendido simplemente con la guardia baja. Todas mis guardias quedaron de golpe neutralizadas más rápido que todas las guardias neutralizadas en la historia de la humanidad.

—No sé qué contestar a eso —dije. *¡Bien hecho, Liis!*

—¿Eso corre para todo el mundo o sólo para mí? —preguntó.

—Tampoco a eso.

—Justo recién… —Su expresión pasó de ligeramente cortejante a curiosa y cortejante—. ¿Quién es el tipo SWAT que dejaste en Chicago?

Miré de golpe hacia atrás como si hubiese podido haber alguien colgado en la ventana del séptimo piso, escuchando.

—Estoy trabajando, Thomas. ¿Por qué diablos estamos hablando de esto ahora?

—Podemos hablar de eso mientras cenamos, si quieres.

—Tengo planes —dije.

La piel alrededor de sus ojos se tensó.

—¿Una cita?

—No.

—Si no es una cita, entonces a Sawyer no le importará.

—No voy a cancelar lo de él porque tú quieres ganar el juego que sea que estés jugando. Esto ya ha llegado muy lejos. Me cansas.

—Entonces, arreglado. Hablaremos de tu ex ninja en mi restaurante favorito a las ocho y media. —Se paró.

—No, no lo haremos. Nada de todo eso suena muy atractivo, para nada.

Miró a su alrededor y se señaló juguetonamente el pecho.

—No, tú tampoco eres atractivo —retruqué.

—Eres pésima mintiendo para ser una federal —dijo Thomas con una sonrisa de satisfacción en el rostro. Fue hasta la puerta y la abrió.

—¿Qué pasa con todo el mundo hoy? Val actúa como una loca, y tú te comportas como un demente… y un arrogante, sea dicho de paso. Yo sólo quiero venir al trabajo, volver a casa y tal vez, cada tanto, no tener que comer sola sino con quien diablos quiera, sin ningún drama ni quejas o competencias.

Todo el Escuadrón Cinco miraba hacia mi oficina.

Hice rechinar mis dientes.

—A menos que tenga algo para informarme, agente Maddox, por favor le pido que me deje continuar con mi tarea.

—Que tenga un buen día, agente Lindy.

—Gracias —dije enfurecida.

Antes de cerrar la puerta, volvió a meter la cabeza.

—Ya estaba empezando a acostumbrarme a que me llamaras Thomas.

—Largo de mi oficina, Thomas.

Cerró la puerta, y mis mejillas estallaron en una sonrisa incontrolable que se esparció por todo mi rostro.

Ríos en miniatura corrían a ambos lados de la calle, mientras la basura y la suciedad de la ciudad bajaban por los grandes desagües cuadrados en cada una de las intersecciones. Las cubiertas de los autos chapoteaban con agudos chirridos, mientras circulaban por el asfalto mojado. Yo estaba parada delante del alero a rayas y de las grandes ventanas que decían "Brooklyn Girl" en una tipografía de los años cincuenta.

No podía dejar de sonreír por el hecho de no tener que estar cargada con un grueso abrigo. La luna iluminaba las nubes bajas y el cielo había dejado caer sus lluvias de manera intermitente sobre San Diego durante todo el día. Sin embargo, ahí estaba yo, con una blusa blanca sin mangas, un blazer de lino color coral, unos jeans chupines y sandalias. Había querido ponerme mis sandalias de gamuza con taco alto pero temí mojarlas.

—Hey —me gritó Sawyer en el oído.

Giré y sonreí, dándole un codazo.

—Reservé una mesa —dijo Thomas, pasando junto a nosotros y abriendo la puerta—. Tres, ¿verdad?

Sawyer parecía haberse tragado la lengua.

Thomas alzó las cejas.

—¿Bueno? A cenar. Me muero de hambre.

Sawyer y yo intercambiamos miradas, luego entré yo primero, seguido inmediatamente por él.

Thomas se metió las manos en los bolsillos, mientras aguardaba parado en el podio para huéspedes.

—Thomas Maddox —dijo la jovencita, con los ojos iluminados por un ligero destello—. Tanto tiempo.

—Hola, Kasie. Una mesa para tres, por favor.

—Vengan por aquí. —Kasie sonrió, tomó tres menús y nos llevó a un apartado en un rincón.

Sawyer se sentó primero junto a la pared, y yo me senté en la silla al lado de él, dejando que Thomas se sentara enfrente de nosotros. Al principio, los dos hombres parecieron contentos con el arreglo, pero Thomas juntó las cejas cuando vio que Sawyer acercaba su silla un poco más a la mía. Lo miré con recelo.

—¿Pensé que éste era tu restaurante favorito?

—Y lo es —dijo Thomas.

—La chica dijo que hacía mucho que no venías.

—Es cierto.

—¿Por qué?

—¿No solías traer a tu chica aquí? —preguntó Sawyer.

Thomas acercó su barbilla al pecho y le lanzó una mirada fulminante, pero cuando sus ojos se toparon con los míos, sus rasgos se suavizaron. Miró hacia abajo, acomodando los cubiertos y la servilleta.

—La última vez que vine aquí fue con ella.

—Oh —dije, con la boca de pronto seca.

Una joven camarera se acercó a nuestra mesa con una sonrisa.

—Hola, gente.

Sawyer alzó la vista hacia ella con un brillo de reconocimiento en sus ojos.

—Alguien que conozco tiene una cita después del trabajo. Estoy celoso.

Tessa se sonrojó.

—Un nuevo lápiz labial.

—Sabía que era algo —los ojos de Sawyer se demoraron en ella un poco más antes de mirar el menú.

Thomas llevó los ojos hacia el techo, pidió una botella de vino sin consultar la lista y luego la camarera volvió a irse.

—Entonces —dijo Sawyer, girando todo su cuerpo hacia mí—, ¿ya resolviste lo del cuadro?

—No —dije, sacudiendo la cabeza con una ligera carcajada—. No sé por qué es tan pesado. Todavía lo tengo apoyado contra la pared donde quiero colgarlo.

—Qué raro que no haya pernos en ninguna parte en toda esa pared —dijo Sawyer, tratando desesperadamente de no parecer nervioso.

Thomas se acomodó en su silla.

—Tengo unos tornillos con anclaje. ¿Cómo es de pesado?

—Demasiado pesado para la pared de yeso, pero creo que con unos tornillos con anclaje andaría —dije.

Thomas se encogió de hombros, al parecer mucho más cómodo con la situación que Sawyer o que yo.

—Después te llevaré uno.

Desde mi periferia, me pareció notar un imperceptible movimiento en la mandíbula de Sawyer. Thomas acababa de asegurarse un rato a solas conmigo más tarde. No sé si otras mujeres disfrutaban estar en mi posición, pero yo estaba al borde de sentirme una desgraciada.

Tessa regresó tras unos minutos con una botella y tres copas.

Mientras servía el vino, Sawyer le guiñó un ojo.

—Gracias, dulzura.

—No hay por qué, Sawyer. —La chica apenas podía contener su alegría mientras vacilaba en sus altos tacones—. ¿Ya decidieron la entrada?

—La calabaza rellena asada —dijo Thomas, sin sacarme los ojos de encima.

La intensidad de su mirada me incomodaba, pero no aparté la vista. De afuera, al menos, quería mostrarme impávida.

—Yo pediré sólo el hummus —dijo Sawyer, al parecer desaprobando con cara de asco la elección de Thomas.

Tessa giró sobre sus tacones y Sawyer la observó caminar todo el trayecto hasta la cocina.

—Disculpa —dijo Sawyer, dándome a entender que quería salir del apartado.

Pasó a mi lado con una sonrisa y después se dirigió, caminando a lo largo de las paredes grises con decoraciones rústicas, a lo que supuse sería el baño.

Thomas sonrió cuando volví a mi asiento. El aire acondicionado estaba encendido y me ajusté un poco más el blazer para abrigarme.

—¿Quieres mi saco? —dijo, ofreciéndomelo. Hacía perfectamente juego con las paredes. También llevaba jeans y botines Timberland de cuero marrón acordonados.

Meneé la cabeza.

—No tengo tanto frío.

—No quieres que Sawyer te vea con mi saco cuando vuelva del baño. Pero no lo notará porque está tratando de levantarse a Tessa.

—Lo que Sawyer piense o sienta no me interesa.

—Entonces, ¿por qué estás aquí con él? —Su tono no era acusatorio. De hecho, era tan distinto a su voz alta y conminatoria de la oficina que sus palabras casi se fundían con el rumor del aire acondicionado.

—No estoy sentada enfrente de él. En este momento estoy aquí contigo.

Su boca bosquejó una sonrisa. Mis palabras parecieron agradarle y me maldije por dentro por el modo en que eso me hacía sentir.

—Me agrada este lugar —dije, echando un vistazo alrededor—. De algún modo me recuerda a ti.

—Solía encantarme este lugar —dijo Thomas.

—Pero ya no. ¿Por ella?

—Mi último recuerdo de este lugar es también el último recuerdo que tengo de ella. No cuento el aeropuerto.

—Así que te dejó.

—Pensé que íbamos a hablar de tu ex, no de la mía.

—¿Te dejó por tu hermano? —pregunté, ignorando su comentario.

Tragó, haciendo que su nuez de Adán saltara ligeramente, y miró hacia el baño, buscando a Sawyer. Tal como había predicho, Sawyer estaba parado al final del mostrador, cerca del lugar de los tragos, haciendo reír a Tessa.

—Sí —dijo Thomas. Suspiró como si algo le hubiese hecho exhalar todo el aire de sus pulmones—. Pero en realidad, ella no me pertenecía. Camille siempre había sido de Trent.

Meneé la cabeza y fruncí el entrecejo.

—¿Por qué hacerte eso a ti mismo?

—Es difícil de explicar. Trent la amaba desde que éramos niños. Yo lo sabía.

Su confesión me tomó de sorpresa. Por lo que sabía de su infancia y de sus sentimientos por sus hermanos, era difícil imaginar que Thomas hiciera algo tan desalmado.

—Pero tú la perseguiste de todos modos. No entiendo por qué.

Alzó apenas los hombros.

—Yo también la amo.

Tiempo presente. Sentí una punzada de celos en el pecho.

—No lo hice adrede —dijo Thomas—. Iba bastante a mi pueblo, sobre todo a verla a ella. Trabaja en el bar de allí. Una noche, fui directo a The Red y me senté enfrente de su puesto de trabajo y entonces, de golpe, me di cuenta de que ya no era una niña con colita. Era toda una mujer y me sonreía. Trent hablaba de Camille todo el tiempo, pero en un sentido, al menos para mí, jamás pensé que haría algo por tenerla. Por muchísimo tiempo, jamás pensé que sentaría cabeza. Después, él empezó a salir con esa otra chica… Mackenzie. Fue entonces que decidí que había superado su idilio con Camille. Pero muy poco después, hubo un accidente. Mackenzie murió.

Me quedé un segundo pasmada.

Thomas asintió ligeramente con la cabeza, dándome a entender que comprendía mi shock.

—Trent no fue el mismo después de eso. Bebía mucho, se acostaba con cualquiera y dejó la escuela. Un fin de semana fui a lo de mi padre a ver cómo estaban, mi padre y él, y después fui al bar. Ella estaba ahí. —Thomas entrecerró involuntariamente los ojos con un gesto de dolor—. Traté de no hacer nada.

—Pero lo hiciste.

—Me dije que él no se la merecía. Es la segunda cosa más egoísta que he hecho en mi vida, y las dos a mis hermanos.

—¿Pero Trent y Camille terminaron juntos?

—Trabajo mucho. Ella vive allí. Él también. Era inevitable que pasara una vez que Trent se decidiera a buscarla. No tenía derecho a protestar, en realidad él la había amado primero.

La tristeza de sus ojos me golpeó devastadoramente en medio del pecho.

—¿Ella sabe de qué trabajas?

—Sí.

Alcé una ceja.

—¿Le dijiste a ella para quién trabajas pero no a tu familia?

Thomas pensó en lo que acababa de decirle y se acomodó en la silla.

—Ella no se lo dirá a nadie. Me le prometió.

—¿De modo que les está mintiendo a todos?

—Es más una omisión que una mentira.

—¿A Trent tampoco?

—Sabe que salíamos. Cree que se lo ocultábamos por lo que él sentía por ella. Todavía no sabe lo del FBI.

—¿Confías en que no se lo dirá?

—Sí —dijo sin dudar—. Le pedí que no dijera nada sobre el hecho de que estábamos saliendo. Durante meses nadie lo supo, salvo su compañera de cuarto y algunas personas que trabajan con ella en el bar.

—No querías que tu hermano supiera que se la habías robado —dije, muy segura de mi afirmación.

Frunció el rostro, disgustado por mi falta de tacto.

—En parte. Tampoco quería que mi padre la sometiera a ningún interrogatorio. Habría tenido que mentir. Habría vuelto las cosas más difíciles de lo que ya eran.

—No le quedaba más remedio que mentir, de todos modos.

—Lo sé. Fue estúpido. Actué llevado por sentimientos pasajeros y todo resultó peor. Puse a todos en una situación delicada. Fui un estúpido egoísta. Pero… la amaba. Créeme, lo estoy pagando.

—Ella va a estar en la boda, ¿verdad?

—Sí —dijo, retorciendo su servilleta.

—Con Trent.

—Todavía están juntos. Viven juntos.

—Oh —dije, sorprendida—. ¿Y eso no tiene nada que ver con el hecho de que me quieras llevar?

—Polanski quiere que vayas.

—¿Tú no?

—No porque quiera dar celos a Camille, si a eso quieres llegar. Ellos se aman. Ella pertenece a mi pasado.

—¿De veras? —pregunté, incapaz de refrenarme. Me armé de coraje para escuchar su respuesta.

Me miró un largo rato.

—¿Por qué?

Tragué. *Ésa es la verdadera pregunta, ¿no es cierto? ¿Por qué quiero saberlo?*

Lanzó una carcajada y bajó la vista.

—Se puede amar a alguien sin querer estar con esa persona. Y también se puede querer estar con alguien, antes de amar a esa persona.

Alzó la vista hacia mí con una chispa en sus ojos.

Con el rabillo del ojo, vi que Sawyer estaba parado al lado de nuestra mesa, esperando junto con Tessa, que llevaba una bandeja en sus manos.

Thomas no apartó los ojos de mí y yo no pude apartar los míos de él.

—¿Me… eh… permites? —dijo Sawyer.

Parpadeé un par de veces y alcé la vista.

—Oh, sí, disculpa. —Me paré para dejarlo pasar y luego volví a mi asiento, tratando de no intimidarme bajo la mirada fija de Thomas.

Tessa colocó las entradas sobre la mesa, junto con los tres platos pequeños. Llenó con el oscuro merlot la copa medio vacía de Thomas, pero yo puse la mano sobre la mía, antes de que pudiera verter el vino.

Sawyer llevó su copa a sus labios y un incómodo silencio sobrevoló la mesa, mientras el resto del restaurante reverberaba con una conversación constante, interrumpida sólo por risas intermitentes.

—¿Le contaste de Camille? —preguntó Sawyer.

Los pelos detrás de la nuca se me erizaron y mi boca de pronto se secó por completo. Bebí lo último que quedaba en mi copa.

Thomas hizo la mueca de una sonrisa y se puso bizco, con cara de pena.

—¿Y tú le has contado a Tessa sobre esa urticaria?

Sawyer casi se atraganta con el vino. Tessa trató de pensar en algo para decir pero no lo logró, y tras unos saltitos se retiró a la cocina.

—¿Por qué? ¿Por qué eres tan idiota? —dijo Sawyer.

Thomas se atragantó de risa y yo traté de reprimir una sonrisa, riendo dentro de mi copa de agua.

Sawyer también empezó a reír y meneó la cabeza antes de untar su pan de pita con hummus.

—Buena jugada, Maddox. Buena jugada.

Thomas me miró desde debajo de sus cejas.

—¿Cómo piensas volver a tu casa, Liis?

—Tú me llevarás.

Asintió una vez con la cabeza.

—No quise dar nada por supuesto, pero me alegro de que estés de acuerdo.

Capítulo 10

Gracias —dije amablemente.

Traté de no mirar la franja de piel hermosamente bronceada entre el cinturón y el dobladillo inferior de la camiseta blanca de Thomas. Estaba colgando el cuadro, una de las primeras compras que hice después de terminar mi formación. Era una tela impresa, envuelta alrededor de una madera, y era demasiado pesada para colgar de una pared.

—Asusta como el infierno —dijo Thomas, bajando de la silla de mi comedor a la alfombra.

—Es un Takato Yamamoto. Es mi artista japonés moderno preferido.

—¿Quiénes son? —preguntó, refiriéndose a las dos hermanas del cuadro.

Estaban descansando afuera de noche. Una de ellas observaba, disfrutando tranquilamente de la diablura que fuera que ocurría delante de ellas. La otra miraba hacia nosotros, con cara de aburrimiento.

—Espectadoras. Oyentes. Como nosotros.

Thomas parecía impresionado.

—Son muy raras.

Me crucé de brazos y sonreí, feliz de que finalmente estuvieran en su lugar.

—Es brillante. Deberías ver el resto de su obra. Éstas son dóciles en comparación.

Su expresión me dijo que no aprobaba esta nueva información que le acababa de proporcionar.

Alcé mi barbilla.

—Me gustan.

Thomas inhaló, sacudió la cabeza y suspiró.

—Como tú digas. Creo que voy a ir… partiendo.

—Gracias por traerme a casa. Gracias por los tornillos. Gracias por colgar a las chicas.

—¿Las chicas?

Me encogí de hombros.

—No tienen nombre.

—Porque no son reales.

—Para mí lo son.

Thomas tomó la silla y la volvió a su lugar junto a la mesa, pero se aferró del respaldo unos segundos, reclinándose un poco sobre él.

—Hablando de cosas que no son reales, estuve tratando de pensar en una manera de hablarte de ciertos aspectos del viaje.

—¿Cuáles?

Se incorporó y caminó hacia mí. Se inclinó a apenas unos pocos centímetros de mi cara, girando ligeramente su cabeza.

Di un paso atrás.

—¿Qué estás haciendo?

Retrocedió, satisfecho.

—Viendo qué harías. Tuve razón en sacar este tema ahora. Si no muestras afecto, sabrán que hay algo raro. No puedes alejarte de mí de ese modo.

—No lo haré.

—¿De veras? ¿Eso de recién no fue un puro reflejo?

—Sí… pero te he dejado besarme antes.

—Cuando estabas ebria —dijo Thomas, con una sonrisa de satisfacción. Caminó hacia la mitad del living y se sentó en el sofá como si fuera el dueño del lugar.

—Eso no cuenta.

Lo seguí, lo observé un momento y después me senté a su derecha, sin dejar ni un milímetro de distancia entre nosotros. Rocé mi mejilla contra su pecho y deslicé mi mano por su rígido abdomen, antes de hundir mis dedos en su costado izquierdo, apenas lo justo como para que mi brazo siguiera en su lugar.

Todo mi cuerpo se relajó y crucé mi pierna derecha sobre la izquierda, dejando que mi pantorrilla cubriera su rodilla, de manera que todas las partes de mi cuerpo envolvieran en parte el suyo. Me acurruqué contra él con una sonrisa, porque Thomas Maddox —el astuto agente especial, siempre en control de cualquier situación— seguía tan inmóvil como una estatua, con el corazón latiéndole a toda velocidad.

—No soy yo la que necesita práctica —dije con una sonrisa. Cerré los ojos.

Sentí que sus músculos se relajaban y pasó sus brazos por mis hombros, dejando que su barbilla reposara sobre mi cabeza. Exhaló todo el aire de sus pulmones y dio la impresión de que dejó pasar un largo rato hasta que volvió a inhalar.

Nos quedamos así, como en mitad de la nada, escuchando el silencio de mi departamento y los ruidos que venían de la calle. Los neumáticos todavía chapoteaban sobre el asfalto mojado, sonaban bocinas, se oía el ruido de puertas de autos cerrándose. Cada tanto, alguien gritaba, algún auto frenaba y un perro ladraba a la distancia.

Ahí sentada con Thomas —en el mismo sofá que habíamos estrenado la noche que nos conocimos— me sentía en un universo paralelo.

—Esto es agradable —dijo finalmente.

¡Agradable! Me sentí ligeramente ofendida. Pensé que era maravilloso. Nadie me había abrazado así desde Jackson en Chicago, e incluso entonces no había sentido ni la mitad de lo que ahora sentía.

No pensé que iba a extrañar que alguien me tocara, en especial cuando el afecto por Jackson no había significado gran cosa. Pero el no haber tenido ese contacto por menos de un mes me había hecho sentir sola, y quizás un poco deprimida. Suponía que así era para todos, pero estaba segura de que la tristeza no habría sido tan fuerte, no habría venido tan pronto de no haber conocido la sensación de las manos de Thomas en mi cuerpo la primera noche que llegué a San Diego. Después de esa noche, las había extrañado cada día de mi vida.

—Sabes lo que quiero decir —dijo.

—No. ¿Por qué no me lo dices?

Apretó sus labios contra mi cabello e inhaló, hondo y tranquilo.

—No quiero. Sólo quiero disfrutarlo.

Cuando abrí los ojos, estaba sola y acostada en mi sofá. Todavía estaba completamente vestida, cubierta con la manta de lana que había estado doblada en la silla.

Me incorporé, me froté los ojos y me quedé quieta.

—¿Thomas? —llamé. Me sentí ridícula. Era peor que la mañana después de nuestra noche de amor.

Mi reloj marcaba las tres de la mañana, y unos segundos después oí unos ruidos en el piso de arriba. Alcé la vista con una sonrisa. Era lindo saber que estaba tan cerca. Pero después oí algo distinto, algo que me revolvió el estómago.

Un gemido.

Un quejido.

Un grito.

Oh, cielos.

El ruido de un golpe rítmico contra la pared, acompañado de gemidos, empezó a filtrarse en mi departamento y miré alrededor, sin saber qué pensar. *¿Se fue de aquí y después se cruzó a Cutter's? ¿Conoció a una chica? ¿La llevó a su casa?*

Pero Thomas no haría una cosa así. Yo había sido la única desde… Tal vez yo lo había despertado de su letargo.

Oh, cielos.

—Oh, cielos —repitió en eco el grito apagado de una voz de mujer, llenando de pronto todo mi departamento.

No. Esto tiene que parar.

Me levanté y empecé a buscar algo largo con que golpear el cielo raso. No me importaba en lo más mínimo que se molestara. No me importaba siquiera ser *esa* vecina —la solterona de abajo a la que no le gusta oír música ni risas fuertes ni gritos de sexo. Sólo necesitaba que el orgasmo anormalmente ruidoso de esa yegua terminara.

Me trepé a una silla del living, la misma que había usado Thomas antes, con una escoba en la mano. Justo antes de que empezara a golpear el mango contra el cielo raso, alguien llamó a mi puerta.

¿Qué diablos?

La abrí, muy consciente de que o bien yo iba a parecer una loca de remate o la persona del otro lado de la puerta sería el loco psicópata del que tendría que defenderme a golpes de escoba.

En cambio, el que estaba parado en el umbral de mi puerta era Thomas con ojeras y aspecto de estar exhausto.

—¿Puedo quedarme aquí?

—¿Qué?

—¿Qué haces con una escoba en la mano? —preguntó—. Son las tres de la mañana. ¿Estás limpiando?

Entrecerré mis ojos.

—¿No tienes compañía?

Miró alrededor, al parecer confundido por mi pregunta, y después pasó el peso de su cuerpo a la otra pierna.

—Sí.

—¿No deberías estar en tu casa, entonces?

—Ohhh… me está costando mucho poder dormir ahí.

—Evidentemente.

Traté de cerrar la puerta de un portazo, pero él la frenó y me siguió hasta adentro.

—¿Qué pasa contigo? —preguntó. Después, señaló la silla del comedor apartada de la mesa y en mitad del living.

—¿Qué hace esa silla de nuevo ahí?

—¡Iba a subirme en ella y usar esto! —dije, mostrándole la escoba.

—¿Para qué? —preguntó frunciendo la nariz.

—Para golpear contra el techo. Para hacer callar a esa yegua.

Sus ojos se iluminaron como si de golpe entendiera todo y se sintió avergonzado.

—¿Puedes oírla?

Alcé los ojos al techo.

—¿Que si puedo oírla? Todo el edificio puede oírla.

Se frotó la nuca.

—Lo siento, Liis.

—No te disculpes —dije, hirviendo de furia—. No es que nosotros… no somos nada.

—¿Eh?

—¡Por favor, no te disculpes! Me hace sentir todavía más patética.

—De acuerdo. Lo siento, quiero decir…

Suspiré.

—Sólo… vete.

—Yo… iba a pedirte si podía quedarme esta noche aquí. Pero supongo que si puedes oírla…

Le revoleé la escoba, pero él saltó a un costado.

—¿Qué demonios, Liis?

—¡No, no puedes quedarte aquí! Ve arriba con tu chica de una noche. Parece que te has vuelto un profesional.

Abrió bien grande los ojos y extendió los brazos a los costados.

—Oh. No. Ése... no era... Ése no soy yo. El que está ahí arriba. Con ella.

—¿Qué? —Cerré los ojos, completamente confundida.

—Yo no estoy con ella.

Lo miré furiosa.

—Obviamente. Acabas de conocerla.

Sus manos se movían horizontalmente hacia atrás y hacia adelante.

—No. Quiero decir que no estoy ahí arriba acostado con ella.

—Lo sé, estás aquí ahora —dije enfatizando cada palabra. Habría sido lo mismo hablar con una pared.

—¡No! —gritó con impotencia.

Los golpes empezaron de nuevo y los dos alzamos la vista. La mujer empezó a gritar y un ligero gemido se filtraba por el techo... una voz de hombre.

Thomas se cubrió el rostro.

—Santo cielo.

—¿Alguien está con una mujer en tu departamento?

—Mi hermano —dijo, gruñendo.

—¿Cuál?

—Taylor. Se está quedando en casa unos días. Me mandó un mensaje de texto preguntándome por qué no estaba en casa. Me fui de aquí para verlo pero cuando llegué estaba de mal humor por algo y no se quería quedar en el departamento. Así que lo llevé a Cutter's. La agente Davies estaba ahí y...

Señalé hacia el techo.

—¿Esa perra es la agente Davies?

Thomas meneó su cabeza.

—Oh, gracias al cielo —dije, tapándome los ojos con la mano.

Thomas frunció el entrecejo.

—¿Eh?

—Nada.

Davies gritó.

Sacudí la cabeza y señalé hacia la puerta.

—Tienes que decirles que terminen con ese circo. Tengo que poder dormir un poco.

Thomas volvió a asentir con la cabeza.

—Sí, les diré. —Giró para dirigirse hacia la puerta pero luego se detuvo, dio media vuelta y me señaló—. Pensaste que era yo. Estabas furiosa.

Puse cara.

—No, para nada.

—Sí, lo estabas. Admítelo.

—¿Y qué si lo estaba?

—¿Por qué estabas tan loca? —preguntó, con los ojos suplicándome una respuesta.

—Porque son las tres de la mañana, y tengo que dormir.

—Tonterías.

—¡No tengo idea de qué estás hablando!

Sabía perfectamente bien a qué se refería y él sabía que me estaba haciendo la tonta.

Sonrió.

—Creíste que ése era yo, que estaba acostado con una chica que había conocido en el bar, y estabas furiosa conmigo. Estabas celosa.

Tras varios segundos sin poder encontrar una respuesta creíble, le dije con total desparpajo.

—¿Y qué?

Thomas alzó la barbilla y después estiró el brazo hacia atrás para tomar el picaporte.

—Buenas noches, Liis.

Mantuve la mirada más dura de la que fui capaz hasta que Thomas cerró la puerta, y después fui hasta donde estaba la escoba, la levanté y regresé la silla a su lugar.

Tras un par de minutos, el ruido cesó.

Fui hasta mi cuarto, me desvestí, me puse una camiseta y caí rendida en la cama.

No sólo no odiaba a Thomas, me gustaba. Peor que eso, él lo sabía.

Capítulo 11

Giré la muñeca para mirar la hora en mi reloj, maldiciéndome por haberme quedado dormida. Después de ponerme un par de tachas de diamante en los orificios de las orejas, me calcé los tacones, tomé mi cartera y abrí la puerta.

Thomas estaba ahí parado con una taza de unicel en cada una de sus manos.

—¿Café? —preguntó.

Cerré la puerta y giré la llave en la cerradura.

—¿Tiene leche ese café? —pregunté.

—No. Seis de azúcar y dos de crema.

—¿Cómo sabes cómo me gusta el café? —pregunté, tomando la taza que me estaba ofreciendo.

Caminamos juntos hasta el ascensor y Thomas apretó el botón.

—Constance.

—¿Constance sabe que me compraste un café?

—Constace me dijo que te comprara un café.

Se abrieron las puertas y entramos.

Me volví hacia él, confundida.

—Se levanta temprano —dije entre dientes—. ¿Por qué Constance te diría que hagas una cosa así?

Se encogió de hombros.

—Le pareció que te gustaría.

Me volví para mirar hacia adelante. Me estaba respondiendo sin responderme, lo que más odiaba. Voy a tener que pedirle a Val que me enseñe su truco de detección de mentiras.

—¿No más preguntas? —preguntó Thomas.

—No.

—¿No?

—De todos modos no me responderás la verdad.

—Constance sabe que me gustas. Dice que me he comportado distinto desde que estás aquí, y tiene razón.

—Thomas —dije, volviéndome hacia él—, te lo agradezco mucho, pero yo no…

—No estás emocionalmente disponible. Lo sé. Pero también recién estás saliendo de una relación. No te estoy pidiendo que vengas a vivir conmigo.

—¿Qué me estás pidiendo?

—Déjame que te lleve al trabajo.

—Eso no es un pedido.

—De acuerdo. ¿Podemos cenar solos?

Me volví hacia él, justo cuando se abrían las puertas del ascensor.

—¿Me estás pidiendo tener una cita conmigo, Maddox?

Empecé a caminar por el hall haciendo resonar mis tacones.

Tras unos segundos de vacilación, Thomas asintió una vez con la cabeza.

—Sí.

—No tengo tiempo para complicaciones. Estoy dedicada ciento por ciento a mi trabajo.

—Igual que yo.

—Me gusta trabajar hasta tarde.

—Igual que yo.

—No me gusta tener que dar partes a nadie.

—A mí tampoco.

—Entonces, sí.

—¿Sí puedo llevarte al trabajo? ¿O sí podemos cenar juntos?

—Sí a las dos cosas.

Sonrió, triunfante, y después usó la espalda para abrir las puertas del lobby de un empujón, sin sacarme la vista de encima.

—Mi auto está de este lado.

Durante el viaje hasta el trabajo, Thomas me contó su noche con Taylor, a qué hora la agente Davies se había ido de su departamento y lo incómodo que era tener un huésped, aunque fuera su hermano.

La autopista todavía estaba húmeda por la lluvia del día anterior. Conducía su Land Rover, colándose entre los vehículos, y aunque yo estaba acostumbrada a conducir en Chicago, San Diego era totalmente diferente y no estaba segura de si me sentiría preparada para eso una vez que consiguiera un automóvil.

—Te ves nerviosa —dijo Thomas.

—Detesto las autopistas —mascullé.

—Las odiarás más cuando conduzcas. ¿Cuándo traerán tu auto? Ya es tu tercera semana sin él.

—No lo haré traer. Mis padres lo van a vender por mí. Voy a buscar uno nuevo, cuando tenga tiempo, pero por ahora me arreglaré con el transporte público.

Thomas puso cara.

—Eso es ridículo. Puedes venir conmigo.

—No hace falta —dije.

—No tienes más que esperarme en el frente del edificio todas las mañanas. De todos modos, salimos a la misma hora y vamos al mismo lugar. Además, me haces un favor. Puedo ir por el carril de transporte colectivo.

—De acuerdo —dije, mirando por la ventanilla—. Si no te molesta.

—No me molesta.

Lo miré. Su metamorfosis de jefe iracundo y volátil a la de un vecino gentil y alegre —tal vez incluso más— había sido gradual, de modo que no la había notado hasta ese momento en que estábamos uno al lado del otro, con el sol de la mañana que resaltaba la serenidad de sus ojos. Viajamos el resto del trayecto hasta la oficina sumidos en un placentero silencio.

Lo primero que volvió a decir Thomas fue dirigido al guardia de seguridad en los portones del edificio.

—Agente Maddox —dijo el agente Trevino, tomando nuestras chapas. Se inclinó para identificarme y sonrió con cierta picardía.

—Hola, Mig —dijo Thomas—. ¿Cómo está la familia?

—Todos bien. Muy gentil de su parte en traer a la agente Lindy hasta el trabajo esta mañana.

Thomas volvió a tomar su placa.

—Vivimos en el mismo edificio.

—Mmm —dijo Trevino, reclinándose hacia atrás en su asiento antes de apretar el botón para que se abrieran las puertas.

Thomas pasó con el auto y rio como para sus adentros.

—¿Qué es tan gracioso?

—Trevino —dijo Thomas, apoyando el codo en el botón de la ventanilla, mientras se tocaba los labios con los dedos.

Fruncí el entrecejo. Cada vez que algo entraba en contacto con sus labios, una mezcla de depresión y celos se arremolinaba dentro de mí. Era una sensación horrible y me preguntaba cuándo terminaría.

—¿Acaso se ríen de mí?

—No. ¿Por qué piensas eso?

—¿Qué es tan divertido, entonces?

Thomas entró en el estacionamiento, puso el cambio en punto muerto y apagó el motor.

—Yo. Se reía de mí. Yo no suelo traer gente al trabajo. No sonrío cuando ingreso y definitivamente no le pregunto a nadie por su familia. Él lo sabe... Lo sabe muy bien. Las cosas han cambiado desde que llegaste.

—¿Y por qué es eso? —Lo miré rogándole con los ojos que dijera las palabras mágicas.

Sin duda alguna, yo era demasiado orgullosa y obstinada como para romper mi voto con el FBI sin una garantía. El café, alguna ayuda en mi departamento, incluso su mano en la mía no eran suficiente. No tenía ningún problema en venir segunda después de su trabajo. Si los dos estábamos dedicados ciento por ciento al FBI, de algún modo una cosa compensaba la otra. Pero yo no iba a aceptar ser la tercera.

Sonó su celular, tensó el rostro. Me soltó la mano y miró hacia el otro lado.

—Te dije que sí. Yo... —Se frotó los ojos con el pulgar y el índice—. No puedo. Mi vuelo no llega hasta una hora después de que Travis llegue al hotel. OK... ¿decirme qué?

Thomas bajó la vista y se le vencieron los hombros.

—¿En serio? Eso es genial —dijo, sin lograr disimular la devastación que se oía en su voz—. Eh, no, entiendo. No, Trent. Entiendo, está perfecto. Sí. Me alegro por ti. Perfecto. Nos vemos.

Apretó el botón de finalizar y después dejó caer el celular en sus rodillas. Tomó el volante con ambas manos, apretándolo con tanta fuerza que sus nudillos se pusieron blancos.

—¿Qué pasó? ¿Quieres hablar del asunto?

Meneó la cabeza.

—De acuerdo. Bueno. Estaré en mi oficina si cambias de parecer.

Justo cuando estiré la mano para abrir la puerta, Thomas me tomó del brazo y me atrajo hacia él, sus labios sorprendentemente suaves derritiéndose contra los míos. Todo a nuestro alrededor se volvió borroso y me sentí transportada a la noche en que nos conocimos, las manos desesperadas, su lengua entrando bien hondo en mi boca, su piel resplandecientemente cálida contra la mía.

Cuando finalmente nos separamos, sentí un profundo dolor. Aunque sólo había un beso, todavía me quedaba esa horrible sensación.

—Maldición, Liis. Lo siento —dijo, tan conmocionado como yo.

Mi respiración era lenta pero profunda, y mi cuerpo todavía estaba un poco inclinado hacia adelante.

—Sé que no quieres una relación —dijo, furioso consigo mismo—, pero me cuesta un horror estar lejos de ti.

—Entiendo —dije, apartándome el cabello de la cara—. ¿Era Trent? —pregunté, señalando con la cabeza su celular.

Bajó los ojos y luego me miró.

—Sí.

—¿Qué dijo que te molestó?

Thomas vaciló unos instantes, rehusándose claramente a responder.

—Me contaba de la fiesta de despedida de soltero de Travis.

—¿Y?

—Él es el animador.

—¿Y?

Thomas cambió nerviosamente de posición.

—Trent hizo un trato con Camille. —Thomas meneó la cabeza—. Hace un tiempo, ella aceptó casarse con él, si él hacía algo loco y zarpado. Trent va a hacerlo en la fiesta de Trav, y después él... —bajó los ojos, estaba destrozado— va a pedirle matrimonio.

—A tu ex.

Thomas sacudió lentamente la cabeza.

—La chica de la que todavía estás enamorado. ¿Y después me besaste para dejar de pensar en ella?

—Sí —admitió—. Lo siento. Fue muy feo lo que hice.

Mi primera reacción fue enojarme. ¿Pero cómo podía enojarme si besarlo era lo único en lo que pensaba desde que nos conocimos? ¿Y cómo podía estar celosa? La mujer que amaba muy pronto se comprometería y él prácticamente acababa de dar su bendición. Nada de toda esa lógica me servía. Envidiaba a una mujer que nunca había visto y que nunca estaría con Thomas. No podía enojarme con él, pero estaba furiosa conmigo misma.

Tiré de la palanca para abrir la puerta.

—La reunión del Escuadrón Cinco es a las tres.

—Liis —gritó mientras me iba.

Me alejé lo más rápido que me lo permitían los tacones, directo hacia los ascensores.

Las puertas se cerraron en cuanto estuve adentro y me quedé en silencio, mientras iban pasando los números. Subía y bajaba gente —agentes, asistentes, líderes de la ciudad—, todos hablando en voz baja o en silencio.

Cuando las puertas finalmente se abrieron en el séptimo piso, bajé y traté de pasar rápido por la oficina de Marks. Él siempre llegaba temprano, y Val, por lo general, estaba en su oficina, charlando. Pasé sigilosamente por su puerta abierta, oí la voz de Val y rápidamente crucé las puertas de seguridad. Di la vuelta a la esquina del primer cubículo, pasé otros dos y después me metí en mi oficina y cerré la puerta.

Me senté en mi trono, me puse de espaldas a la pared de vidrio y contemplé los estantes y la vista de la ciudad. Oí que alguien llamaba a la puerta, pero lo ignoré, y después alguien puso un expediente en el portadocumentos de mi puerta y se fue. Dejé que el respaldo alto de mi sillón me ocultara a la vista de todo el salón del escuadrón, y empecé a enroscar los largos mechones negros de mi cabello en mi dedo, pensando en el beso, en la noche anterior y en cada vez que había estado a solas con Thomas desde que lo conocí.

Todavía estaba enamorado de Camille. No entendía, y lo que era aún peor, yo tampoco estaba segura de mis sentimientos. Sabía que él me importaba. Si era honesta conmigo, tenía que admitir que decir que me importaba era decir muy poco. La manera en que mi cuerpo reaccionaba a su presencia era adictiva e imposible de ignorar. Deseaba a Thomas de una manera que nunca había sentido por Jackson.

¿Lo que sentía por él valía el lío que podía generar en el trabajo? ¿Valía el lío que podía hacer de mi vida?

Me saqué el cabello de la boca cuando me di cuenta de que lo estaba masticando. Lo hacía desde que era pequeña. Thomas era mi vecino y mi jefe. Era ilógico e irrazonable intentar ser algo más, y si yo no quería perder el control de la situación, tenía que aceptar ese hecho.

Mi puerta se abrió.

—¿Liis?

Era Thomas.

Giré lentamente y me senté derecha. La angustia que había en sus ojos era intolerable. Se sentía tironeado en dos direcciones opuestas al igual que yo.

—Está bien —dije—. No es contigo que estoy furiosa.

Cerró la puerta y fue hasta uno de los sillones antes de sentarse. Se inclinó, apoyando los codos sobre el borde del escritorio.

—Estuvo totalmente fuera de lugar. No te lo mereces.

—Fue la reacción de un momento. Entiendo.

Me miró fijo, alterado por mi respuesta.

—Lo que me pasa contigo no es la reacción de un momento, Liis.

—Tengo una meta fija y estoy decidida a alcanzarla. Cualquier sentimiento que pueda tener por ti no se interpondrá en mi camino hacia esa meta. A veces haces que me olvide, pero siempre vuelvo al plan original, un plan que no incluye un otro significativo en mi vida.

Dejó que el efecto de mis palabras fuera apaciguándose.

—¿Es eso lo que pasó entre tú y Jackson? ¿No encajaba en tus planes para el futuro?

—Esto no tiene nada que ver con Jackson.

—No hablas mucho de él —dijo, y se apoyó en el respaldo.

—Porque no lo necesito.

—¿Estaban comprometidos?

—No es algo que sea asunto tuyo, pero sí.

Thomas alzó una ceja.

—¿Nada, eh? ¿No derramaste ni una lágrima?

—En realidad... no soy así. Bebo.

—¿Como esa noche en Cutter's?

—Exactamente, como esa noche en Cutter's. Así que supongo que estamos parejos.

Thomas se quedó con la boca abierta, sin siquiera tratar de disimular su ego herido.

—Guau. Supongo que sí.

—Thomas, tú deberías entender mejor que nadie. Te viste enfrentado a la misma decisión cuando estuviste con Camille. Y elegiste tu trabajo, ¿no es cierto?

—No —dijo, ofendido—. Traté de aferrarme a las dos cosas.

Me senté hacia atrás y entrelacé las manos.

—¿Y qué tal te fue?

—No me gusta este lado tuyo.

—Es una lástima, porque de ahora en más es el único que tendrás. —Lo miré directo a los ojos, sin pestañear.

Thomas empezó a hablar, pero alguien llamó a la puerta y la abrió.

—¿Agente Lindy? —oí decir a una voz suave y aguda que venía del pasillo.

—¿Sí? —dije al ver a Constance parada en el umbral.

—Tiene una visita. Lo hice subir.

Antes de que tuviera tiempo de preguntarme quién podría ser, Jackson Schultz salió de atrás de Constance y se paró en la puerta.

—Oh, santo cielo —suspiré.

Jackson estaba vestido con una camisa azul francés y una corbata a cuadros. Las únicas veces que lo había visto tan elegante fueron la noche en que se me declaró y en el funeral del agente Gregory. El tono de la camisa resaltaba aún más sus ojos azules. Siempre habían sido lo que más me gustaba de él, pero en ese momento lo único que podía notar era que eran tan redondos como su cara. Jackson siempre se había mantenido en forma, pero su cabeza ligeramente rapada le hacía parecer más regordete de lo que era.

Cuanto más tiempo habíamos estado juntos, más notorios se me habían vuelto sus aspectos y rasgos menos agradables: la manera en que se chupaba la comida que le quedaba entre los dientes después de comer; o en que se ladeaba hacia un costado cuando se tiraba gases, incluso en público; o el hecho de no lavarse siempre las manos después de haber pasado media hora en un baño público. Incluso las tres arrugas profundas que tenía donde el cráneo se unía con el cuello me exasperaban.

—¿Quién diablos es usted? —preguntó Thomas.

—Jackson Schultz. Chicago SWAT. ¿Quién diablos es usted? Me paré.

—El agente especial Maddox es el SEC de San Diego.

—¿Maddox? —Jackson lanzó una carcajada, sin mostrarse para nada impresionado.

—Sí, o sea el jefe de este lugar. —Thomas miró a Constance—. Estamos en una reunión.

—Lo siento, señor —dijo Constance, sin mostrarse para nada apenada.

A mí no me engañaba. Le había dicho a Thomas qué clase de café comprar, y cuando se enteró de que Jackson estaba en el edificio, se había apresurado a escoltarlo hasta mi oficina para recordarle a su jefe que tenía competencia. No sabía bien si estrangularla o reírme, pero estaba claro que se preocupaba por Thomas y era agradable saber que tenía una opinión de mí lo bastante buena como para empujarlo en mi dirección.

—Ya estábamos redondeando, ¿no es cierto, agente Maddox?

Thomas me miró primero a mí y luego de nuevo a Jackson.

—No. El agente Schultz puede esperar perfectamente afuera. ¿Constance?

Los labios de Constance parecieron luchar contra la mueca de una sonrisa.

—Sí, señor. Agente Schultz, si es tan amable de seguirme.

Jackson no me sacó los ojos de encima ni un instante, mientras seguía a Constance hasta que ambos desaparecieron de mi vista.

Miré a Thomas, entrecerrando los ojos.

—Eso estuvo de más.

—¿Por qué no me dijiste que venía a visitarte? —me preguntó Thomas, ladrando.

—¿Realmente crees que yo lo sabía?

Sus hombros se relajaron.

—No.

—Cuanto antes lo dejes entrar, más rápido se irá.

—No quiero que esté aquí.

—Termínala.

—¿Terminar qué? —replicó Thomas, simulando mirar las distintas fotografías y notas que tenía pegadas en la pared de mi oficina o los estantes o nada.

—Estás actuando como un niño —dije.

Bajó la barbilla hacia el pecho para lanzarme una mirada fulminante.

—Haz que se vaya inmediatamente de aquí —dijo sin subir la voz.

Un par de semanas antes tal vez me habría sentido intimidada, pero Thomas Maddox ya no me asustaba. De hecho, dudaba de que alguna vez lo hubiese hecho.

—Hiciste tanta historia anoche de que yo estuviera celosa. Tú sabes que lo dejé y que tengo cero interés, y mírate cómo te pones.

Señaló a la puerta.

—¿Crees que estoy celoso del Señor Prolijidad? Estás bromeando, ¿verdad?

—Los dos sabemos que estás demasiado tocado aquí adentro —dije, señalándome la cabeza— como para preocuparte por mi ex novio o por mí en general.

—Eso no es verdad.

—¡Todavía estás enamorado de ella! —dije en un tono demasiado alto.

Todos los miembros del Escuadrón Cinco que se hallaban presentes en la sala se inclinaron hacia adelante o hacia atrás en sus sillas para mirar a través de la pared de vidrio de mi oficina. Thomas se levantó y bajó las persianas primero de una sección y luego de la otra, y después cerró la puerta.

Frunció el entrecejo.

—¿Qué tiene que ver? ¿No puedes gustarme y todavía amarla?

—¿Ah, sí? ¿Te gusto?

—No, acabo de pedirte de salir juntos porque me encanta que me digan que no.

—Me pediste de cenar juntos, justo antes de quedar destruido por la mala noticia. No la has superado, Maddox.

—Ahí empiezas de nuevo con lo de Maddox.

—No la has superado —dije, odiando el tono de tristeza que se traslucía en mi voz—. Y yo tengo metas.

—Ya lo has mencionado.

—Entonces estamos de acuerdo en que esto no tiene sentido.

—De acuerdo.

—*¿De acuerdo?* —pregunté, avergonzada por el tono de pánico que percibía en mis propias palabras.

—No voy a forzar las cosas. Si yo supero lo de Camille y tú superas tu... cuestión..., volveremos a tratar los términos.

Lo miré sin poder creer lo que acababa de oír.

—No era una forma de decir lo que le dijiste a Constance. Para ti, realmente estábamos teniendo una reunión.

—¿Y?

—Esto no es algo que puedas programar, Thomas. No puedes decirme cómo va a seguir, y no vamos a volver a tratar los términos de nada. No es así como funciona.

—Es como funcionamos nosotros.

—Eso es ridículo. Tú eres ridículo.

—Tal vez, pero somos iguales, Liis. Es por eso que no funcionó con otras personas. Yo no te voy a dejar escapar, y tú no vas tener que soportar mis estupideces. Podemos pensar en si es eficiente estar juntos hasta que nos retiremos, o podemos aceptarlo ahora. El hecho es que planeamos cosas, nos organizamos, controlamos.

Tragué sin decir nada.

Thomas señaló hacia la pared.

—Antes de que llegaras, yo era un solitario adicto al trabajo, y aunque tú tenías a alguien eres igual. Pero tú y yo podemos hacer que esto funcione. Tiene todo el sentido del mundo que estemos juntos. Cuando le digas al Señor Ninja que se largue de aquí, avísame y cenaremos juntos. Después volveré a besarte y no porque esté destruido.

Volví a tragar. Traté de que mi voz no temblara cuando le dije:

—Mejor así. Porque es un poco desconcertante que alguien te bese cuando está destruido pensando en otra mujer.

—No volverá a ocurrir.

—Asegúrate de que así sea.

—Sí, señora.

Abrió la puerta, salió y volvió a cerrarla.

Me tiré hacia atrás en la silla, respirando hondo para calmarme. *¿Qué demonios acababa de pasar?*

Capítulo 12

Hola —dijo Jackson desde el sofá de dos cuerpos en la pequeña área de espera al final del hall. Se paró, revelando toda su estatura al lado de mi pequeño cuerpo—. Estás hermosa. California te sienta bien.

Incliné la cabeza hacia un costado, ofreciendo una sonrisa de agradecimiento por el cumplido.

—Apenas pasaron unas semanas.

Bajó la vista.

—Ya sé.

—¿Cómo están tus padres?

—Papá acaba de salir de un resfriado. Mamá me juró que si te compraba flores, cambiarías de opinión.

Hice una mueca con la boca.

—Vayamos a caminar un poco.

Jackson me siguió hasta el ascensor. Apreté el botón para ir al primer piso y nos quedamos en silencio.

Cuando las puertas volvieron a abrirse, el lobby bullía de actividad. Recién comenzaba la mañana, y los agentes o bien estaban entrando o saliendo a llevar a cabo entrevistas, dirigirse a los tribunales o realizar alguna otra de las cien tareas que forman parte de su trabajo. Había algunos visitantes haciendo los trámites de ingreso y un grupo de escolares secundarios estaba por iniciar un tour por el lugar.

Caminamos juntos hasta la parte posterior del edificio y abrí las puertas dobles que daban al patio. Cobijada entre los dos edificios había una hermosa área para sentarse, con muebles de jardín, grandes piedras de rio, zonas verdes y un monumento a los agentes caídos en servicio. Siempre había querido pasar un rato ahí para meditar un poco sobre alguna cuestión o simplemente quedarme sentada en silencio, pero entre los almuerzos con Val y las sesiones de gimnasia con Thomas realmente no había tenido un momento libre.

Jackson se sentó en uno de los sillones de mimbre con almohadones. Yo me quedé parada enfrente de él, inquieta. No hablamos durante casi un minuto, finalmente inhalé hondo y tomé coraje.

—¿Por qué no llamaste primero?

—Me habrías dicho que no viniera. —Su voz era lastimosamente triste.

—Pero viniste de todos modos —dije, entrecerrando los ojos debido al fuerte sol matinal.

Cuando Jackson se inclinó hacia adelante y se tomó la frente con las dos manos, me alegré de que estuviésemos solos.

Retrocedí un paso, temiendo por un segundo que comenzase a llorar.

—No he estado manejando bien esto, Liisee. No puedo dormir ni comer. Tuve un quiebre en el trabajo.

Oírlo llamarme con ese apodo me puso los pelos de punta. No era su culpa. Nunca le había dicho que me resultaba odioso. Verlo tan vulnerable cuando por lo general no perdía jamás el control de sus emociones me hizo sentir incómoda, y mi culpa multiplicó la incomodidad por diez.

Jackson no era un mal tipo. Pero el haberme desenamorado de él había hecho que cualquier cosa que hiciese me pareciera grotesca, y cuanto más trataba de superar esa sensación, más insoportable se me volvía.

—Jackson, estoy en el trabajo. No puedes hacerme esto aquí.

Alzó la vista hacia mí.

—Lo siento. Sólo quería pedirte de ir a almorzar.

Suspiré y me senté a su lado.

—Odio que estés sufriendo. Ojalá pudiera cambiar mis sentimientos, pero... no puedo. Le di un año a lo nuestro, como prometí.

—Pero tal vez si...

—No es nada que hayas hecho. No es siquiera algo que no hayas hecho. Simplemente lo nuestro no funciona.

—Tú funcionas para mí.

Puse mi mano en su espalda.

—Lo siento. Realmente lo siento mucho. Pero lo nuestro se terminó.

—¿No me extrañas para nada? —preguntó.

Su cuerpo era tanto más grande que el mío que me tapaba el sol.

Recordé cuando lo vi durante la instrucción. Las otras mujeres pensaban que era muy atractivo y dulce. Y lo era. Después de todos los esfuerzos que hicieron para capturarlo, yo lo hice mío sin el menor esfuerzo en absoluto. Le atraían la seguridad y la brillantez, había dicho. Y yo tenía las dos cosas.

Y aquí estaba, rogándome que lo quisiera, cuando perfectamente podía irse de allí y hacer que muchas mujeres se desmayaran, mujeres que lo amarían y que valorarían sus malos hábitos junto con los rasgos que me habían enamorado.

Tras unos segundos de vacilación, decidí que la verdad no era agradable, pero era necesaria. Simplemente meneé la cabeza.

—Maldición —dijo, riendo sin humor alguno—. ¿Te mudaste aquí por alguien? No es asunto mío, lo entiendo, pero necesito saberlo.

—Absolutamente no.

Asintió con la cabeza, satisfecho.

—Bueno, mi avión no sale hasta el miércoles. Supongo que hay peores lugares para quedarse varado.

—¿Puedes cambiar el vuelo? —sabía antes de preguntar que no podría.

Jackson no sólo era terrible para soltar, también era completamente inútil para cosas como cambiar billetes de avión, hacer reservas o programar citas. Estaba segura de que su madre se había ocupado incluso de hacer los arreglos de su viaje para venir a verme.

—Aquí está el bar de *Top Gun*. Te encantaría verlo —dije.

—Sí —dijo, con una carcajada entrecortada de ironía—. Suena genial.

—Te acompaño a la salida. Realmente… lo siento, Jackson.

—Sí, yo también.

Lo guié por el patio de vuelta hasta el edificio principal. No dijo una sola palabra, mientras cruzamos el lobby hasta la entrada.

—Yo sólo… tengo que decirlo al menos una vez… antes de irme. Te amo.

Lo besé en la mejilla.

—Gracias. No lo merezco, pero gracias.

Sonrió con tristeza.

—Sé que manejarás al imbécil de arriba, pero si se pone pesado, siempre puedes volver a casa.

Reí.

—Él no es un problema.

—Adiós, Liis. —Jackson me besó en la frente y dio media vuelta, empujando la puerta.

Inhalé hondo y de pronto me sentí exhausta.

Después de caminar pesadamente hasta el ascensor, apoyé la espalda contra la pared hasta que oí la campanilla que indicaba que había llegado a mi piso, y salí al hall, obligando a mis pies a dar un paso por vez.

—¿Liis? —llamó Marks, cuando pasé por su oficina—. Entra un segundo.

Me detuve y di media vuelta, sorprendida del agradecimiento que sentía por la invitación. Me dejé caer en su silla.

—¿Qué?

Marks alzó una ceja, deteniendo momentáneamente el ruido continuo de su teclado.

—Te dije. Traes problemas.

—¿Qué te hace decir eso? —pregunté.

—Cualquiera puede decir que es otro hombre. Está casi feliz cuando tú estás cerca.

—Me pierdo la parte de por qué eso me vuelve una persona problemática.

—¿Tu ex va a quedarse contigo algunos días?

—Por supuesto que no.

—¿Por qué no?

Me enderecé en la silla.

—¿Siempre tienes la pésima costumbre de hacer preguntas que no son de tu incumbencia?

—Déjame adivinar. ¿Te trasladaste aquí para librarte de él? Le dijiste a Tommy que no estabas emocionalmente disponible, y ahora está atrás de ti porque lo rechazaste. Sólo que esto no es un juego para ti. Realmente no estás disponible.

Alcé los ojos hacia el techo y me apoyé en el respaldo.

—No finjamos que él no tiene problemas propios.

—Exacto. ¿Por qué entonces no lo vuelven más fácil para este departamento y resuelven el asunto?

—Tú tienes tus propios problemas. Concéntrate en ésos en vez de en los míos. —Me paré.

—Vi cómo quedó cuando Camille lo dejó la última vez. Fue incluso peor cuando volvió después del accidente automovilístico de Trent y Cami. Cami eligió a Trent, pero Tommy nunca dejó de amarla. No estoy tratado de comportarme como un imbécil al decirte esto, Liis, pero él es mi amigo. Tal vez me esté metiendo en tus asuntos, pero Tommy cambió después de perder a Cami, y no para mejor. Ahora está mostrando signos del hombre que era antes de que ella le partiera el corazón.

—¿Tommy? —dije, en absoluto impresionada por sus palabras. Marks alzó la cabeza y me miró fijo.

—¿Eso es lo único que sacas en limpio de todo lo que te he dicho? Esto no es una competencia, Liis. No estoy tratando de quitártelo, estoy tratando de salvarlo de ti.

Por más amargo que fuese, traté de tragarme la vergüenza. Mi lucha interior debió notarse, porque el enojo desapareció en los ojos de Marks.

—Me parece encomiable que estés comprometida con tu trabajo y concentres toda tu energía en eso —dijo—. Pero si no puedes encontrar una manera de amar el trabajo y amarlo a él también, no juegues con él hasta averiguar si tienes un corazón.

La vergüenza dio rápidamente lugar a la furia.

—Vete a cagar, Marks —dije antes de dejar su oficina.

Abrí las puertas de seguridad y fui directo a mi oficina.

—Lindy —empezó a llamar el agente Sawyer.

—Ahora no —dije, antes de cerrar la puerta de mi oficina de un portazo para que le quedara bien en claro.

Volví a sentarme en mi sillón de espaldas a la pared de vidrio. Las persianas estaban cerradas de cuando Thomas había estado allí, pero aun así necesitaba sentir el alto respaldo que me aislaba del escuadrón.

Tras un ligero golpecito, la puerta se abrió. Como oí que alguien entraba y se sentaba sin saludar, supe que sólo podía ser Val.

—¿Almorzamos en Fuzzy's?

—Hoy no. Necesito sí o sí ir al gimnasio a la hora del almuerzo.

—De acuerdo.

Giré sobre mi sillón.

—¿Eso es todo? ¿Nada de interrogatorios?

—No me hace falta. Te he estado observando toda la mañana. Primero te escondiste aquí, y Maddox vino corriendo detrás de ti. Después apareció tu ex novio, y Maddox está aquí arriba gritándole a todo el mundo como hacía antes. —Val meneó las cejas.

Aparté la mirada.

—Acabo de romperle el corazón a Jackson, por segunda vez. ¿Qué diablos estaba pensando? Sabía que algo le había pasado a Thomas. Demonios, me dijiste el primer día que se había quemado con leche. Marks tiene razón.

Val se puso tiesa.

—¿Qué te dijo Marks?

—Que debería mantenerme lejos de Thomas. Que no me había podido comprometer con Jackson y que era probable que no me pudiera comprometer con nadie.

Val puso cara.

—Estás mintiendo. Él no es tan cerdo.

—Cuando se trata de mí, sí lo es. Y para que quede claro, sí estoy parafraseando.

—Entonces son tus temores los que están hablando. Pero si Maddox te gusta, Liis, no dejes que un fracaso en el amor maneje tu próxima relación. El hecho de que no amaras a Jackson no significa que no puedas amar a Maddox.

—Él todavía la ama —dije, sin tratar de ocultar la herida que se traslucía en el tono de mi voz.

—¿Camille? Fue ella la que lo dejó, Liis. Probablemente siempre la ame.

Una sensación de malestar invadió todo mi cuerpo y curvé instintivamente los hombros hacia adentro, con un auténtico dolor físico que me perforaba los huesos.

No hace tanto que nos conocemos. ¿Por qué siento cosas tan fuertes por él?

Sin embargo, no pude formular la pregunta en voz alta. Me dejaba demasiado vulnerable, me hacía sentir demasiado frágil.

Hice la única pregunta que pude.

—¿Crees que él puede amar a dos personas a la vez?

—¿Puedes tú amar a una? —me retrucó de inmediato.

Sacudí la cabeza, llevándome los dedos a los labios.

No había el menor rastro de compasión en los ojos de Val.

—Tú misma te estás provocando esto. Está con él o no estés con él, si no quieres. Pero Marks tiene razón. No juegues con los sentimientos de Maddox. Sé que una vez le dijiste que no estabas emocionalmente disponible, pero te estás comportando diferente.

—Porque me gusta. Más que me gusta, diría. Pero no quiero.

—Entonces, sé honesta con él y no le des señales ambiguas.

—Es difícil no hacerlo cuando eso es lo que está ocurriendo aquí —dije, señalando el espacio entre mi cabeza y mi corazón.

Val meneó la cabeza.

—Lo entiendo, pero vas a tener que tomar una decisión y mantenerla, o vas a quedar como una perra.

Suspiré.

—No tengo tiempo para esto. Tengo trabajo que hacer.

—Entonces, aclara tu mierda y atente a lo que decidas. —Val se paró y se fue de mi oficina, sin decir nada más.

Me quedé ahí sentada, en mi escritorio, con los ojos fijos en mis manos entrelazadas. Val tenía razón. Marks tenía razón. Jackson tenía razón. No sólo no estaba en posición de experimentar con mi fobia al compromiso, sino que además, y sobre todo, Thomas era la persona menos indicada con quien ponerla a prueba.

167

Me paré y me dirigí directo al escritorio de Constance. Sin poder distinguir si me sentía sin aire o sólo nerviosa, le pedí ver al agente Maddox.

—Está en su oficina —dijo Constance, sin corroborar con su audífono—. Pase directamente.

—Gracias —dije, y pasé a su lado sin perder un segundo.

—Hola —dijo Thomas, parándose muy sonriente, en cuanto reconoció quién entraba en su oficina como un torbellino.

—No… no puedo hacer esto. La cita de esta noche. Lo siento.

Thomas subió la guardia al instante y me odié por eso.

—¿Cambiaste de idea respecto de Jackson? —preguntó.

—¡No! No… estoy segura de que sienta distinto respecto de las relaciones a como sentía, cuando dejé Chicago, y no me parece que sea justo contigo tratar de averiguarlo.

Los hombros de Thomas se relajaron.

—¿Es eso? ¿Ése es tu juego?

—¿Eh?

—A menos que puedas mirarme a los ojos en este mismo momento y decirme que no te gustó cuando te besé esta mañana, no lo compro.

—Yo… tú. —Ésa no era la respuesta que yo había esperado—. A ti te han partido el corazón. Yo acabo de rompérselo a alguien.

Thomas se encogió de hombros.

—No era la persona adecuada para ti.

Dio la vuelta al escritorio, vino hasta mí. Di varios pasos hacia atrás hasta que mi trasero dio con la maciza mesa de conferencias.

Thomas se inclinó hacia adelante, a apenas unos centímetros de mi cara.

Me retraje.

—Tenemos una tarea la semana que viene, señor. Tal vez deberíamos concentrarnos en un plan.

Cerró los ojos e inhaló.

—Por favor, deja de llamarme "señor".

—¿Por qué te molesta tanto ahora?

—No me molesta. —Sacudió la cabeza, observando todo mi rostro con tanto deseo que no pude moverme—. Nuestra tarea es pasar por una pareja.

Sentía el calor de su aliento a menta en mi mejilla. La necesidad de voltear la cara y sentir su boca en la mía era tan imperiosa que mi dolía el pecho.

—¿Desde cuándo empezaste a llamarme señor de nuevo? Alcé los ojos hacia él.

—Desde ahora. La atracción es obvia pero…

—Eso es quedarse corto. ¿Tienes alguna idea de lo difícil que es para mí verte caminar por la oficina en faldas, sabiendo que no llevas nada debajo?

Suspiré.

—Hay algo entre nosotros. Me doy cuenta. Por todos los cielos, nos acostamos veinte minutos después de conocernos. Pero estoy tratando de hacerte un favor. ¿Me oyes? Quiero que esto quede muy claro. Me gustas… mucho. Lo admito. Pero soy un desastre para las relaciones. No quiero que termines de nuevo lastimado. Ni… tus amigos tampoco.

Thomas hizo una mueca.

—Has estado hablando con Marks, ¿verdad?

—También estoy tratando de ahorrarle al escuadrón todo el circo que los dos sabemos que habrá si esto no funciona.

—¿Estás diciendo que soy dramático?

—Temperamental —rectifiqué—. Y yo no puedo seguirte.

—¿Cuántos años estuviste con Jackson después de que te diste cuenta de que no te casarías con él?

—Demasiados —dije, avergonzada.

Thomas se quedó mirándome unos segundos, analizándome. Odiaba esa sensación. Prefería toda la vida el poder y el control que implicaba estar del otro lado.

—Estás asustada —dijo. El tono de sus palabras fue amable y comprensivo.

—¿Tú no? —le pregunté, alzando la vista y mirando directo a sus ojos verdes. Se inclinó hacia adelante y me besó en el borde de los labios. Se quedó allí unos segundos, saboreando el contacto.

—¿De qué estás asustada? —susurró, tomando mis codos en sus manos.

—¿La verdad?

Asintió, con los ojos cerrados, mientras recorría con su nariz el contorno de mi mandíbula.

—En unos días vas a ver a Camille, y vas a estar destrozado. No me va a gustar, ni a la oficina tampoco.

—¿Piensas que voy a sentirme herido y comportarme como un imbécil de nuevo?

—Sí.

—Te equivocas. No voy a mentirte. No va a ser divertido, no lo voy a disfrutar. Pero… no sé. Las cosas no parecen tan… desesperanzadas como antes. —Entrelazó los dedos con los míos y los apretó con fuerza. Parecía tan aliviado, tan feliz de estar diciendo esto en voz alta. No daba la impresión de estar para nada nervioso o asustado—. Y tienes razón. Tenemos que concentrarnos y terminar nuestra tarea para lograr que Trav quede en libertad. Para entonces, tal vez puedas soltar esta ridícula idea de que no puede irte bien en el trabajo y en una relación, y una vez que los dos tengamos las cosas en claro, podremos decidir si seguimos adelante con esa cita o no.

Fruncí el entrecejo.

Rio, tocándose la barbilla con el pulgar.

—¿Qué hay ahora?

—No estoy segura. Algo no está bien. Pareces demasiado seguro de todo esto.

—Habla con Val. Pregúntale si estoy mintiendo.

—Ella no funciona así.

—Sí. Pregúntale. —Abrí la boca para hablar, pero él apretó mis labios con su pulgar—. Pregúntale.

Me aparté.

—De acuerdo. Que tenga un buen día, señor.

—No me llames "señor". Quiero que te saques esa costumbre antes de ir a la boda.

—Agente Maddox —dije antes de salir rápidamente de su oficina.

—Eso tampoco me agrada—dijo, mientras me alejaba.

Una amplia sonrisa cubrió mi rostro. Miré a Constance, mientras pasaba a su lado, y vi que ella también sonreía.

Capítulo 13

Val se llevó la copa de vino a los labios. Sus piernas, cubiertas con un pantalón de entrecasa color gris ceniza, estaban estiradas sobre mi sofá, y tenía puesta una camiseta celeste que decía "Bueno, el patriarca no se va a joder".

—Hace más de tres semanas —dijo, sumida en pensamientos tan profundos como podía permitírselo el hecho de que su cerebro estuviera flotando en vino. Blandía el sacacorchos como un arma entre los dedos, pero después se cruzó de piernas como una dama.

—¿Qué tratas de decir? —pregunté.

—Está tan… no quiero decir enamorado. Es un poco prematuro para eso. Pero está tan… enamorado.

—Eres ridícula.

—¿Y qué hay de ti? —preguntó.

—Me gusta —dije después de pensar un segundo—. Mucho. —No tenía sentido mentirle a Val.

—¿Y cómo es eso? ¿Eso de que Thomas Maddox te agrade de verdad? Hace tanto que lo odio que me resulta totalmente extraño. Para mí, no es realmente un humano.

—Tal vez sea eso lo que me agrada.

—Mentira.

—Quise decir que por supuesto tiene un costado humano, y me gusta que yo sea la única persona a quien le permite ver ese costado. Es como nuestro secreto, algo que guarda sólo para mí.

Hizo girar el vino en su copa y después la inclinó en sus labios, bebiéndose el último sorbo.

—Oh, ten cuidado. Eso suena como que sólo estás metida en eso para ganar la competencia, cariño.

—Tienes razón. Retiro lo dicho.

—Bueno, a tono con esa nota deprimente, el vino se ha acabado, así que me retiro.

—Me siento usada.

—Pero lo disfrutaste —dijo, guiñando un ojo—. Nos vemos mañana.

—¿Quieres que te acompañe?

—Vivo en la otra cuadra —dijo, con un embriagado tono de desaprobación para nada intimidante.

—¿Y qué tal es eso? —pregunté—. De vivir en el mismo edificio que Sawyer.

—Solía gustarme. —Tomó la botella vacía y la llevó a la plancha de la cocina—. Pero no duró mucho tiempo. Ahora simplemente lo ignoro.

—¿Por qué todos lo detestan tanto?

—Ya te enterarás —dijo.

Fruncí el entrecejo.

—¿Por qué tiene que ser un secreto? ¿Por qué no puedes sencillamente decírmelo?

—Créeme cuando te digo que no sirve de nada que te digan que es un bastardo. Tienes que experimentarlo por ti misma.

Me encogí de hombros.

—¿Y Marks? ¿No vive también ahí?

—Vive en el centro.

—No sé qué pensar de él —dije, poniéndome de pie—. Creo que me odia.

—Marks y Maddox tienen un romance platónico. Es algo que no se puede creer. —Val caminó con un grado asombroso de equilibrio para tener una botella y media adentro.

Reí.

—Me voy a la cama.

—Muy bien. Buenas noches, Liis. —Ella misma abrió la puerta y oí la campanilla del ascensor.

Como ya estaba en-ropa-de-beber-vino-tranquilamente-en-casa, me tiré en mi cama, arriba de mi colcha gris y amarilla.

Paré involuntariamente las orejas cuando un ruido en la puerta rompió el silencio. Al principio pensé que era alguien en el pasillo, pero después volvió a oírse más fuerte.

Val —grité, molesta de tener que volver a levantarme—. Deberías haberte quedado y listo… —Mi voz se quebró de golpe cuando reconocí a Jackson parado en el umbral, con cara de desesperado y completamente ebrio.

—Liis.

—Santo cielo, Jackson. ¿Qué haces aquí?

—Fui al bar de *Top Gun*, como dijiste. Me emborraché. Hay unas mujeres muy, muy —entrecerró los ojos— cachondas en esta ciudad. —Su rostro se desmoronó—. Eso me hizo extrañarte todavía más —dijo en un lamento, mientras pasaba al lado mío, bamboleándose.

Todo mi cuerpo se tensó. Jackson no era parte de mi nueva vida y me volvía casi frenética tenerlo ahí parado en mi nuevo departamento a prueba de Jacksons.

—No puedes estar aquí —dije.

—No quiero hacer esas cosas sin ti —dijo arrastrando las sílabas—. Quiero conocer San Diego contigo. Tal vez si… me transfirieran aquí también.

—Jackson, estás ebrio. Apenas me escuchas, cuando estás sobrio… Llamemos un taxi.

Fui hasta el teléfono, pero Jackson llegó primero y lo aventó al otro lado del cuarto. El aparato patinó por el suelo y dio contra el zócalo.

—¿Qué demonios te pasa? —grité antes de cubrirme rápidamente la boca. Corrí a levantar el teléfono del suelo, estaba tirado cara arriba, cerca del zócalo contra el que había chocado. Lo revisé para asegurarme de que no estuviese dañado. Milagrosamente, no estaba rajado ni cascado.

—¡Lo siento! —gritó Jackson en respuesta, inclinándose hacia adelante con las manos alzadas—. No llames un taxi, Liisee.

Cambiaba intermitentemente el peso de pierna para mantener el equilibrio. No recordaba haberlo visto nunca tan intoxicado.

—Me quedaré a dormir aquí contigo.

—No —dije con voz firme—. No te quedarás.

—Liis —dijo, caminando hacia mí, con sus ojos redondos casi cerrados y con la mirada perdida. Ni siquiera podía enfocar los ojos en mí, miraba algún punto indeterminado más allá de donde yo estaba, meciéndose hacia adelante y hacia atrás. Me tomó de los hombros y se inclinó hacia adelante, con los labios fruncidos y los ojos cerrados.

Traté de esquivarlo y los dos caímos al piso.

—¡Maldición, Jackson! —Me levanté y lo observé intentando ponerse de pie.

Con los brazos extendidos y meciéndose de un lado a otro para tratar de sentarse, parecía una tortuga sobre su caparazón.

Se puso de rodillas y empezó a lloriquear.

—Oh, no. Oh, por favor. Por favor, basta —dije, extendiendo las manos.

Lo ayudé a levantarse y después marqué el número de los taxis. Jackson volvió a arrancarme el teléfono de las manos y el aparato cayó al piso.

Le solté el brazo y se desplomó con fuerza en el suelo.

—¡Ahí tienes! Traté de ser amable. ¡Sal de aquí!

—¡No puedes echarme así como así de tu vida, Liis! ¡Yo te amo! —Se paró lentamente.

Me tapé los ojos.

—Te vas a avergonzar tanto de esto mañana…

—¡No, para nada! —Me aferró de los hombros y me sacudió—. ¿Qué hace falta para que me escuches? ¡No puedo dejarte ir! ¡Eres el amor de mi vida!

—¡No me dejas otra opción! —dije, agarrándole fuerte los dedos y retorciéndoselos hacia atrás.

Jackson gritó de dolor. Esa jugada podría haber funcionado con cualquier otro idiota ebrio pero no con un SWAT del FBI. Incluso borracho, Jackson se soltó rápidamente y volvió a aferrarme.

En ese preciso instante se abrió de golpe la puerta, dando el picaporte contra la pared. En un determinado momento Jackson me sujetaba con fuerza, y un segundo después alguien lo sujetaba a él.

—¿Qué demonios estás haciendo? —dijo Thomas, arrinconando a Jackson de espaldas contra la pared, con una mirada asesina. Lo mantenía aferrado de la camisa con las dos manos.

Jackson levantó a Thomas y balanceó su cuerpo, pero Thomas lo esquivó y después volvió a empujarlo contra la pared, inmovilizándolo con el antebrazo como si fuese una barra a través de su garganta.

—Ni se te ocurra moverte —dijo Thomas, con voz baja y amenazante.

—Jackson, haz lo que te dice —le advertí.

—¿Qué estás haciendo aquí? —preguntó Jackson. Luego me miró—. ¿Vive aquí? ¿Están viviendo juntos?

Alcé los ojos hacia el techo.

—Santo cielo.

Thomas me lanzó una mirada por encima del hombro.

—Voy a ponerlo en un taxi. ¿En qué hotel está parando?

—No tengo idea. ¿Jackson?

Jackson tenía los ojos cerrados, respiraba con dificultad y sus rodillas casi no lo sostenían.

—¿Jackson? —grité, hincándole un dedo en el hombro—. ¿Dónde estás parando? —Como no contestaba, dejé caer los hombros, abatida—. No podemos ponerlo en un taxi, así, desmayado.

—No va a quedarse aquí —dijo Thomas, todavía con un dejo de enojo en la voz.

—No veo otra opción.

Thomas se inclinó, dejando que Jackson cayera sobre su hombro y después lo cargó hasta el sofá. Con más cuidado del que hubiese creído, lo ayudó a recostarse y después le arrojó una frazada encima.

—Vamos —dijo, tomándome de la mano.

—¿Qué? —pregunté, con cierta resistencia, mientras me tiraba hacia la puerta.

—No vas a quedarte aquí esta noche. Tengo una reunión importante a la mañana y no voy a poder dormir, preocupado de que se despierte y vaya a tu cama.

Saqué la mano.

—Odiaría que no estés bien descansado para tu reunión.

Thomas suspiró.

—Házmela fácil. Es tarde.

Alcé una ceja.

Thomas apartó la vista y después volvió a mirarme.

—Lo admito. No quiero que te toque. —Primero estaba furioso con la idea y después pareció ablandarse. Dio un paso hacia mí, tomándome tiernamente de las caderas—. ¿No puedes ver a través de mis idioteces a esta altura?

—¿No podemos simplemente… no sé… decir lo que pensamos o sentimos?

—Pensé que era lo que estaba haciendo —dijo Thomas—. Es tu turno.

Me mordí las uñas.

—Tenías razón. Estoy asustada. Tengo miedo de que no pueda, aunque quiera. Y tampoco estoy segura de que tú puedas.

Apretó fuerte los labios, divertido.

—Toma tus llaves.

Fui hasta el teléfono y me agaché para levantarlo, y después fui hasta la plancha y tomé las llaves con una mano y mi cartera con la otra. Cuando me calcé mis pantuflas, no puede evitar volver a echar un vistazo a Jackson. Sus miembros estaban desparramados en todas direcciones, tenía la boca abierta y roncaba.

—Va a estar bien —dijo Thomas, extendiendo una mano hacia mí desde el hall.

Fui hasta donde estaba y cerré la puerta. Pasamos al lado del ascensor y subimos por las escaleras en silencio. Una vez que llegamos a su puerta, Thomas la abrió y me hizo un gesto de que entrara.

Encendió la luz, revelando un espacio tan inmaculado que no parecía estar habitado por nadie. Sobre la mesa ratona había tres revistas desplegadas y contra la pared un sofá impecablemente nuevo.

Todo estaba en su lugar: plantas, revistas e incluso los cuadros. El departamento tenía todo lo que conformaba un hogar, pero por debajo de los adornos hogareños, todo lucía demasiado perfecto, casi estéril. Era como si Thomas estuviera tratando de convencerse a sí mismo de que tenía una vida fuera de su trabajo.

Fui hasta una mesita que había contra la pared junto a la pantalla plana del otro lado del living. En tres portarretratos plateados había fotos en blanco y negro. Una suponía que era de sus padres. Otra mostraba a Thomas con sus hermanos, y me sorprendió lo parecidos que eran los cuatro menores. Después había una de Thomas y una mujer.

Su belleza, de un tipo salvaje y natural, era notoria. Su cabello corto, cortado a navaja, y su camisa escotada me sorprendieron. No era para nada el tipo de mujer que habría imaginado que podía gustarle. Sus ojos ahumados y pintados con delineador grueso resaltaban mucho más en blanco y negro. Thomas la abrazaba como si fuera algo muy preciado para él.

Sentí un nudo en la garganta.

—¿Es Camille? —pregunté.

—Sí —dijo, con un dejo de tristeza en la voz—. Lo siento. Estoy poco en casa. Me olvido de que está ahí.

Sentí un dolor en el pecho. La foto en ese portarretrato era exactamente la respuesta que necesitaba. A pesar de todos mis esfuerzos, me estaba enamorando de Thomas, pero él todavía amaba a Camille. Incluso en un mundo perfecto en el que dos personas obsesionadas con su trabajo pudiesen lograr que una relación funcionase, teníamos la dificultad extra de un amor no correspondido. En ese momento era su problema, pero si me permitía tener sentimientos más profundos por él también sería el mío.

Siempre había sido una convencida de que no se podía amar a dos personas a la vez. *Si Thomas todavía amaba a Camille, ¿qué significaba eso para mí?*

Una molesta alarma se activó en mi cabeza, tan fuerte que apenas podía pensar. Estos sentimientos por Thomas, el agente Maddox, mi jefe, tenían que terminar de inmediato. Eché un vistazo a su sofá, mientras pensaba con horror que un día le estaría rogando que me amara, apareciéndome de golpe borracha y dramática en la puerta de su departamento, antes de caer desmayada en su sofá como Jackson estaba tirado en el mío.

—Si no te importa, haré un colchón en el piso. El sofá no parece muy cómodo.

Thomas rio.

—Taylor dijo lo mismo. Puedes venir a mi cama.

—Creo que, dada nuestra historia, ésa no es una idea particularmente buena.

—¿Qué planeas hacer cuando lleguemos a St. Thomas? —preguntó.

—Te tocará a ti dormir en el suelo —dije tratando de que mi voz no dejara traslucir mi dolor.

Thomas fue hasta su cuarto y volvió con una almohada y una bolsa de dormir enrollada.

Miré su botín.

—¿Tienes eso por si alguien se queda a dormir?

—Para los campings —dijo—. ¿Nunca has ido de campamento?

—No desde que existe el agua corriente.

—La cama es toda tuya —dijo ignorando mi ironía—. Acabo de poner sábanas limpias.

—Gracias —dije, pasando a su lado—. Lamento que te hayamos despertado.

—No estaba durmiendo. Admito que me sobresaltó oír a un hombre gritando en tu living.

—Te pido disculpas.

Thomas hizo un gesto con la mano dando a entender que lo olvidara y fue a apagar la luz.

—Deja de disculparte por él. Fui a ver de inmediato qué pasaba sin pensar un segundo en qué podría ser.

—Gracias —dije, con la mano apoyada sobre el vano de la puerta—. Trata de dormir. No quiero que te la agarres conmigo mañana, si no puedes concentrarte durante la reunión.

—Hay una sola razón por la que no podría concentrarme durante la reunión, y no es por el sueño.

—Explícate un poco.

—Vamos a pasar el fin de semana juntos, y yo tengo que convencer a mi hermano de que haga algo con lo que no estará de acuerdo. El domingo es importante, Liis, y tú eres la mayor distracción de mi vida en este momento.

Mis mejillas se sonrojaron y agradecí que las luces estuvieran bajas.

—Trataré de no serlo.

—No creo que tú puedas evitar ser una distracción… Yo no puedo evitar pensar en ti.

—Ahora entiendo por qué dijiste que ser amigos no era una buena idea.

Thomas asintió.

—Lo dije hace tres semanas, Liis. La situación ha cambiado.

—En realidad no.

—Somos más que amigos ahora, y tú lo sabes.

Miré la foto de él con Camille y se la señalé.

—Ella es lo que me asusta y lo que no se irá.

Thomas fue hasta el cuadro y lo puso de cara sobre la mesa.

—Es sólo una foto.

Lo que quise decir se me quedó atragantado en la garganta.

Dio un paso hacia mí.

Me aparté de la puerta y extendí un brazo para que no se acercara.

—Tenemos una tarea que hacer. Concentrémonos en eso.

Él no pudo ocultar su desilusión.

—Buenas noches.

Capítulo 14

Thomas arrojó una pila gruesa de papeles sobre mi escritorio. Su mandíbula inferior se movía nerviosamente, mientras caminaba de un lado a otro de mi oficina, respirando ruidosamente por la nariz.

—¿Qué es esto?

—Léelo —gruñó.

Justo cuando abría la carpeta del expediente, Val entró precipitadamente y se detuvo de golpe entre la puerta y Thomas.

—Acabo de enterarme.

Fruncí el entrecejo y hojeé las primeras palabras.

—¿La oficina del inspector general? —dije, alzando la vista.

—Mierda —dijo Val—. Mierda.

El informe se titulaba *Análisis del manejo y supervisión del agente Aristotle Grove.*

Alcé los ojos hacia Thomas.

—¿Qué hiciste?

Val cerró la puerta y se acercó a mi escritorio.

—Grove está abajo. ¿Lo arrestarán hoy?

—Es probable —dijo Thomas, todavía furioso.

—Pensé que te estabas ocupando de esto —dije, cerrando el expediente y empujándolo hacia adelante.

—¿Ocupándome de esto? —dijo Thomas, alzando exageradamente las cejas.

Me incliné hacia adelante, tratando de no alzar la voz.

—Te dije que Grove estaba falseando sus informes de inteligencia. Te quedaste demasiado tiempo de brazos cruzados.

—Estaba juntando evidencia en su contra. Ésa era en parte la razón por la que te traje aquí. Val también estaba trabajando en esto.

Miré a mi amiga, que tenía los ojos clavados en el expediente, como si se estuviera prendiendo fuego.

Se estaba mordiendo el labio inferior.

—No necesitaba saber japonés para saber que sus informes eran pura basura —dijo—. Espera. ¿Tú eres la especialista en lenguas que él trajo para esto?

Asentí.

Thomas la señaló con el dedo.

—Eso es confidencial, Taber.

Val asintió, pero pareció molesta por no haberlo descubierto antes por sí misma.

Justo en ese momento entró Sawyer, ajustándose la corbata, y cerró la puerta.

—Vine en cuanto me enteré. ¿Qué puedo hacer? —preguntó.

Val se encogió de hombros.

—Lo que sabes hacer mejor.

Sawyer pareció desilusionado.

—¿En serio? ¿De nuevo? Es el objetivo que más detesto. Si sacáramos una foto en luz negra del dormitorio de Grove, cada centímetro cuadrado del cuarto resplandecería.

Val se cubrió la boca con una expresión de asco.

Me paré, apretando los puños con fuerza sobre el escritorio.

—¿Alguien puede explicarme de qué demonios están hablando?

—Tenemos que ser extremadamente prudentes con cómo procedemos —dijo Thomas—. Travis podría estar en problemas si cometemos la menor falla.

Val se sentó en el sillón, dándose por vencida.

—Cuando a Maddox lo transfirieron al Cuartel General en Washington, antes de que lo ascendieran a SEC, dio con una pista sobre uno de los tipos de Benny gracias a un agente que trabajaba en la Unidad de Actividades Delictivas Asiáticas del Cuartel General.

Miré a Thomas con incredulidad.

—¿Pescaste una pista sobre uno de los jefes de la mafia italiana de Las Vegas en una Unidad de Delitos Asiáticos en Washington?

Thomas se encogió de hombros.

—Yo lo llamaría suerte, pero he trabajado en este caso día y noche desde que aterrizó en mi escritorio. No hay huella digital que no haya revisado, ni expediente al que no haya accedido.

Val suspiró impaciente.

—Puedes llamarlo *mala* suerte. El tipo de Benny era un niño. Se llamaba David Kenji. Travis lo dejó inconsciente de un golpe una noche en Las Vegas para proteger a Abby.

—Eso no está en el expediente de Travis —dije, mirando a Thomas.

Él miró para otro lado, dejando que Val continuase.

Val asintió.

—Fue excluido intencionalmente para que Grove no sospechara nada. No puede enterarse nada de Travis. Si informa del plan a alguno de los Yakuza, Travis ya no podrá trabajar para el FBI.

—¿Por qué Grove informaría del reclutamiento de Travis a alguno de los Yakuza? —pregunté.

Val se inclinó hacia adelante.

—David es el hijo de la hermana de Yoshio Tarou.

—¿Tarou, el segundo de Goto-gumi en Japón? —dije, sin poder creerlo.

Goto-gumi era uno de los grupos más antiguos de la banda japonesa Yakuza originaria. Tarou era un jefe prominente que manejaba a Goto-gumi desde los 70. Tarou no sólo intimidaba a sus enemigos. Era creativo en sus ejecuciones y dejaba sus cuerpos mutilados para que todo el mundo los viera.

Val asintió.

—La hermana de Tarou vivía con él hasta que ella murió, cuando David tenía catorce años.

Asentí.

—De acuerdo, ¿de modo que me están diciendo que Travis también es un objetivo de Yakuza?

Thomas meneó la cabeza.

Fruncí el entrecejo.

—No me están explicando por qué cuernos hay un informe del inspector general en mi escritorio.

—Tarou es malas noticias, Liis —dijo Thomas—. Grove le ha estado pasando información a través de los Yakuza que ha entrevistado aquí, y más recientemente ha estado hablando con él directamente. Es por eso que no hemos tenido ninguna pista concreta sobre sus actividades delictivas a pesar de todas las entrevistas. Ha estado siempre un paso adelante.

—Entonces dejemos que el inspector general arreste a Grove. ¿Cuál es el problema? —pregunté.

Thomas bajó el rostro, desalentado.

—Es peor que eso. David murió hace un par de meses. Lo dejaron inconsciente durante una pelea y nadie ha vuelto a verlo desde entonces.

—¿Tarou piensa que fue Travis? —pregunté.

—Recuerda —dijo Sawyer— que la pelea de David con Travis fue hace un año, y por lo que ellos saben, Travis no ha estado en Las Vegas desde entonces.

—Las peleas fueron provocadas por las bandas —dijo Val—. Benny hizo que David se enfrentara en una pelea a muerte con un tipo. Su tío Tarou culpó a Benny y envió a varios de sus hombres a los Estados Unidos para obtener una explicación de Benny. El luchador que mató a David fue encontrado desperdigado por todo el desierto... Bueno, sólo partes de él. Tenemos razones para creer que los hombres de Tarou que fueron enviados aquí son parte de este nido de Yazuka que hemos estado interrogando.

Fruncí el entrecejo, todavía confundida.

—¿Por qué el sobrino de Tarou estaba haciendo trabajo sucio de segunda categoría para Benny?

—La madre —se limitó a decir Val, como si yo ya hubiese debido saberlo—. Cuando su madre murió, David culpó a Tarou. Hubo una pelea. David se fue y vino a los Estados Unidos. Gravitó hacia lo que le resultaba más natural y terminó con Benny.

—Esto es un auténtico desastre en masa —dije.

Val alzó la vista hacia Thomas y luego volvió a mirarme.

—Estábamos esperando para atrapar a Grove, porque sabíamos que estaba jugando para ambos bandos, pero ahora que hemos averiguado la conexión con Benny, no sabemos qué información sobre nuestro caso le ha estado suministrando.

—Mierda —dije—. ¿Cuánto sabe?

Thomas dio un paso hacia mí.

—Como dije, hace rato que sospecho de él. Sawyer lo ha estado vigilando en sus actividades.

—¿Qué tipo de actividades? —pregunté.

Sawyer se cruzó de brazos.

—Cotidianas: qué come, dónde duerme. Sé lo que le produce indigestión, qué jabón usa, con qué páginas porno se masturba.

—Gracias por la información —dije.

Sawyer rio entre dientes.

—Vigilancia, jefe. Soy insuperable en eso.

—Un verdadero maestro —dijo Val.

Sawyer le sonrió.

—Gracias.

Val alzó los ojos hacia el techo.

—Vete al infierno.

Sawyer continuó.

—Maddox mantuvo a Grove desinformado sobre el caso Las Vegas en la medida de lo posible, pero cuando los casos comenzaron a converger, Grove empezó a interesarse... y también Tarou. Benny está tranquilizando las cosas con Tarou, y con estos tipos el dinero puede hacer fácilmente que de enemigos pasen a ser amigos. Las peleas representan mucho dinero. Benny quiere un campeón y Travis es un ganador seguro.

Val se reclinó en su silla.

—Podemos controlar la información a la que acceda Grove aquí en la oficina, pero si Benny o Tarou llegan a mencionarle a Travis Maddox, todo se acaba. Hará inmediatamente la conexión.

Suspiré.

—El trato con Travis, incluso la conexión con Abby...

Thomas asintió.

—Todo el caso. Tendremos que presentar lo que sepamos a la Justicia y cerrar el caso sin Travis y Abby.

—Y Travis ya no trabajará para el FBI. Irá a la cárcel.

El peso de mis palabras pareció caer sobre Thomas, que tuvo que usar los estantes para sujetarse.

Miré el expediente que estaba en mi escritorio entre Val y yo.

—El inspector general acaba de pasarnos por arriba.

Sawyer meneó la cabeza.

—Grove todavía no lo sabe. Tenemos que contactarnos con el inspector general, demorar su arresto y estirar un poco más el asunto.

—Deberías habernos dicho que tu contacto era Liis —dijo Val en tono de reproche—. Podríamos haber evitado esto.

Thomas la miró con ojos fulminantes, pero ella no se intimidó.

—¿Cómo? —preguntó Thomas—. ¿Contarles a ustedes que Liis estaba vigilando a Grove iba a impedir que la oficina del inspector general escribiese ese informe? ¿Estás bromeando?

—Saber que podíamos usar a Liis para revisar las transcripciones de Grove habría sido útil —dijo Sawyer.

—*Yo* estaba haciendo que Liis las revisara —dijo Thomas, molesto—. ¿Creen que lo que estaba escuchando aquí con los auriculares era a Taylor Swift?

Meneé la cabeza.

—¿Por qué hacer de eso un secreto?

Thomas estiró los brazos y los dejó caer a los costados del cuerpo.

—Es la regla número uno del espionaje, chicos. Cuanto menos gente lo sabe, menor el riesgo. No quería que Grove supiese que tenía otro traductor de japonés en la unidad. Grove tenía que controlar de cerca todas las entrevistas para Tarou y otro agente que supiera japonés se habría interpuesto en su camino. Liis podría haber terminado en la mira de Tarou sólo para que Grove siguiera a cargo de los interrogatorios de Yakuza.

—Oh —dijo Val—. Tenías que protegerla.

Sawyer alzó la vista hacia el techo.

—Eso es absurdo. Ni siquiera la conocía como para querer protegerla. —Le llevó unos segundos, pero en cuanto notó un dejo de vergüenza en mis ojos, se quedó con la boca abierta—. Ustedes dos...

Meneé la cabeza.

—Eso fue antes. Él no sabía que yo estaba aquí para trabajar en el FBI.

—Hablar del trabajo es lo segundo que se hace después de intercambiar los nombres —dijo Sawyer, con una carcajada irónica—. ¿Te acostaste con la nueva empleada, Maddox? Ahora entiendo por qué te la agarraste con ella en la primera reunión. No te gustan las sorpresas. Ahora todo está empezando a cerrar.

—No tenemos tiempo para esto —replicó Thomas, desestimando sus comentarios.

Sawyer dejó de reír.

—¿Es por eso que le diste el ascenso?

La pequeña sonrisa en los labios de Val se desvaneció por completo.

—Oh, demonios.

Thomas se lanzó sobre Sawyer y Val y yo nos interpusimos, saltando como *pinballs* para apartarlos.

—¡De acuerdo! ¡Lo siento! —dijo Sawyer.

—¡Por favor, un poco de decoro, mierda! —grité—. ¡Somos gente adulta trabajando!

Thomas dio un paso atrás y Sawyer se acomodó la corbata y después tomó asiento.

—¡Madura un poco! —le grité a Thomas.

Thomas se llevó los dedos a la boca mientras se calmaba.

—Lo lamento —dijo entre dientes—. Llamaré a Polanski. Tenemos que lograr que entierren ese informe e interceptar la orden de arresto para Grove… al menos por ahora.

—Voy a vigilar a Grove. Ver si sospecha algo —dijo Sawyer.

La expresión de Thomas se volvió seria.

—Nada de todo esto puede filtrarse.

—Comprendido —dijeron Sawyer y Val.

Se fueron y nos dejaron a Thomas y a mí solos en mi oficina. Nos miramos.

—¿Dejaste a tus agentes clave fuera de esto para protegerme? —pregunté.

—Marks sabía.

Incliné la cabeza hacia un costado.

—Marks ni siquiera está en este caso.

Thomas se encogió de hombros.

—Confío en él.

—También puedes confiar en Val.

—Val habla demasiado.

—Aun así, podemos confiar en ella.

Thomas hizo rechinar sus dientes.

—No debería tener que darte explicaciones. Es peligroso, Liis. Esta gente que estamos investigando, si llegan a saber de ti…

—Eso es lo más estúpido que he oído en mi vida —repliqué.

Thomas parpadeó un par de veces, sorprendido por mi reacción.

—Puedo dar en un blanco a ochenta y cinco metros de distancia con una veintidós, puedo derribar a un atacante del doble de mi tamaño, y tengo que vérmelas con tu culo arrogante al menos dos veces por día. Puedo manejar a Benny, los Yakuza y Grove. No soy Camille. Soy una agente del FBI, igual que tú, y me respetarás como tal. ¿Me entiendes?

Thomas tragó saliva, buscando cuidadosamente las palabras.

—No creo que seas débil, Liis.

—¿Entonces *por qué*?

—Algo me pasó cuando te conocí.

—Tuvimos excelente sexo. Te atraigo. Eso no significa que tienes que dejar afuera a tus agentes. Ésa es otra razón por la que es una mala idea seguir explorando qué es esto —dije, haciendo un gesto en el aire entre los dos.

—No, es más que eso. Desde el principio… supe.

—¿Supiste qué? —repliqué, sin darle tiempo a terminar.

—Que tendría que ser cuidadoso. Perdí a alguien que amaba y eso me cambió. Dejé a alguien que amaba antes y eso me destruyó. Sé que cuando te vayas, Liis, como quiera que ocurra, eso acabará conmigo.

Cerré la boca que había mantenido todo el tiempo abierta y tartamudeé lo que pude:

—¿Qué te hace pensar que me voy a ir a alguna parte?

—¿No es eso lo que haces? ¿Correr? ¿No es ése tu único objetivo en la vida? ¿No quedarte en ningún lado?

—Eso no es justo.

—No hablo sólo de ascensos, Liis. No estamos investigando a una banda letal, sino a dos. No saben que desenmascaramos a Grove. Si él se entera de que sabes japonés, te verán como un problema. Sabes cómo es esta gente. Son realmente buenos para sacarse un problema de encima.

—Pero Grove no lo sabe, y Val y Sawyer no se lo habrían dicho.

—No iba a correr el riesgo —dijo, sentándose en el sillón que antes había ocupado Val.

—De modo que ahora tenemos dos problemas. Grove va a darse cuenta cuando tu hermano empiece a trabajar para el FBI. Si quieres que esto funcione para Travis, tenemos que librarnos de Grove.

—Y no podemos librarnos de Grove sin que Tarou se entere de que estamos tras él y de Benny. El caso colapsará.

Me sentía completamente perdida.

—¿Qué vamos a hacer?

—Vamos a demorar las cosas. La sincronización tiene que ser perfecta.

—De modo que no tenemos que hacer un milagro, sino dos.

—Tienes que ser muy cuidadosa, Liis.

—No empieces. Tenemos que concentrarnos.

—¡Demonios! Estoy más concentrado de lo que estuve en mucho tiempo. Cuando entré en ese salón del escuadrón y te vi ahí sentada… lo admito, ¿OK? Saber que te traje para exponerte a Grove hizo que me cagara en las patas y todavía me aterra. No tiene nada que ver con que necesites protección o seas una agente mujer y sí con el hecho de que en cualquier momento podrías ser el blanco de esa gente, y todo sería mi culpa —dijo, gritando las últimas palabras, con las venas del cuello a punto de estallar.

—Así es el trabajo, Thomas. Esto es lo que hacemos.

Thomas tomó el expediente y lo arrojó del otro lado de mi oficina. Los papeles volaron en todas direcciones antes de caer flotando al suelo.

—¡No estás escuchando lo que te estoy diciendo! ¡Esto es serio! —Apoyó las dos manos sobre el escritorio, inclinando todo su cuerpo hacia adelante—. Esta gente te matará, Liis. No lo pensarán dos veces.

Obligué a mis hombros a que se relajaran.

—El sábado salimos para Eakins y el domingo vamos a ir a la boda en las islas Vírgenes, y tenemos que convencer a tu hermano de que le mienta a su esposa por el resto de su vida antes de volvernos el lunes por la mañana, porque nuestro jefe quiere una respuesta. Concentrémonos en eso primero.

El rostro de Thomas pareció desmoronarse en un gesto de derrota.

—Sólo te pido… que te mantengas lejos del agente Grove. No eres la mejor mentirosa del mundo.

—Aun así confías en que podré convencer a toda tu familia de que somos una pareja durante todo el fin de semana.

—Sé lo que siento cuando te tengo en mis brazos —dijo—. Confío en eso.

Se fue y cerró la puerta, y tras unos segundos finalmente exhalé el aire que había estado reteniendo todo el tiempo sin darme cuenta.

Capítulo 15

Déjame que lleve eso —dijo Thomas, sacándome el bolso de cuero del hombro y colgándoselo en el suyo.

—No, yo lo llevo.

—Liis, a las novias les gustan estas cosas. Tienes que metértelo en la cabeza. Deja de ser una agente y empieza a interpretar tu papel.

Asentí, admitiendo de mala gana que tenía razón. Acabábamos de llegar al Aeropuerto Internacional de San Diego. Estaba contenta de que pudiéramos avanzar rápidamente por la fila de *business-class*. Como era el último sábado de las vacaciones de primavera, el aeropuerto estaba especialmente repleto. El hecho de tener que ir esquivando gente para llegar a nuestra puerta de embarco ponía a Thomas, ya de por sí tenso, todavía más ansioso.

—No tengo ninguna gana de hacer esto mismo mañana y de nuevo el lunes —dijo, gruñendo.

El notar cómo las mujeres le lanzaban dos o tres miradas hacía que me resultara difícil no mirarlo yo misma. Tenía puesta una camiseta gris bastante ajustada con una chaqueta sport azul marino, y su cinturón de cuero marrón hacía juego con sus Timberland. Cuando me acercaba a él lo suficiente, podía oler su colonia y no podía evitar respirar hondo.

Ocultaba sus ojos detrás de un par de gafas de sol de aviador y mantenía una sonrisa forzada a pesar de estar cargado con todo nuestro equipaje y el hecho de saber que vería a su familia —y a Camille— muy pronto.

Nos sentamos en la terminal y Thomas colocó todo el equipaje alrededor de él. Sólo había traído consigo un bolso. El resto era mi maleta con ruedidas mediana, una maleta más chica, también con ruedidas, y mi bolso de mano de cuero.

—¿Qué llevas en esto? —preguntó, posando lentamente el bolso de cuero sobre el piso.

—Mi laptop, credenciales, las llaves, galletas, auriculares, billetera, un suéter, chicles…

—¿Traes algún saco?

—Estaremos en Illinois sólo una noche, y después nos vamos a las islas Vírgenes. Podré arreglarme con un suéter, a menos que la fiesta de despedida de soltero sea al aire libre.

—No estoy seguro de que vayas a la fiesta de despedida.

—Trent va a pedir la mano de Camille en la fiesta, ¿verdad?

—Así parece —dijo, con una voz repentinamente baja.

—Si ella puede ir, yo también puedo.

—Ella es mesera de un bar.

—Yo soy agente del FBI. Yo gano.

Thomas me miró fijo.

—Quiero decir que tal vez ella trabaje en la fiesta.

—Yo también.

—Dudo de que haya otras mujeres.

—Eso no me molesta —dije—. Mira, no voy a dejar que presencies eso solo. No estoy siquiera enamorada de Jackson y no me puedo imaginar lo incómoda que me sentiría si tuviese que presenciar el momento en que le pide matrimonio a alguien.

—¿Cómo fue la mañana siguiente? Nunca me contaste.

—Se fue. Llamé a su madre y ella me dijo que llegó bien. No volvimos a hablar.

Thomas lanzó una carcajada.

—Se presentó en tu casa, suplicando. Qué vagina llena de arena.

—Concéntrate. No tendremos tiempo para que me dejes en la casa de tu padre. Tendremos que ir directo a la fiesta y no pienso esperar en el auto. Así que diles a tus hermanos que iremos a todas partes juntos. Diles que no soy una novia celosa y controladora. En realidad, no me importa. Pero si lo que querías era una decoración de fondo, deberías haber traído a Constance.

Thomas sonrió.

—No habría traído a Constance. Está casi comprometida con el hijo del AEC.

—¿En serio? —pregunté, sorprendida.

—En serio.

—Otro barco que te perdiste, mientras sufrías por Camille. Thomas puso cara.

—Constance no es mi tipo.

—Sí, porque una chica hermosa, inteligente y rubia es muy desagradable —repliqué.

—No todos los hombres mueren por alguien dulce y leal.

—¿Tú no? —pregunté, incrédula.

Me miró, divertido.

—Mi tipo de mujer parece ser la peleadora y emocionalmente no disponible.

Lo miré con ojos fulminantes.

—No soy yo quien está enamorado de otra persona.

—Tú estás casada con el FBI, Liis. Todo el mundo lo sabe.

—Eso es exactamente lo que he estado tratando de decirte todo este tiempo. Las relaciones son una pérdida de tiempo para gente como nosotros.

—¿Crees que una relación conmigo sería una pérdida de tiempo?

—Sé que lo sería. Ni siquiera me tocaría el segundo lugar. Sería la tercera.

Sacudió la cabeza, confundido.

—¿Tercera?

—Después de la mujer de la que todavía estás enamorado.

Al principio Thomas pareció sentirse demasiado insultado como para discutir, pero después se acercó a mi oído.

—A veces me haces sentir que jamás debería haberte hablado de Camille.

—Tú no hablaste de ella, ¿recuerdas?

—Tienes que superarlo.

Me toqué el pecho.

—¿*Yo* tengo que superarlo?

—Es una ex novia. Deja de comportarte como una niña malcriada.

Cerré con mucha fuerza la boca por temor a lo que pudiese salir de ella.

—La extrañas. ¿Cómo se supone que me tengo que sentir con eso? Todavía tienes una foto suya en tu living.

El rostro de Thomas se desmoronó.

—Vamos, Liis. No podemos empezar con esto ahora.

—¿No podemos empezar con qué? ¿Pelear por una ex novia? Porque una pareja de verdad no lo haría, ¿verdad? —Me crucé de brazos y me recliné en el respaldo de mi asiento.

Thomas bajó los ojos, riendo.

—No tengo nada que objetar contra eso.

Nos quedamos esperando hasta que el empleado del mostrador llamó a los pasajeros de la *business-class* para que embarcaran. Thomas cargó con nuestras maletas y mi bolso, sin dejar que lo ayudara. Avanzamos lentamente en la fila, escuchando sonar la máquina cada vez que el empleado de los boletos escaneaba una tarjeta de embarque.

Una vez que pasamos, Thomas me siguió por la manga y luego volvieron a detenernos en la puerta del avión.

Noté cómo las mujeres —esta vez las azafatas— me pasaban de largo con su mirada para dirigirla directamente a Thomas. En la oficina era fácil simular que no era hermoso, pero ahí afuera, en el mundo real, las reacciones de los otros me recordaban cómo me había sentido la primera noche que lo vi.

Nos ubicamos en nuestros asientos y nos abrochamos los cinturones. Finalmente me relajé, pero Thomas estaba con los nervios de punta.

Apoyé mi mano en la suya.

—Lo siento.

—No eres tú —dijo.

Sus palabras dolieron. Aunque no había sido su intención, tenían un significado más profundo. Estaba a punto de observar a la mujer que amaba aceptar casarse con otra persona. Y él tenía razón. La mujer que él amaba no era yo.

—Trata de no pensar en ella —dije—. Tal vez podamos irnos antes de que ocurra. Relájate.

Me miró como dando a entender lo errada que estaba.

—¿Crees que estoy nervioso por la propuesta de Trenton?

—Bueno… —Empecé a decir, pero no supe bien cómo seguir.

—Deberías saber que la foto ya no está —dijo de manera totalmente casual.

—¿La foto de Camille? —pregunté.

—Está en una caja de recuerdos… Donde corresponde.

Lo miré más tiempo que nunca, con una punzada formándose en el pecho.

—¿Estás contenta?

—Estoy contenta —dije, medio avergonzada y medio perpleja.

Mostrarme reticente ahora me haría parecer gratuitamente obstinada. La había archivado. No tenía excusa.

Estiré el brazo y entrelacé mis dedos con los suyos, y después llevé mi mano a su boca. Él cerró los ojos y después me besó la palma. Ese gesto tan simple era tan íntimo como tirar de la ropa de alguien durante un abrazo o el más mínimo roce en la nuca. Cuando hacía esas cosas, era fácil olvidar que alguna vez hubiese pensado en otra mujer.

Después de que los pasajeros se acomodaron en sus asientos y las azafatas nos informaron cómo sobrevivir a un posible accidente aéreo, el avión avanzó hasta el final de la pista y luego se lanzó a toda carrera, aumentando cada vez más la velocidad y haciendo vibrar todo el fuselaje, hasta que despegamos con un suave y silencioso movimiento.

Thomas empezó a moverse inquieto en su asiento. Primero giró hacia atrás y después miró hacia adelante.

—¿Qué pasa? —pregunté.

—No puedo hacer esto —murmuró. Me miró a los ojos—. No puedo hacerle esto.

—No le estás haciendo nada. Eres el mensajero —le dije, sin alzar la voz.

Subió la vista hacia el conducto de ventilación, arriba de su cabeza, estiró la mano, giró la perilla hasta que el aire le dio de lleno en la cara. Se reclinó en su asiento, con una expresión de sufrimiento.

—Thomas, piensa un poco. ¿Qué otra opción tiene?

Apretó bien fuerte los dientes, como hacía siempre que estaba molesto.

—Te la pasas diciendo que lo estoy protegiendo, pero si no le hubiese contado al director de Travis y Abby, él no tendría que elegir.

—Eso es cierto. La cárcel sería su única opción.

Thomas apartó la vista y se puso a mirar por la ventanilla. El sol se reflejaba en el mar de nubes blancas, obligándolo a entrecerrar los ojos. Cerró la ventanilla, y mis ojos tardaron unos segundos en recuperar la visión.

—Esto es imposible —dije—. Tenemos un trabajo, y si seguimos con toda esta basura dándonos vuelta en la cabeza, vamos a cometer un error, y toda esta operación fracasará. Por su misma naturaleza esta misión es algo enteramente personal. Involucra a tu familia. Y estamos aquí juntos, con nuestros propios problemas. Si no encontramos una salida, Thomas, estamos cagados. Incluso aunque Travis acepte, si no actúas de una manera impecable, Grove terminará por oler todo.

—Tienes razón.

—Lo siento. ¿Qué dijiste? —pregunté para fastidiarlo, llevándome los dedos al oído.

La asistente de vuelo se inclinó hacia nosotros.

—¿Desean beber algo?

—Vino blanco, por favor —dije

—Jack con cola —dijo Thomas.

La azafata asintió y pasó a la fila de atrás, haciendo la misma pregunta.

—Dije que tienes razón —dijo Thomas de mala gana.

—¿Estás nervioso porque vas a ver a Camille esta noche?

—Sí —dijo sin vacilar—. La última vez que la vi, estaba en el hospital bastante maltrecha. —Notó la expresión de mi rostro y continuó—. Ella y Trenton iban en un vehículo por las afueras de Eakins, cuando fueron embestidos por un conductor ebrio.

—No puedo decidir si tu familia es muy afortunada o tiene una predisposición para los accidentes.

—Ambas cosas.

La asistente trajo nuestras bebidas; posó primero unas servilletas y luego las copas. Bebí un sorbo de vino, mientras Thomas me observaba. Prestó particular atención a mis labios y me pregunté si tendría la misma sensación de celos que tenía yo cuando sus labios tocaban cualquier otra cosa que no fuera mi boca.

Thomas apartó los ojos y bajó la vista.

—Estoy feliz por Trent. Se lo merece.

—¿Y tú no?

Rio nerviosamente y después alzó los ojos hacia mí.

—No quiero hablar de Camille.

—De acuerdo. El vuelo es largo. ¿Qué prefieres? ¿Hablar, una siesta, leer un rato?

La asistente de vuelo regresó con un anotador y una lapicera.

—¿Señorita… Lindy?

—¿Sí?

Sonrió, decenas de cabellos plateados destellaban en su trenza como relámpagos.

—¿Desea el pollo asado con salsa de chili dulce o nuestro salmón asado con salsa de limón y alcaparras?

—Uh… el pollo, por favor.

—¿Señor Maddox?

—Lo mismo.

Anotó los pedidos.

—¿Están conformes con sus bebidas?

Los dos miramos nuestras copas casi llenas y asentimos.

La asistente sonrió.

—Fantástico.

—Hablar —dijo Thomas, inclinándose hacia mí.

—¿Qué?

Thomas contuvo una carcajada.

—Preguntaste qué prefería, si hablar, dormir una siesta o leer un rato. Elegí hablar.

—Oh —dije con una sonrisa.

—Pero no quiero hablar de Camille. Quiero hablar de ti.

Arrugué la nariz.

—¿Por qué? Soy aburrida.

—¿Alguna vez te quebraste un hueso? —preguntó.

—No.

—¿Lloraste por un tipo?

—No.

—¿Qué edad tenías cuando perdiste la virginidad?

—Tú... fuiste el primero.

Los ojos de Thomas casi se le salen de las órbitas.

—¿Qué? Pero estabas comprometida...

Reí.

—Sólo bromeaba. Tenía veinte años. En la facultad. Nada ni nadie de quien valga la pena hablar.

—¿Drogas ilegales?

—No.

—¿Alguna vez bebiste tanto que perdiste el conocimiento?

—No.

Thomas se quedó pensativo unos treinta segundos.

—Te dije —le recordé, un poco avergonzada—. Soy aburrida.

Entonces hizo su próxima pregunta.

—¿Alguna vez te acostaste con tu jefe? —Rio con picardía.

Me encogí en mi asiento.

—No a propósito.

Tiró su cabeza hacia atrás y rio.

—No es gracioso. Me sentí mortificada.

—Yo también, pero no por la razón que crees.

—Porque tenías miedo de que los Tarou o Benny me hicieran daño si Grove averiguaba por qué estaba yo allí.

Thomas frunció el entrecejo.

—Sí. —Tragó fuerte y después bajó los ojos hacia mis labios—. Esa noche contigo... cambió todo. Iba a dejar pasar unos días, para no parecer patético antes de llamar a tu puerta. Fui a trabajar esa mañana y enseguida le dije a Marks que viniera conmigo a Cutter's. Tenía la esperanza de encontrarte allí de nuevo.

Sonreí.

—¿En serio?

—Sí —dijo, apartando de nuevo la mirada—. Todavía estoy preocupado. Voy a tener que vigilarte de cerca.

—Maldición —dije bromeando.

Thomas no pareció contento con mi respuesta.

—No soy yo el que vigila a la gente, ¿recuerdas?

—¿Sawyer? —pregunté.

Cuando Thomas confirmó mi sospecha con un movimiento de cabeza, reí.

—No es gracioso —dijo, con cara seria.

—Es un poco gracioso. Nadie quiere decirme por qué les desagrada tanto, sólo que les resulta un cretino y un imbécil. Ni tú ni Val me dicen nada concreto. Me ayudó a desempacar. Estuvo en mi departamento toda la noche y no se sobrepasó en ningún momento. Tiene esas mañas de putañero pero es inofensivo.

—No es inofensivo. Está casado.

Me quedé con la boca abierta.

—¿Cómo?

—Me oíste.

—No, me pareció que dijiste que el agente Sawyer estaba casado.

—Y lo está.

—¿*Qué*?

Thomas estaba más que molesto, pero no me entraba en la cabeza lo que me acababa de decir.

Se inclinó hacia mí.

—Con Val.

—¿Qué? —Mi voz descendió una octava. Ahora no tenía dudas de que me estaba tomando el pelo.

—Es verdad. Al principio eran como Romeo y Julieta, y después resultó que Sawyer tenía un pequeño problema con el compromiso. Val le mandó varias veces los papeles del divorcio, pero él sigue dilatándolo. Hace más de dos años que están separados.

Yo todavía no podía cerrar la boca.

—Pero… viven en el mismo edificio.

—No —dijo, riendo—. En el mismo departamento.

—¡No te puedo creer!

—En habitaciones separadas. Comparten la vivienda.

—Val me obliga a contarle todo. Es… Me siento traicionada. ¿Te parece lógico? Realmente me siento traicionada.

—Sí —dijo Thomas, acomodándose en su asiento—. Definitivamente me va a matar.

Sacudí la cabeza.

—No me lo esperaba para nada.

—Te pediría que no le cuentes que te lo dije, pero cuando regresemos se va a dar cuenta en cuanto te vea.

Me volví hacia él.

—¿Cómo lo hace?

Se encogió de hombros.

—Siempre tuvo un detector de mentiras, y después el FBI le ayudó a pulir su don. Si se te dilatan las pupilas, te demoras en responder, miras hacia arriba y luego hacia la izquierda, con esos signos y el radar interior que sea que tiene, a esta altura puede detectar más que simples mentiras. Incluso detecta omisiones, si hay algo en tu mente que no le has contado a nadie. Val sabe todo.

—Es inquietante.

—Es por eso que tú eres su única amiga.

Tiré la boca hacia un costado y la cabeza hacia el otro.

—Eso es muy triste.

—No mucha gente puede manejar el don de Val o el uso descarado que hace de él. Es por eso que Sawyer es un auténtico imbécil.

—¿La engañaba?

—Sí.

—¿Sabiendo que ella lo descubriría?

—Eso creo.

—¿Entonces por qué no se divorcia de ella?

—Porque no puede encontrar a nadie mejor.

—Oh, lo odio —dije gruñendo.

Thomas apretó un botón y reclinó su asiento. Una sonrisa de satisfacción le iluminó el rostro.

—Ahora entiendo por qué nunca me dejó ir a su casa —dije pensativa.

Su sonrisa se ensanchó aún más y se acomodó la almohada debajo de la cabeza.

—¿Alguna vez…?

—No. No más preguntas sobre mí.

—¿Por qué no?

—No hay literalmente nada de qué hablar.

—Cuéntame lo que pasó contigo y Jackson. ¿Por qué no funcionó?

—Porque nuestra relación no era nada de lo que valiese la pena hablar —dije, formando las palabras con los labios como si él tuviese que leerlos para entender lo que le estaba diciendo.

—¿Vas a decirme que toda tu vida fue un aburrimiento hasta que viniste a San Diego? —preguntó incrédulo.

No respondí.

—¿Y? —dijo, acomodándose hasta encontrar una postura plácida.

—¿Y qué?

—Conociéndote ahora, casi creería que no estaba en ti ser tan espontánea. Tiene sentido. Te fuiste de Cutter's conmigo para tener algo de qué hablar —dijo, con un destello de arrogancia en sus ojos.

—No te confundas, Thomas. No me conoces tanto.

—Sé que te comes la uña del pulgar cuando estás nerviosa. Sé que enroscas el dedo alrededor de tu cabello cuando estás sumida en tus pensamientos. Te gustan las hamburguesas de Fuzzy's. Odias la leche. No eres especialmente obsesiva con la limpieza de tu casa. Puedes correr más rápido que yo durante la hora del almuerzo y te gusta el arte japonés estrafalario. Eres paciente, das segundas oportunidades y no sacas juicios apresurados sobre los extraños. Eres profesional y extremadamente inteligente, y roncas.

—¡Mentira! —dije, sentándome bien recta.

Thomas rio.

—OK, no roncas. Sólo… respiras.

—*Todos* respiran —dije en tono defensivo.

—Me disculpo. Me parece bonito.

Traté de no sonreír pero no lo logré.

—Viví con Jackson durante años y él jamás había dicho nada.

—Es un zumbido muy ligero, apenas perceptible —dijo.

Le lancé una mirada de odio.

—Para ser justos, Jackson estaba enamorado de ti. Es probable que no te haya dicho muchas cosas.

—Qué bueno que tú no lo estés, así puedo enterarme de todas las cosas humillantes de mi persona que desconozco.

—Por lo que a mí concierne, estoy enamorado de ti hoy y mañana.

Sus palabras me dejaron callada unos segundos.

—Entonces, interpreta bien tu papel, y simula pensar que soy perfecta.

—No recuerdo haber pensado alguna vez otra cosa —dijo Thomas con una expresión de lo más seria.

—Oh, por favor —dije mirando hacia arriba—. ¿Mi primer FD-302 no te dice nada?

—Sabes por qué lo hice.

—No soy perfecta —gruñí, mordiéndome la uña de mi dedo pulgar.

—No quiero que lo seas.

Se quedó mirándome con tanto afecto que me sentí la única persona en todo el avión. Después se inclinó hacia mí, con los ojos fijos en mis labios. Yo empezaba justo a cerrar la brecha que separaba nuestros labios, cuando la asistente de vuelo nos interrumpió.

—¿Podrían abrir las mesitas, por favor? —preguntó.

Thomas y yo salimos de nuestro ensueño y tratamos torpemente de abrir las mesas de los apoyabrazos. La azafata nos lanzó una mirada como diciendo qué hermosa pareja, y después extendió las servilletas en ambas mesitas, antes de apoyar la bandeja de la comida.

—¿Más vino? —preguntó.

Miré mi copa medio vacía. Ni siquiera me di cuenta de que la había estado bebiendo.

—Sí, por favor.

Llenó mi copa y después regresó con los otros pasajeros.

Thomas y yo comimos en silencio, pero estaba claro lo que los dos pensábamos de nuestro pollo asado en el microondas con una cucharita de té de salsa de chili y verduras desabridas. El pretzel fue la mejor parte del almuerzo.

El hombre que estaba sentado en el asiento del pasillo en frente de nosotros tenía los pies apoyados en la pared delante de él y hablaba con su vecino de su floreciente carrera evangélica. El hombre de cabellos plateados detrás de nosotros conversaba con la mujer que tenía a su lado sobre su primera novela, y después de hacer algunas preguntas básicas, ella le reveló que también estaba pensando en escribir una.

Antes de que terminara mi galletita de chocolate caliente, el piloto anunció que pronto iniciaríamos el descenso y que nuestro vuelo aterrizaría en Chicago diez minutos antes de lo esperado. Una vez terminado su anuncio, se oyó una sinfonía de gente desabrochándose los cinturones de seguridad y comenzó el peregrinaje hacia los baños.

Thomas volvió a cerrar los ojos. Traté de no mirarlo. Desde que nos habíamos conocido, yo no había hecho otra cosa que negar mis sentimientos por él, mientras luchaba ferozmente por mi independencia. Pero sólo me sentía libre cuando me tocaba. Fuera de nuestros momentos de intimidad, me sentía atrapada por el pensamiento de sus manos.

Aunque sólo fuese por una cuestión de apariencias, tenía la esperanza de que simular ser una pareja durante ese fin de semana satisficiese mi curiosidad. Si el hecho de que Thomas viera a Camille cambiaba algo, al menos poder recordar los mejores momentos del fin de semana sería una mejor opción a tener que penar por nuestra simulada relación una vez que estuviéramos de vuelta en San Diego.

—Liis —dijo Thomas, con los ojos todavía cerrados.

—¿Sí?

—En cuanto aterricemos, comienza nuestra misión. —Me miró—. Es importante que nadie cercano a Mick o Benny tengan la más mínima sospecha de que somos agentes federales.

—Entiendo.

—Eres libre de hablar lo que quieras de tu vida, excepto de tu trabajo. A partir de ahora eres una profesora de estudios culturales de la Universidad de California, San Diego. Tenemos todos los papeles en orden allí.

—Traje mis credenciales de la universidad.

—Bien. —Volvió a cerrar los ojos, reclinándose en el asiento—. Supongo que has investigado un poco sobre la facultad.

—Sí, y sobre tu familia y algunas otras personas que podrías haber mencionado, si realmente fuésemos una pareja: Shepley, America, Camille, los mellizos, tu padre Jim, su hermano Jack y tu esposa Deana, y tu madre…

Curvó los labios hacia arriba.

—Diane. Puedes decir su nombre.

—Sí, señor.

Me salió de manera natural, como algo ya muy internalizado y sin ninguna intención de nada, pero Thomas abrió de golpe los ojos y su decepción fue evidente.

—Thomas. Sólo Thomas. —Giró los hombros para mirarme bien de frente—. Tengo que admitir que pensé que esto sería más fácil para ti. Sé que será extraño estar de nuevo en Chicago, pero ¿estás segura de que puedes hacerlo? Es importante.

Me mordí el labio inferior, realmente preocupada de que cometiese algún error y no sólo pusiese en riesgo toda la operación sino a Thomas en peligro de entrar en conflicto con su familia por haber mentido. Pero si expresaba mis temores, el FBI enviaría otra agente para que interpretase el papel en mi lugar, probablemente alguien de la oficina de Chicago.

Tomé su mano, frotando suavemente su piel con el pulgar. Thomas miró nuestras manos y después a mí.

—¿Confías en mí? —pregunté.

Thomas asintió, pero podía ver que estaba inseguro.

—Cuando aterricemos, ni tú te darás cuenta de la diferencia.

Capítulo 16

Hey, verga! —dijo uno de los mellizos, mientras caminaba hacia Thomas con los brazos abiertos por el sector de recolección de equipaje. Su cabello no era más que una fina capa de pelusa, y cuando sonreía se le formaban arrugas alrededor de sus ojos color miel.

—¡Taylor! —Thomas dejó las maletas en el piso y abrazó con fuerza a su hermano.

Eran de la misma altura y los dos me llevaban más de una cabeza.

Cualquiera que no los conociera habría podido tomarlos por amigos, pero bajo su gabán de marinero Taylor era igual de marcado que Thomas. La única diferencia era que Thomas tenía una masa muscular más voluminosa, por lo que era obvio que era el mayor de los dos hermanos. Otros detalles dejaban entrever que estaban emparentados. La piel de Taylor era apenas un poco más clara, efecto sin duda de la geografía.

Cuando Taylor abrazó a Thomas, noté que los dos tenían también las mismas manos grandes y fuertes. Tener a los cinco al lado al mismo tiempo debía ser increíblemente intimidante.

Thomas le dio unas palmaditas bastante fuertes en la espalda a su hermano. Me alegró que no me saludara de esa manera, pero Taylor ni se escamó. Se soltaron y Taylor le dio un golpe a Thomas en el brazo, también lo suficientemente fuerte como para que se oyera.

—¡Maldición, Tommy, eres un maldito diésel! —Taylor apretó histriónicamente los bíceps de su hermano.

Thomas sacudió la cabeza y después ambos se dieron vuelta para mirarme con sonrisas gemelas.

—Ella —dijo Thomas con una sonrisa radiante— es Liis Lindy.

Había una cierta reverencia en su voz cuando dijo mi nombre y me miraba de la misma manera en que abrazaba a Camille en la foto del portarretrato. Me sentí tan halagada que tuve que presionar los dedos de los pies bien fuerte contra el piso para que mi cuerpo no se inclinara hacia adelante.

Apenas unas semanas atrás, Thomas había pronunciado mi nombre como si fuese una mala palabra. Ahora, al oírlo salir de su boca, sentía que me derretía.

Taylor me dio un abrazo de oso, levantándome del suelo. Cuando me depositó de nuevo en el piso, sonrió.

—Disculpa por no haberte dejado dormir la otra noche. Tuve una semana difícil.

—¿En el trabajo? —pregunté.

Su rostro se ruborizó e internamente me felicité por haber podido hacer sonrojar a un Maddox.

Thomas sonrió con ironía.

—Lo despidieron.

La sensación de triunfo se desvaneció y la vergüenza me dejó abruptamente callada. Pero el silencio no duró mucho, cuando recordé los gritos y los golpes contra la pared.

—Así que te acostaste con… —estuve a punto de tener un desliz y decir "la agente Davies"—. Disculpa. Eso no es asunto mío.

Thomas no pudo ocultar su alivio.

Taylor inhaló hondo y lanzó un suspiro.

—No pensaba sacar el tema hasta después, pero realmente estaba muy confundido y borracho. Falyn y yo arreglamos nuestras diferencias y va a ir a St. Thomas, de modo que te agradecería si... ya sabes...

—¿Falyn es tu novia? —pregunté.

Taylor parecía tan avergonzado que era imposible juzgarlo. Me encogí de hombros.

—Es la primera vez que te veo. Cualquier cosa que pudiese decir sería pura especulación. *Maldición, Liis, deja de hablar como una agente federal.*

Taylor recogió mi bolso y se lo colgó al hombro.

—Gracias.

—¿Me permites sólo un segundo...? —dije estirando la mano.

Taylor se inclinó para que yo pudiera llegar mejor. Saqué un suéter y Thomas me ayudó a ponérmelo.

Taylor empezó a caminar y Thomas estiró su mano hacia atrás para buscar la mía. Se la tomé y seguimos a su hermano en dirección a la salida.

—Estuve dando vueltas media hora hasta que encontré un lugar en el estacionamiento principal —dijo Taylor—. Son las vacaciones de primavera, así que supongo que todo el mundo está de viaje.

—¿Cuándo llegaste a la ciudad? ¿En qué vehículo viniste? —preguntó Thomas.

De pronto, no me sentí tan mal. Thomas hablaba más como un agente federal que yo.

—Ayer.

En cuanto Taylor puso un pie en la calle, sacó un paquete de cigarrillos y se llevó uno a la boca. Hurgó de nuevo en el paquete y sacó un encendedor. Lo encendió y pitó hasta que el papel y el tabaco se pusieron de un color naranja incandescente.

Exhaló una bocanada de humo.

—¿Has estado en Chicago antes, Liis?

—En realidad soy de aquí.

Taylor se detuvo abruptamente.

—¿En serio?

—Sí —dije, alzando mi voz una octava, como si fuera una pregunta.

—Eh, millones de personas en San Diego, y Thomas se engancha una chica de Illinois.

—Por favor, Taylor —lo regañó Thomas.

—Lo siento —dijo Taylor, volviéndose hacia mí.

Tenía la misma expresión encantadora de Thomas, una que haría derretir a cualquier chica, y empezaba a darme cuenta de que era un rasgo de los Maddox.

—¿Falyn está en lo del viejo? —preguntó Thomas.

Taylor sacudió la cabeza.

—Tenía que trabajar. Se va a encontrar conmigo en St. Thomas y después volvemos juntos.

—¿Trav te recogió en el aeropuerto? ¿O fue Trent? —preguntó Thomas.

—Amor —dije, apretando la mano de Thomas.

Taylor rio.

—Estoy acostumbrado. Siempre ha sido así.

Caminó adelante de nosotros, pero los ojos de Thomas se ablandaron, llevó mi mano a sus labios y le dio un tierno beso.

Taylor asintió.

—Shepley me vino a buscar. Travis está todo el día con Shepley así que tomé el auto de Travis para venir a buscarlos. No sabe que estamos en la ciudad. Cree que nos verá a todos mañana en St. Thomas, al igual que las chicas.

—¿Todas las chicas están en St. Thomas? —pregunté.

Thomas me miró. Sabía perfectamente qué estaba preguntando.

—No todas. Sólo Abby y sus damas de honor.

Entramos en el estacionamiento principal y Taylor señaló justo adelante.

—Estoy allí bien en el fondo, al lado del cerco.

Después de caminar unos cien metros en el viento frío, Taylor sacó un manojo de llaves de su bolsillo y apretó un botón. Un Toyota Camry plateado lanzó un chillido unos autos más adelante.

—¿Soy el único al que le parece extraño que Travis tenga auto ahora? —dijo Thomas, mirando el vehículo.

Alrededor del espejo retrovisor había enroscada una cadenita de oro que luego se ramificaba en varias hebras distintas cuyos extremos pasaban por pequeños agujeros de fichas de póker. Las fichas parecían estar personalizadas en los bordes con rayas blancas y negras y una escritura en el medio.

Taylor sacudió la cabeza y apretó otro botón para abrir el baúl.

—Deberías verlo manejar. Parece una mujer.

—Me alegro de tener en venta el mío —dije.

Thomas rio y luego ayudó a Taylor a cargar el equipaje, después dio la vuelta y me abrió la puerta del acompañante, pero yo me negué.

—No, está bien. Siéntate tú adelante con tu hermano —dije mientras abría la puerta de atrás.

Thomas se inclinó para besarme la mejilla, pero entonces notó que yo estaba mirando extrañada el asiento de atrás. Él también miró.

—¿Qué diablos es esto?

—¡Oh! Es Toto. Estoy haciendo de niñero —dijo con una sonrisa de orgullo que revelaba un pequeño hoyuelo en una de las mejillas—. Abby seguramente me mataría si se enterara de que lo dejé solo en el auto, pero fueron apenas diez minutos. Todavía está calentito en el auto.

El perro zarandeaba toda la mitad trasera del cuerpo, llevaba puesto un suéter a rayas azul y dorado y estaba parado sobre un colchón de plush para mascotas.

—Nunca... —empecé a decir, mirando a Thomas—. Nunca tuve perro.

Taylor rio.

—No tienes que cuidarlo. Sólo tienes que compartir el asiento con él. Igual tengo que atarlo. Abby es medio loca con su perro.

Taylor abrió la puerta del otro lado y aseguró a Toto con el arnés de nailon. Toto debía de estar acostumbrado, porque se quedó sentado quieto, mientras Taylor enganchaba cada una de las hebillas.

Thomas enrolló la tela que cubría el asiento, buscado un lugar que estuviera libre de pelos para que pudiera sentarme.

—Ahí tienes, cariño. —Le temblaban las comisuras de la boca del esfuerzo que hacía por no sonreír.

Le saqué la lengua y cerré la puerta.

El cinturón de seguridad hizo clic cuando lo enganché en la hebilla y oí que Taylor reía.

—Te tiene bien cortito, mandilón.

Thomas puso la mano en el picaporte.

—Te puede oír, nabo. Tengo la puerta abierta.

Taylor abrió su puerta y se inclinó con cara de avergonzado.

—Disculpa, Liis.

Sacudí la cabeza, medio divertida y medio sorprendida, por el modo en que se hablaban. Era como si hubiese caído como Alicia por una madriguera de conejos y aterrizado en una residencia para estudiantes llena de adolescentes borrachos.

Thomas y Taylor se pusieron los cinturones de seguridad. El viaje hasta la despedida de soltero estuvo lleno de coloridos insultos y puestas al día sobre quién se estaba acostando con quién y quién trabajando dónde.

Noté que no hicieron ninguna mención en absoluto de Trenton o Camille. Me preguntaba cómo manejaría el asunto la familia, sabiendo que ella había estado con Thomas y con Trenton y qué pensarían de ella, si les caía mal porque Thomas ya no iba a visitar nunca a la familia para no incomodarlos ni profundizar su dolor. La vergüenza me cubrió el rostro cuando, por menos de medio segundo, deseé que ella no les agradara para nada.

Taylor subió el auto a la entrada para vehículos del Rest Inn y fue directamente a la parte posterior del edificio. Atrás había el doble de autos que adelante.

Taylor apagó el motor.

—Todos estacionan aquí para que sea una sorpresa.

—¿Cap's? ¿La despedida de soltero que esperamos todo un año para hacerle a Travis va a ser en Cap's? —dijo Thomas, sin mosquearse.

—Trent la planeó. Está estudiando de nuevo y trabajando *full-time*. Además, está con poco dinero. No te pongas pesado, si no ofreciste ayuda —dijo Taylor.

Pensé que Thomas iba a ponerse furioso, pero aceptó que Taylor lo pusiese en su lugar.

—*Touché*.

—¿Y qué va a pasar con…? —pregunté, señalando al perro que me miraba como si fuera a saltarme a la garganta en cualquier momento. O tal vez simplemente quería una caricia en la cabeza. No tenía manera de saberlo.

Un auto paró al lado de nosotros y una mujer bajó rápidamente del vehículo, dejando el motor en marcha y las luces altas encendidas.

Abrió la puerta de atrás y me sonrió.

—Hey, ¿qué tal? —Miró a Thomas y dejó de sonreír—. Hey, T. J.

—Raegan —dijo Thomas.

Ya odiaba el sobrenombre. Taylor no lo llamaba así. La mujer tenía una belleza exótica, con varias capas de cabello castaños, cuyas ondulantes puntas le llegaban a la cintura.

Raegan desenganchó el arnés de Toto y después juntó sus cosas.

—Gracias, Ray —dijo Taylor—. Abby comentó que todos los demás iban a la boda.

—No hay problema —dijo ella, tratando de no mirar a Thomas—. Kody no puede esperar. Quería tanto tener un perro, pero no sé cómo hace la gente para que un cachorrito no se sienta solo cuando van al trabajo y a la escuela. —Bajó los ojos hacia Toto, acercó su nariz a su hocico y él le lamió la mejilla. Ella rio—. Papá ofreció ocuparse del perro durante el día, así que veremos. Tal vez cuidarlo unos días nos ayude a decidirnos. ¿Tengo que darle una vuelta? No querría que manche el auto.

Taylor sacudió la cabeza.

—Lo saqué antes de que los fuera a buscar a ellos. Debería aguantar bien hasta que llegues a tu casa. ¿Te dijo Abby del arnés?

—Me dijo con todo detalle —Raegan acarició la cabeza del perro y después se dio vuelta para abrir la puerta de atrás de su auto. Dejó que el perro diera vueltas en el asiento de atrás mientras acomodaba el arnés, y después Toto se sentó, comportándose asombrosamente como un señorito, mientras volvía a engranchárselo.

—Perfecto —dijo Raegan—. Ya está. Qué bueno verte, Taylor. —Su expresión perdió de pronto toda emoción cuando miró a Thomas.

Tenía que ser una ex novia. Entre el sobrenombre y su actitud abiertamente fría era evidente que debía haber estado muy enamorada de él.

Volvió a sonreírme.

—Soy Raegan.

—Liis… Un gusto conocerte —dije, completamente descolocada con su cambio brusco de actitud.

Dio rápidamente la vuelta a su auto hacia el frente y se metió adentro. El auto arrancó, y Taylor, Thomas y yo nos quedamos ahí sentados en silencio.

—Bueno, a divertirnos entonces.

—No entiendo bien esto —dijo Thomas—. No es soltero.

Taylor le dio unas palmadas en el hombro a su hermano, de nuevo tan fuerte que me retraje instintivamente.

—La idea este fin de semana es festejar todo lo que no pudimos festejar la otra vez porque este pequeño bastardo se borró. Ah, Tommy… —La sonrisa de Taylor se esfumó de su rostro.

—Ya sé. Trenton me telefoneó —dijo Thomas.

Taylor asintió, con un dejo de tristeza en sus ojos, y después bajó del auto.

Cuando abrí la puerta, el impacto del aire frío fue devastador. Thomas me frotó los brazos, exhalando una pequeña nube de vapor que contrastaba fuertemente con la noche que nos rodeaba.

—Tú puedes hacerlo —le dije, ya temblando.

—¿Te habías olvidado del frío que hace aquí? ¿Tan rápido?

—Cállate —dije, mientras caminaba hacia el edificio donde había entrado Taylor.

Thomas trotó para alcanzarme y me tomó de la mano.

—¿Qué te pareció Taylor?

—Tus padres deberían estar orgullosos. Tienen genes excepcionales.

—Voy a tomar eso como un halago y no como un lance a mi hermano. Este fin de semana eres mía, ¿recuerdas?

Sonreí, y él me apretó juguetonamente contra su cuerpo, pero entonces me di cuenta de cuánta verdad se ocultaba detrás de ese ligero comentario.

Sin saber qué otra cosa hacer, me alcé en puntas de pie y lo besé en la mejilla. Él giró justo en ese momento y nuestros labios se encontraron. Ese simple gesto disparó una reacción en cadena.

Las manos de Thomas fueron directo a mis mejillas, envolviéndome tiernamente el rostro. Cuando mis labios se abrieron y su lengua se deslizó dentro de mi boca, aferré su chaqueta sport con mis puños.

De pronto la música en el interior se volvió más fuerte y Thomas me soltó.

—¡Tommy!

Otro hermano —era obvio porque se parecía mucho a Taylor— mantenía la puerta abierta. Sólo llevaba puesto un slip Speedo de nailon amarillo, apenas lo suficientemente grande como para ocultar sus partes masculinas, y una peluca haciendo juego. La espantosa maleza de acrílico amarillo que cubría su cabeza era una maraña de rulos que él agitaba coquetamente con una mano.

—¿Te gusta? —preguntó el hermano. Con pequeños pasos, hizo una pirueta, revelando que el trozo de tela que llevaba puesto no era en absoluto un Speedo, sino una tanga.

Tras el inesperado espectáculo de su trasero tan blanco como la nieve, aparté la vista, avergonzada.

Thomas lo miró de arriba abajo y dejó escapar una carcajada.

—¿Qué diablos tienes puesto, Trenton?

Una ligera sonrisa dibujó unos hoyuelos en sus mejillas, y tomó a Thomas de los hombros.

—Es parte del plan. ¡Entren! —dijo, trazando con la mano pequeños círculos hacia sí mismo—. ¡Entren!

Trenton mantuvo la puerta abierta mientras entrábamos.

Del techo colgaban pechos hechos en cartón y, esparcidos por todo el suelo y las mesas, había papel picado dorado en forma de penes. En un rincón había una mesa llena de botellas de alcohol y baldes de hielo con varias marcas de cerveza. No había botellas de vino, pero sí una torta con la forma de unos grandes pechos rosados.

Thomas se inclinó para decirme algo al oído.

—Te dije que no era buena idea que vinieras.

—¿Crees que me siento ofendida? Trabajo en un medio que es predominantemente masculino. Oigo la palabra *lolas* al menos una vez por día.

Thomas admitió que tenía razón, pero luego se detuvo a observar unos segundos sus manos justo después de haber dado unas palmadas a su hermano en el hombro. Estaban llenas del brillo que cubría el cuerpo de Trenton y resplandecían debajo de la bola de luz que iluminaba la discoteca. Thomas se horrorizó de inmediato.

Tomé una servilleta de una de las mesas y se la pasé.

—Aquí tienes.

—Gracias —dijo, entre divertido y asqueado.

Me tomó de la mano.

La servilleta brillosa quedó aplastada entre nuestras manos, mientras me guiaba en la multitud. Una música a todo volumen asaltaba mis oídos y los bajos me hacían vibrar hasta los huesos. Había decenas de hombres de pie por todas partes y apenas un puñado de mujeres. De pronto sentí náuseas al preguntarme cuándo nos toparíamos con Camille.

Sentía el calor de la mano de Thomas en la mía, incluso con la amortiguación de la servilleta. Si él estaba nervioso, no se notaba. Saludó a varios muchachos jóvenes y fuimos hasta el otro lado del salón. Cuando llegamos, Thomas extendió los brazos y abrazó a un hombre corpulento y le dio un beso en la mejilla.

—Hola, pa.

—Bueno, hola, hijo —dijo Jim Maddox—. Era hora de que vinieras a casa.

—Liis —dijo Thomas—, éste es papá, Jim Maddox.

Era bastante más bajo que Thomas, pero tenía la misma dulzura en los ojos. Jim me miró con amabilidad y casi treinta años de experimentada paciencia de haber criado a cinco muchachos Maddox. Su escaso cabello corto y plateado se veía ahora de múltiples colores por las luces de la fiesta.

Los ojos velados de Jim se iluminaron por la sorpresa.

—¿Ésta es tu chica, Thomas?

Thomas me besó la mejilla.

—Es lo que le digo todo el tiempo, pero ella no me cree.

Jim abrió bien grande los brazos.

—Bueno, ven aquí, belleza. ¡Qué gusto conocerte!

Jim no me dio la mano. Me atrajo hacia él y me dio un fuerte y caluroso abrazo. Cuando me soltó, Thomas pasó el brazo por encima de mis hombros, mucho más alegre de estar entre su familia de lo que yo había imaginado.

Me apretó contra su cuerpo.

—Liis es profesora en la Universidad de California, pa. Es brillante.

—¿Y se aguanta tus tonterías? —preguntó Jim, tratando de hablar por encima de la música.

Thomas sacudió la cabeza.

—Para nada.

Jim rio en voz alta.

—Entonces no debes perderla.

—Eso es lo que le digo todo el tiempo, pero él no me cree —dije, dándole un codazo a Thomas.

Jim volvió a reír.

—¿Profesora de qué, Liis?

—De estudios culturales —dije, sintiéndome un poco culpable por tener que gritarle.

Jim rio.

—Debe ser brillante. No tengo la menor idea de qué quiere decir eso. —Se llevó la mano a la boca y tosió.

—¿Quieres agua, pa?

Jim asintió.

—Gracias, hijo.

Thomas me besó en la mejilla y nos dejó solos para ir a buscar el agua. No sabía si alguna vez me acostumbraría a sentir sus labios sobre mi piel. Esperaba que no.

—¿Hace cuánto tiempo que trabajas en la universidad? —preguntó Jim.

—Éste es mi primer semestre —dije.

Jim asintió.

—¿Es lindo el campus allí?

—Sí —sonreí.

—¿Te gusta San Diego? —preguntó.

—Me encanta. Vivía en Chicago antes. Prefiero el clima de San Diego.

—¿Eres de Illinois? —preguntó Jim sorprendido.

—Así es —dije, tratando de modular las palabras con claridad para no tener que gritar tanto.

—Uh —dijo con una sonrisa algo melancólica—. Me gustaría que Thomas viviera más cerca. Pero en realidad nunca se sintió a gusto aquí. Creo que es más feliz allí —dijo, asintiendo como si estuviese de acuerdo consigo mismo—. ¿Cómo se conocieron?

—Vivimos en el mismo edificio —dije, notando que una mujer hablaba con Thomas, junto a la mesa de las bebidas.

Él tenía las manos en los bolsillos y miraba hacia el suelo. Podía darme cuenta de que estaba haciendo un esfuerzo por comportarse estoicamente.

Thomas asintió y ella también. Después, ella lo abrazó. No pude ver su cara, pero sí la de él mientras la abrazaba, y también podía sentir su dolor desde donde estaba parada.

El mismo profundo dolor de antes me quemó el pecho y mis hombros se hundieron. Crucé los brazos en mitad del tórax para disimular el reflejo involuntario.

—Así que tú y Thomas… ¿Es algo reciente? —preguntó Jim.

—Relativamente reciente —dije, todavía mirando a Thomas y a la mujer que lo abrazaba.

Trenton ya no estaba bailando. También estaba observándolos, casi paralelo a donde me encontraba yo.

—¿Esa mujer que está con Thomas… es Camille?

Jim vaciló pero después asintió.

—Sí, es Camille.

Un minuto más tarde, Thomas y Camille seguían abrazados.

Jim se despejó la voz y volvió a hablar:

—Bueno, nunca vi a mi hijo tan feliz como cuando te presentó. Incluso si es algo reciente, es algo del presente… No como otras cosas, que ya son del pasado.

Lancé una sonrisa en su dirección, y él me atrajo hacia él y me abrazó.

—Si Tommy no te lo ha dicho todavía, debería hacerlo.

Asentí, tratando de procesar todas las emociones que se arremolinaban dentro de mí. Sentir un dolor tan grande era toda una sorpresa para alguien que estaba felizmente casada con su trabajo. Si yo no necesitaba a Thomas, mi corazón no lo sabía.

Capítulo 17

Los ojos de Thomas se abrieron de golpe y miraron directamente hacia mí. Soltó a Camille y, sin decirle adiós o siquiera volver a mirarla, regresó con una botella de agua hacia donde estábamos Jim y yo.

—¿La interrogaste lo suficiente mientras no estuve, pa? —preguntó Thomas.

—No tan bien como lo habrías hecho tú, estoy seguro. —Jim se volvió hacia mí—. Thomas debería haber sido detective.

A pesar de la incómoda proximidad con la verdad, mantuve una sonrisa.

Thomas también tenía una expresión extraña en el rostro, pero sus rasgos se ablandaron.

—¿La estás pasando bien, tesoro?

—Por favor, dime que eso fue un adiós —dije. No me esforcé para que Jim no me oyera. Era un pedido honesto, uno que podía formular, que seguiría manteniendo intacto el papel que representábamos.

Thomas me tomó suavemente del brazo y me llevó a un rincón vacío del salón.

—No sabía que ella iba a hacer eso. Lo siento.

Sentí que la expresión en mi rostro se desmoronaba.

—Ojalá hubieses visto eso con mis ojos y luego escucharte decir que ella está en el pasado.

—Se estaba disculpando, Liis. ¿Qué se supone que tenía que hacer?

—No sé... ¿No hacer que fuera tan obvio que te partía el corazón?

Se quedó mirándome, sin poder decir nada.

Alcé los ojos hacia arriba y lo tomé de la mano.

—Vamos, volvamos a la fiesta.

Thomas se soltó de mí.

—Me rompió el corazón, Liis. Lo que pasó fue terriblemente triste.

—¡Genial! ¡Vamos! —dije, dando a mis palabras un baño de falso entusiasmo y sarcasmo.

Lo hice a un lado y comencé a caminar, pero él me sujetó y me atrajo hacia él. Acercó mi mano a su mejilla, después giró y comenzó a besarme la palma, con los ojos cerrados.

—Es triste porque es algo terminado —dijo, exhalando su cálido aliento en mi mano. Volvió a girar el rostro y me miró a los ojos—. Es triste porque tomé una decisión que cambió mi relación con mi hermano para siempre. Lastimé a ella, a Trenton y a mí mismo. Lo peor de todo es que pensé que se justificaba, pero ahora me doy cuenta de que todo fue por nada.

—¿Qué quieres decir? —pregunté, mirándolo con desconfianza.

—Amaba a Camille... pero no así, no como a ti.

Miré alrededor.

—Basta, Thomas. No hace falta. Nadie puede oírte.

—¿Tú sí? —preguntó. Como no respondía, me soltó la mano—. ¿Qué? ¿Qué puedo decirte para convencerte?

—Sigue diciendo lo triste que estás por haber perdido a Camille. Estoy segura de que a la larga eso va a funcionar.

—Sólo oíste la parte de lo triste que era. Ignoraste la parte de que estaba terminado.

—No está terminado —dije con una carcajada—. Nunca va estar terminado. Tú mismo lo dijiste. Siempre la vas a amar.

Señaló al otro lado del salón.

—¿Lo que viste recién ahí? Eso fue una despedida. Va a casarse con mi hermano.

—También te vi dolido por los dos.

—¡Sí! Es doloroso. ¿Qué quieres que haga, Liis?

—¡Quiero que no la ames más!

La música se interrumpió de golpe entre una canción y otra, y todos miraron hacia donde estábamos Thomas y yo. Camille y Trenton hablaban con otra pareja, y Camille parecía sentirse tan humillada como yo. Se acomodó el cabello detrás de la oreja y después Trenton la llevó a la mesa donde estaba la torta.

—¡Oh, Dios santo! —susurré, tapándome los ojos.

Thomas echó un vistazo detrás de nosotros, después me sacó la mano de los ojos, sacudiendo la cabeza.

—Todo está bien. No te preocupes por ellos.

—Yo no actúo de esta manera. Yo no soy así.

Thomas exhaló aliviado.

—Entiendo de lo que hablas. Tendemos a tener este efecto en el otro.

No sólo yo no era yo misma cuando estaba cerca de Thomas, sino que además me hacía sentir cosas que no podía controlar. Hervía de ira en mi interior. Si él realmente me conocía, tenía que saber que los sentimientos erráticos me eran totalmente inaceptables.

Cuando estaba con Jackson podía controlar cada uno de mis sentimientos. Jamás se me habría pasado por la cabeza gritarle en una fiesta. Se habría sorprendido mucho de verme así de descontrolada.

Cuando se trataba de Thomas, me sentía completamente confundida. Mi cabeza me jalaba en una dirección, y Thomas y mi corazón me tironeaban en otra. Los resultados imprevisibles me aterrorizaban. Era el momento de poner freno a mis emociones. Nada era más intimidante que sentirse manipulada por el propio corazón.

Cuando todos dejaron de mirarnos, me obligué a sonreír, y al alzar la mirada me encontré con los ojos de Thomas.

Frunció las cejas.

—¿Qué pasa? ¿Qué es esa sonrisa?

Pasé a su lado.

—Te dije que no ibas a poder notar la diferencia.

Thomas me siguió de nuevo hacia donde estaban los demás. Se quedó parado detrás de mí y luego envolvió sus brazos alrededor de mi cintura, reposando su mejilla en el hueco de mi cuello.

Como yo no respondía, rozó mi oreja con sus labios.

—Los límites están empezando a desdibujarse, Liis. ¿Eso de recién fue una actuación?

—Estoy trabajando, ¿tú no? —Se me formó una pelota en la garganta. Era la mejor mentira que había dicho en toda mi vida.

—Guau —dijo antes de soltarme y alejarse.

Thomas se quedó parado entre Jim y otro hombre. No podía estar segura, pero el hombre tenía que ser el tío de Thomas. Era muy parecido a Jim. Claramente el ADN Maddox era dominante, como su familia... y sus hombres.

Alguien bajó la música y después apagaron las luces. Estaba completamente oscuro y yo estaba sola.

Se abrió la puerta y, tras unos segundos de silencio, un hombre desde el umbral exclamó: "Eh...".

Se encendieron las luces y ahí estaba Travis y muy probablemente Shepley, parados en la puerta, entrecerrando los ojos para adaptarse a la luz. Taylor y su hermano gemelo lanzaron papel picado en forma de penes a la cara de Travis y todos vitorearon.

—¡Felicitaciones, verga!

—¡Marica!

—¡Bien hecho!

Observé detalladamente a Travis mientras saludaba a todo el mundo. Comenzó una larga serie de palmadas en los hombros, abrazos varoniles y brutas frotadas de cabeza, mientras todos aplaudían y aullaban.

Trenton, todavía escasamente vestido, saltaba, hacía *locking*, se refregaba y perreaba al ritmo de la música. Thomas y Jim sacudían la cabeza, perplejos.

Camille estaba parada delante de la multitud que rodeaba a Trenton, alentándolo y riendo descontroladamente. Una furia irracional se apoderó de mí. Hacía diez minutos había estado abrazada a Thomas, lamentando su ruptura. No me agradaba. No podía imaginar por qué no uno sino dos Maddox gustaban de ella.

Una vez que terminó la canción, Trenton fue hasta donde estaba Camille y la alzó en sus brazos, girando en el aire. Cuando volvió a ponerla en el suelo, ella cruzó los brazos alrededor de su cuello y lo besó.

Otra canción resonó a todo volumen por los parlantes y el resto de las otras pocas mujeres que había en la fiesta llevó a sus hombres a la modesta pista de baile. Algunos hombres se les unieron, la mayoría sólo haciéndose los tontos.

Thomas seguía estando entre su padre y su tío, mirándome sólo cada tanto. Estaba enojado conmigo, y tenía toda la razón para estarlo. Yo misma me estaba dando con un látigo. No podía imaginarme cómo debía sentirse él.

Ahí estaba, mirando furiosamente a Camille cada vez que ella llamaba la atención sobre sí, y no había tratado a Thomas mucho mejor. Él no sólo estaba interpretando un papel. Había expresado su interés en mí antes de que partiéramos para nuestra misión. En realidad, me estaba comportando peor que Camille. Al menos ella no jugaba con su corazón, sabiendo que ya era un corazón destrozado.

Si quería comportarme como una persona responsable, lo que tenía que hacer era mantener las cosas dentro del ámbito laboral. Un día iba a tener que elegir entre Thomas y el FBI, y elegiría mi trabajo. Pero cada vez que estábamos solos, cada vez que me tocaba, y lo que había sentido cuando lo vi con Camille, sabía que mis sentimientos se habían vuelto demasiado complejos como para poder ignorarlos.

Val me había dicho que fuera franca con Thomas, pero él no lo aceptaba. Mis mejillas se sonrojaron. Yo era una mujer fuerte e inteligente. Había analizado el problema, decidido cuál era la solución, tomado una decisión y la había comunicado.

Suspiré. Después, le había gritado delante de casi todos sus amigos y familiares y él me había mirado como si estuviera loca.

¿Lo estoy?

Me había dicho que la foto ya no estaba, pero quitar una foto de una mesa no iba a cambiar sus sentimientos. Jim había dicho que Camille era algo del pasado, y eso era verdad. Pero no podía reconciliar eso con la idea de que él la extrañaba y todavía la amaba.

Lo que realmente necesitaba era que Thomas cerrara por completo ese capítulo de su vida, y esa solución dependía de él. Pedirle que la olvidara no era irrazonable, pero tal vez fuera imposible. Porque no dependía de mí. Dependía exclusivamente de él.

Por primera vez en mi vida adulta, me había permitido involucrarme en una situación que no podía controlar ni manejar, y sentía mi estómago revuelto.

Miré a Thomas, y una vez más lo sorprendí mirándome. Finalmente fui hasta donde estaba y sus hombros se relajaron.

Pasé las manos por debajo de sus brazos y las entrelacé por detrás de su espalda, apretando mi mejilla contra su pecho.

—Thomas...

—¿Sí?

Alguien bajó la música y Trenton caminó hasta donde estaba Camille. La tomó de ambas manos, llevándola hasta el centro del salón. Puso una rodilla en el suelo y le ofreció una cajita.

Thomas se apartó de mí y se puso las manos en los bolsillos, evidentemente incómodo por unos dos o tres segundos. Después, se inclinó hacia mí y me susurró en el oído: "Lo siento". Retrocedió unos pasos y luego silenciosamente bordeó la pared trasera del salón, caminando penosamente detrás de la multitud hasta que llegó a la salida.

Tras una última mirada a Camille, mientras ella se cubría la boca y asentía con la cabeza, Thomas abrió la puerta de vidrio apenas lo suficiente como para poder salir.

Jim bajó la vista y luego me miró.

—Sería duro para cualquier hombre.

Todos vitorearon y Trenton se paró y abrazó a su nueva prometida. La multitud se acercó, rodeándolos.

—Duro también para ti, me imagino —volvió a decir Jim, dándome unas suaves palmadas en el hombro.

Tragué y miré a la puerta de vidrio.

—Te vemos en la casa, Jim. Fue un gusto conocerte. —Abracé al padre de Thomas y después salí rápidamente hacia el estacionamiento.

Mi suéter sirvió de poco contra las temperaturas de principio de la primavera del Medio Oeste. Me envolví lo más posible con el tejido de lana y me crucé de brazos, mientras caminaba por la veredita hasta la parte trasera del hotel.

—¿Thomas? —llamé.

De atrás de un Chevrolet apareció un hombre ebrio mayor que yo. Se limpió el vómito de la boca y se me vino encima, trastabillando.

—¿*Quiénres*? —preguntó, fundiendo las palabras.

Me detuve y extendí una mano.

—Estoy yendo hacia mi auto. Por favor, hazte a un lado.

—¿*Tás* parando aquí, dulzura?

Alcé una ceja. Su olor a cerveza y su camisa sucia daban asco, pero evidentemente él no lo veía de esa manera.

—Soy Joe —dijo antes de eructar. Sonrió con los ojos entrecerrados.

—Un gusto conocerte, Joe. Se ve que has bebido bastante, así que por favor no me toques. Sólo quiero llegar hasta mi automóvil.

—¿*Cuálseltuyo?* —preguntó, volviéndose hacia el estacionamiento.

—Ése. —Señalé en cualquier dirección, sabiendo que de todas maneras daba lo mismo.

—¿*Quiersbaiiilar?* —preguntó, balanceándose torpemente al son de la música que fuese que tenía en su cabeza.

—No, gracias.

Di un paso al costado, pero él logró enganchar sus dedos en mi suéter.

—¿*Donvastanrápido?*

Suspiré.

—No quiero lastimarte. Por favor, suéltame.

Tironeó de mi suéter una vez y yo le aferré los dedos y se los tiré hacia atrás. Lanzó un grito de dolor y cayó de rodillas.

—De acuerdo, de acuerdo —suplicó.

Le solté la mano.

—La próxima vez que una mujer te diga que no la toques, escúchala. Si logras acordarte algo de esta noche —lo golpeé con un dedo en la sien, empujándole la cabeza—, recuerda al menos eso.

—Sí, señora —dijo, exhalando bocanadas blancas en el helado aire nocturno. En vez de intentar levantarse, se acomodó mejor en el suelo.

—No puedes dormir aquí —le grité—. Hace mucho frío. Levántate y ve adentro.

Alzó la vista y me miró con ojos tristes.

—No recuerdo *cuáls m'habitación*.

—¡Oh, maldición, Joe! No estarás molestando a esta bonita señorita, ¿verdad? —dijo Trenton, sacándose la chaqueta. Se la puso sobre los hombros y lo ayudó a levantarse, cargando con la mayor parte del peso.

—¡Trató de romperme los dedos! —dijo Joe.

—Seguramente te lo merecías, maldito borracho —le dijo Trenton. Luego me miró—. ¿Estás bien?

Asentí.

Las rodillas de Joe cedieron y Trenton dejó escapar un gruñido, mientras se cargaba el pesado cuerpo del hombre sobre los hombros.

—Tú eres Liis, ¿verdad?

Volví a asentir con la cabeza. Me sentía extremadamente incómoda hablando con Trenton, aunque no sabía bien por qué.

—Papá dijo que Thomas salió en esta dirección. ¿Está bien?

—¿Qué haces aquí? —replicó Thomas. No me hablaba a mí sino a su hermano.

—Vine a ver cómo estabas —dijo Trenton, pasando el peso al otro pie.

—¿Qué demonios está pasando? —preguntó Taylor, con los ojos clavados en Joe, que colgaba de los hombros de Trenton. Pitó de su cigarrillo y exhaló, haciendo que la densa bocanada de humo se arremolinara en el aire.

—Ella trató de romperme la mano —dijo Joe.

Taylor lanzó una carcajada.

—¡Entonces no le pongas las manos encima, imbécil!

Thomas me miró.

—¿Qué pasó?

Me encogí de hombros.

—Me tocó.

Taylor se dobló en dos con todo su cuerpo, temblando de risa.

Tyler apareció de detrás de Trenton y Taylor, encendiendo también un cigarrillo.

—¡Ésta parece ser la verdadera fiesta!

Taylor sonrió.

—¿Liis también te tiró al suelo la primera vez que la tocaste?

Thomas frunció el entrecejo.

—Cállate, Taylor. Vamos, ya estamos listos.

Tyler alzó las cejas y rio.

—La belleza asiática de Tommy ¡sabe ka-ra-te! —Lanzó unos golpes al aire y después una patada hacia adelante.

Thomas dio un paso hacia él pero yo le toqué el pecho.

Tyler dio un paso atrás y alzó ambas manos con las palmas hacia afuera.

—Sólo bromeaba, Tommy. Qué carajo.

Los cuatro hermanos menores se parecían mucho, pero era inquietante lo idénticos que eran los gemelos. Hasta tenían tatuajes similares.

—Bueno, Joe, eres un gordo bastardo —dijo Trenton.

—¡Bájame! —gimió Joe.

Trenton dio un saltito, para reacomodárselo sobre el hombro.

—Voy a llevarlo al lobby antes de que muera congelado.

—¿Necesitas ayuda? —preguntó Thomas—. ¿Cómo está tu brazo?

—Un poco rígido —dijo Trenton. Guiñó un ojo—. Pero apenas lo noto cuando estoy ebrio.

—Te veo mañana —dijo Thomas.

—Te amo, hermano —dijo Trenton, girando hacia la entrada.

Thomas frunció el entrecejo y bajó la vista al suelo.

Le toqué el brazo.

—Estamos listos —le dije a Taylor.

—De acuerdo —dijo Taylor—. No hay problema. Travis ya se fue. Se ha vuelto una caquita.

Regresamos al auto, y Taylor condujo atravesando la ciudad. Giró en varias calles hasta que subió en una entrada para autos con piso de grava. Las luces altas del vehículo iluminaron una modesta casa blanca con un porche rojo y una puerta con mosquitero sucio.

Thomas me abrió la puerta del auto pero no me dio la mano. Tomó todo el equipaje que le tendió Taylor y se dirigió a la casa, limitándose a echar una vez un rápido vistazo hacia atrás para ver si yo lo seguía.

—Papá y Trenton limpiaron todos los cuartos. Puedes dormir en tu viejo dormitorio.

—Genial —dijo Thomas.

La puerta mosquitero chirrió cuando Taylor la abrió, después giró el picaporte de la puerta principal y entró en la casa.

—¿Tu padre no cierra con llave cuando se va? —pregunté mientras seguía a Taylor.

Thomas sacudió la cabeza.

—Esto no es Chicago.

Lo seguí una vez que estuvimos adentro. Los muebles estaban gastados como la alfombra, y el aire olía un poco a humedad, panceta y humo.

—Buenas noches —dijo Taylor—. Mi vuelo sale temprano. ¿El de ustedes?

Thomas asintió.

Taylor lo abrazó.

—Los veo por la mañana, entonces. Es probable que salga a las cinco. Trav dijo que podía llevar el Camry porque él iba con Shep. —Empezó a caminar por el pasillo y luego giró—. Hey, Thomas.

—¿Sí? —dijo Thomas.

—Me alegra verte dos veces en un año.

Una vez que se perdió de vista, Thomas bajó los ojos y suspiró.

—Estoy segura de que no quiso hacerte sentir…

—Lo sé —dijo Thomas. Alzó la vista hacia el cielo raso—. Nuestra habitación está arriba.

Asentí y lo seguí por la escalera de madera que crujía bajo nuestros pies, cantando una melodía agridulce por el regreso de Thomas. Sobre las paredes colgaban fotos descoloridas, todas mostrando al mismo niño de cabellos plateados que había visto en su departamento. Después vi una foto de sus padres, y me quedé con la boca abierta. Parecía una foto de Travis sentado junto a una versión femenina de Thomas. Había sacado los ojos de su madre. De hecho, salvo por la mandíbula y el cabello, Thomas tenía todos sus rasgos. Era bellísima, tan joven y llena de vida. Era difícil imaginar que hubiese podido enfermar tanto.

Thomas giró en una puerta y después dejó el equipaje en un rincón de la habitación. La cama de hierro de dos plazas estaba corrida contra un rincón, y aun así la cómoda de madera apenas entraba. Sobre los estantes colgados en la pared había trofeos que Thomas había ganado durante la secundaria y al lado fotos de sus equipos de fútbol y béisbol.

—Thomas, tenemos que hablar —empecé a decir.

—Me voy a duchar. ¿Quieres ir tú primero?

Sacudí la cabeza.

Thomas abrió su maleta y sacó un cepillo de dientes, pasta, una maquinita de afeitar, crema para afeitarse, un par de bóxers grises y unos shorts de básquet azul marino.

Sin decir una palabra, se metió en el baño y empezó a cerrar la puerta, pero estaba fuera de quicio. Suspiró, dejó las cosas sobre el lavabo y después forcejeó con la puerta hasta que logró encajarla correctamente en el marco.

—¿Necesitas ayuda? —pregunté.

—No —dijo antes de cerrarla.

Me senté sobre la cama, enojada, sin saber cómo arreglar el lío que había hecho. Por un lado, era bastante simple. Trabajábamos juntos. Estábamos en una misión. Preocuparse por los sentimientos parecía algo tonto.

Por el otro, los sentimientos estaban ahí y era inútil negarlos. Los próximos dos días serían difíciles para Thomas. Lo había lastimado bastante, porque estaba enojada por otra mujer que casualmente también le había hecho trizas el corazón.

Me paré y me saqué el suéter mientras miraba fijo la puerta rota del baño. Por la rendija de debajo salía un haz de luz que bañaba la habitación oscura. Oí rechinar los caños cuando la ducha escupió primero borbotones de agua y después empezó a correr en un flujo constante. La puerta de la ducha se abrió y luego volvió a cerrarse.

Cerré la puerta de la habitación y después apoyé la palma de la mano y el oído contra la puerta corrediza del baño.

—¿Thomas?

No contestó.

Abrí un poco la puerta y me envolvió una ráfaga de vapor.

—¿Thomas? —volví a decir en el exiguo espacio.

Seguía sin responder.

Abrí del todo la puerta, entré y volví a cerrarla. La puerta de la ducha estaba completamente empañaba y apenas mostraba su vaga silueta. El lavabo necesitaba desesperadamente una buena limpieza con algún buen removedor y el piso de linóleo color durazno estaba levantado en las puntas.

—No fue una actuación —dije—. Estaba celosa y furiosa, pero sobre todo asustada.

Todavía seguía sin responder, mientras se fregaba con jabón la cara.

—No disfruté estar con Jackson. Casi desde el comienzo supe que esto era diferente. Me doy claramente cuenta, pero aun así no me parece bien precipitarme de nuevo en algo, cuando estuve deseando durante tanto tiempo estar sola.

Nada.

—Pero si me dejo llevar por lo que siento, necesito al menos que la hayas dejado completamente en el pasado. No me parece que eso sea algo totalmente irrazonable, ¿no crees? —Esperé—. ¿Me oyes?

Silencio.

Suspiré y me apoyé contra el tocador con su fórmica saltada y las perillas de los cajones oxidados. La canilla perdía y, con los años, se había formado una mancha oscura justo arriba del anillo de cromo del desagüe.

Tenía la punta de mi dedo pulgar en la boca y mordisqueaba la cutícula, tratando de pensar qué decir. Tal vez Thomas no quería oír nada que yo dijera.

Me paré, me saqué la blusa por encima de la cabeza y después me quité mis altas botas. Me costó un poco sacarme los jeans ajustados, pero las medias salieron sin ningún esfuerzo. Gracias a Dios había decidido depilarme esa mañana. Los largos mechones de mi cabello negro cayeron sobre mis pechos, de modo que no me sentía tan vulnerable, y di los dos pasos que me separaban de la ducha.

Tironeé una vez y luego otra. Para cuando logré abrir la puerta, Thomas estaba de frente hacia mí con los ojos cerrados y la cara toda cubierta con el champú que le caía de la cabeza. Se limpió un poco la cara y me miró, luego se enjuagó rápidamente y volvió a mirarme, con las cejas levantadas.

Cerré la puerta.

—¿Me estás escuchando?

Thomas alzó la barbilla.

—Voy a empezar a escucharte cuando tú me escuches.

—Podemos hablar después —dije, cerrando los ojos y bajándole la cara para que mis labios pudiesen tocar los suyos.

Me tomó las muñecas y me mantuvo a distancia.

—Me doy cuenta de lo difícil que es nuestra situación este fin de semana, pero ya no quiero jugar más juegos contigo. No quiero seguir simulando. Sólo te quiero a ti.

—Estoy parada justo enfrente de ti. —Apreté mi cuerpo contra el suyo, sintiendo su impresionante erección contra mi estómago.

Su aliento se entrecortó y cerró los ojos, mientras le bajaba el agua del cabello hacia la cara y luego caía en cascada de su nariz y mentón.

—¿Pero te quedarás? —preguntó bajando los ojos hacia mí.

Fruncí el entrecejo.

—Thomas...

—¿Te quedarás? —volvió a preguntar, enfatizando la última palabra.

—Define la palabra "quedarse".

Dio un paso atrás como si el encantamiento se hubiese roto. Estiró el brazo, giró uno de los grifos y empezó a caer sobre nosotros agua helada. Thomas apoyó ambas palmas contra la pared bajo el chorro de agua, bajando un poco la cabeza, y yo lancé un chillido, aferrándome de la puerta para salir.

Salí, me resbalé y caí al piso de rodillas.

Thomas salió como un tiro por la puerta y me sujetó.

—¡Por Dios! ¿Estás bien?

—Sí —dije, frotándome los codos y luego las rodillas.

Thomas tomó una toalla que estaba doblada sobre la parte de arriba de la puerta de la ducha y la puso sobre mis hombros. Después tomó otra del estante y se la envolvió en la cintura.

Sacudió la cabeza.

—¿Te lastimaste?

—Sólo mi orgullo.

Thomas suspiró y después levantó mi brazo para echar un vistazo.

—¿Tu rodilla? —preguntó, inclinándose.

Alcé la que se había golpeado contra el piso y la examinó.

—Soy un auténtico imbécil —dijo, frotándose el cabello mojado.

—Yo no te ayudo mucho que digamos. —Dejé que mis mejillas se llenaran de aire y después exhalé.

Tras unos segundos de un incómodo silencio, lo dejé solo en el baño para tomar mi cepillo de dientes y luego regresé. Thomas abrió el tubo del dentífrico. Extendí mi cepillo y él apretó el tubo, dejando salir una breve línea de pasta sobre las cerdas de mi cepillo y luego el de él.

Pusimos los cepillos debajo del chorro de agua y después nos miramos en el espejo de su baño de la época de la secundaria, los dos cubiertos con delgadas toallas de dibujos florales, mientras nos cepillábamos los dientes uno al lado del otro en el mismo lavabo. Parecía algo tan normal y a la vez los últimos diez minutos habían sido tan incómodos que era difícil poder disfrutarlo.

Me incliné un poco para enjuagarme los dientes y escupir, y Thomas hizo lo mismo. Rio y usó un dedo para limpiarme una mancha de pasta de dientes de mi barbilla, y después tomó suavemente mis mejillas entre sus manos. Su sonrisa se desvaneció.

—Admiro tu habilidad para escrudiñar hasta el más mínimo detalle, pero ¿por qué tienes que diseccionar esto? —preguntó con tristeza—. ¿Por qué no podemos simplemente intentarlo?

—No has superado a Camille, Thomas. Eso quedó muy en claro esta noche. Y acabas de pedirme que te prometa quedarme contigo en San Diego. Ésa es una promesa que los dos sabemos que no puedo y que no voy a cumplir. Es completamente razonable que quieras algo estable después de lo que te ocurrió, pero yo no puedo prometer que no voy a seguir intentando ascender todos los escalones de mi trabajo en el FBI.

—¿Y si yo te doy algunas garantías?

—¿Como qué? Y no me digas que es amor. Nos conocimos el mes pasado.

—No somos como los demás, Liis. Pasamos todos los días juntos, a veces todo el día y la noche e incluso los fines de semana. Si hacemos la cuenta, ya hemos invertido lo suficiente.

Lo pensé unos segundos.

—Deja de sobreanalizar todo. ¿Quieres garantías? Esto no es un juego de adivinanzas para mí, Liis. Amé a alguien antes, pero lo que siento por ti... es ese sentimiento multiplicado por mil.

—Yo también siento cosas por ti. Pero los sentimientos no siempre son suficiente. —Me mordí el labio—. Me preocupa que, si no funcionamos, el trabajo se resienta. Eso para mí es inaceptable, Thomas, porque yo *amo* mi trabajo.

—Yo también amo el mío, pero por estar contigo vale la pena correr el riesgo.

—No puedes saberlo.

—Sé que no será aburrido, sé que nunca te mezquinaré un ascenso, aunque te lleve a otro lugar. Tal vez me canse de San Diego. Me gusta D.C.

—Vendrías a D.C. —dije lo más impávida posible.

—Para eso todavía falta mucho.

—Por eso no puedo prometerte que me quedaré.

—No quiero que prometas quedarte en San Diego. Sólo quiero que te quedes *conmigo*.

Tragué.

—Oh... Entonces... es probable que... pueda hacerlo —dije, con los ojos yendo de un lado a otro del pequeño cuarto.

—Ya basta de simulaciones, Liis. —Thomas dio un paso hacia mí y tiró suavemente de la toalla y después se quitó la suya—. Dilo —dijo, en voz baja y controlada. Tomó cada una de mis mejillas en sus manos. Se inclinó, pero se detuvo a unos centímetros de mis labios.

—De acuerdo —susurré.

—¿De acuerdo qué?

Apretó su boca contra la mía. Sus dedos se enredaron en mi cabello y me jaló hacia su cuerpo. Dio un paso, guiándome hacia atrás, hasta que mi espalda dio contra la pared. Jadeé de deseo y su lengua se deslizó entre mis labios entreabiertos, raspando suavemente contra la mía como si buscase una respuesta. Se apartó, dejándome sin aliento y muriéndome por volver a probar el sabor de sus besos.

—De acuerdo —suspiré, sin vergüenza por el tono de súplica que había en mi voz—. Podemos dejar de simular.

Me alzó y yo envolví mis piernas alrededor de su espalda. Me sostenía justo a la altura suficiente para que pudiera sentir la punta de su erección rozando la tierna piel rosada de entre mis muslos.

Hundí mis dedos en sus hombros, preparándome para la misma sensación avasalladora que había transmitido a todo mi cuerpo la noche que nos conocimos. Bajándome apenas unos centímetros, satisfaría todas las fantasías que había tenido durante las últimas tres semanas.

Pero no se movió. Esperaba algo.

Llevé mi boca a su oreja, mientras mordisqueaba mi labio inferior disfrutando por anticipado lo que estaba por decir y a lo que nos llevaría.

—Podemos dejar de simular, señor.

Thomas se relajó y después, en un movimiento lento y controlado, bajó mi cuerpo. Gemí en cuanto me penetró, dejando que el suave quejido de placer escapara de mis labios hasta que me llenó con todo el largo de su miembro. Apreté mi mejilla fuerte contra la suya y mis uñas se clavaron en la carne de sus musculosos hombros. Sin ningún esfuerzo, me levantó y luego volvió a bajarme, haciéndome gemir a mí misma descontroladamente.

—Oh, Dios —se limitó a decir él.

Cada arremetida fue volviéndose más rítmica, transmitiéndome ráfagas del dolor más maravilloso y avasallador que jamás había sentido a través de todos los nervios de mi cuerpo. Thomas se esforzaba por no hacer ruido, pero sus ahogados gemidos se volvían cada vez más fuertes con cada minuto que pasaba.

—Tenemos que... maldición —suspiró.

—No te detengas —le supliqué.

—Eres increíble —murmuró, mientras posaba mis pies sobre el suelo.

Antes de que tuviera tiempo de protestar, me dio vuelta y me empujó contra la pared. Mi pecho y las palmas de mis manos quedaron apoyados contra el empapelado y yo no podía dejar de sonreír.

Thomas apoyó su mano en mi mejilla, y yo giré justo lo necesario como para besarle la punta de los dedos. Después abrí la boca, dejando que introdujera uno de sus dedos. Me tiré hacia atrás, chupándolo ligeramente y él suspiró.

Él pasó suavemente su pulgar por la línea de mi mentón, mi cuello y después mi hombro. De allí deslizó la palma por toda la columna vertebral, pasando por las curvas de mis nalgas y después se detuvo entre mis muslos. Presionó suavemente una de las piernas, alejándola un poco de la otra. Yo las separé alegremente y luego apoyé mis palmas sobre la pared, afirmándome bien, mientras él tiraba mis caderas hacia atrás.

Con su mano fue guiando su miembro hasta introducirlo en mi cuerpo. No se tiró hacia atrás, sino que movió sus caderas en un sutil movimiento circular, saboreando la cálida sensación de mi abrazo.

Aferró mis caderas con una mano y estiró el otro brazo hasta tocarme en las zonas más sensibles de mi piel. Movía su dedo medio en pequeños círculos y después tiró hacia atrás su cadera. Lanzó un gemido mientras se sacudía contra mi cuerpo.

Me curvé por completo, presionando mis nalgas contra su cuerpo, dejando que Thomas se hundiese tan profundo como quisiese.

Con cada arremetida sus gruesos dedos se clavaban en mis muslos, guiándome hasta la cima del placer. Me mordí el labio, prohibiéndome gritar, y justo cuando se estaba formando una brillosa capa de sudor en mi piel, caímos juntos al suelo.

Capítulo 18

Estiré el brazo por encima del pecho desnudo de Thomas para apagar el ruido molesto que salía de su celular. El movimiento volvió evidente el ardor y la hinchazón que sentía entre las piernas por las horas de sexo la noche anterior, y apoyé la cabeza sobre su abdomen musculoso, sonriendo por los recuerdos que surcaban mi mente.

Thomas se estiró, tratando de acomodar sus piernas demasiado largas para la cama. Las sábanas hicieron un ligero crujido, y yo pasé mis dedos por su piel suave, rodeada por los trofeos y las chucherías de su niñez.

Con ojos llenos de sueño, me echó una mirada y sonrió. Me jaló hasta que estuvimos cara a cara, y después pasó sus dos brazos alrededor de mis hombros, hundiendo la cara en el hueco de mi cuello.

Le besé la coronilla e hizo un gemido de puro placer. Nadie jamás me había hecho sentir tan bien de estar tan equivocada.

—Buen día, bebé —dijo Thomas, con una voz ronca y esforzada. Frotó sus pies contra los míos, mientras me quitaba los enmarañados cabellos de la cara—. Tal vez no debería dar nada por hecho, pero siendo una mujer casada con su profesión…

—Sí —dije—. El control de la natalidad está donde debe estar y en perfectas condiciones por cinco años.

Me dio un beso en la mejilla.

—Sólo preguntaba. Anoche me dejé llevar un poco.

—No me quejo —dije con una sonrisa cansada—. El vuelo sale en cuatro horas.

Volvió a estirarse, todavía con un brazo alrededor de mi cuello. Me acercó hacia él y me besó en la sien.

—Si este fin de semana no fuera tan importante, te haría quedarte todo el día conmigo en la cama.

—Podemos hacerlo cuando volvamos a San Diego.

Me abrazó fuerte.

—¿Eso quiere decir que finalmente estás disponible?

Le devolví el abrazo.

—No —dije, sonriendo de mi reacción—. Estoy con alguien.

Thomas tiró su cabeza hacia atrás contra la almohada para mirarme a los ojos.

—Anoche me di cuenta cuando hablaba con Camille… Esas relaciones no funcionaron, pero no fue por el trabajo. Fue porque no nos comprometimos lo suficiente con ellas.

Lo miré, fingiendo desconfianza.

—¿Estás suficientemente comprometido con ésta?

—Prefiero no contestar a esa pregunta, pero sólo para no ahuyentarte con la respuesta.

Sacudí la cabeza y sonreí.

Thomas me acarició el cabello.

—Me gusta este *look* en ti.

Alcé los ojos hacia arriba.

—Cállate.

—Te hablo muy en serio. Nunca te he visto tan hermosa, y eso es decir mucho. La primera vez que te vi… me refiero a la primera vez que te miré desde mi banco del bar y vi tu cara, entré en pánico, preguntándome cómo diablos iba a llamar tu atención, y después preocupándome por cómo la iba a retener una vez que la consiguiera.

—Conseguiste mi atención el día siguiente en el trabajo.

Thomas pareció avergonzarse.

—No me sorprendo muy seguido. Probablemente estuve más imbécil de lo normal, tratando de que nadie lo notara, y después cuando me di cuenta de que te había puesto en peligro...

Toqué sus labios con mi dedo y entonces me di cuenta de que podía besarlo si quería. De inmediato aproveché la oportunidad. Eran suaves y cálidos, y me costó separarme, pero incluso cuando lo intenté, Thomas colocó sus manos en mi mejilla, reteniéndome mientras me acariciaba la lengua con la suya.

Dios mío, era perfecto. Me reté en silencio por haber esperado tanto tiempo para permitirme disfrutarlo.

Cuando finalmente me soltó, apenas se apartó unos centímetros, rozando mis labios con los suyos.

—Siempre fui una persona mañanera, pero no se me ocurre cómo voy a hacer para salir hoy de esta cama contigo aquí.

—¡Tommy! —gritó Jimmy desde la planta baja—. Mueve ese trasero y ven a preparar los omelettes de tu madre.

Thomas pestañeó un par de veces.

—Creo que acaba de ocurrírseme cómo.

Me puse una camiseta sin mangas suelta y una maxifalda. Thomas se vistió enseguida con una camiseta blanca de cuello en V y un par de shorts cargo color caqui.

Se frotó las manos.

—Santo cielo, hace frío —dijo, poniéndose su chaqueta sport—. Pero no quiero morirme de calor cuando bajemos del avión en Charlotte Amalie.

—Yo pensé lo mismo —dije, poniéndome el suéter.

—Tal vez tenga... —Abrió el armario y sacó algo de un gancho y me lo lanzó.

Levanté la sudadera con capucha gris con letras color azul que decían ESU WILDCAT. Era un talle médium de varón.

—¿Cuándo usaste esto? ¿A los tres años?

—En primer año de la universidad.

Me saqué el suéter y me puse la sudadera, sintiéndome extremadamente tonta por lo emocionada que estaba.

Empacamos las pocas cosas que habíamos sacado de nuestras maletas y después Thomas llevó nuestro equipaje abajo, mientras yo me desenredaba la maraña que el sexo había dejado en mis cabellos. Hice la cama y junté la ropa sucia, pero antes de bajar me quedé mirando unos segundos la habitación por última vez. Éste era el lugar del comienzo de lo que vendría, fuera lo que fuera.

Bajé la escalera y no pude evitar sonreír al ver a Thomas enfrente de la cocina y a su padre parado al lado, sujetando la sal y la pimienta.

Jim se encogió de hombros.

—Nadie salvo Tommy sabe hacer omelettes como Diane, así que cuando puedo me doy el gusto.

—Voy a tener que probar un día —dije, sonriendo aún más cuando Thomas se dio vuelta para guiñarme un ojo—. ¿Dónde está el lavadero?

Jim puso las especies sobre la plancha y vino hasta donde yo estaba con los brazos abiertos.

—Permíteme.

Me sentí rara entregándole las toallas, sobre todo porque había sido lo último que Thomas y yo llevábamos puesto antes de tener el mejor sexo de mi vida, pero no quise discutir ni explicar, así que se las entregué.

Fui hasta donde estaba Thomas y pasé los brazos por su cintura.

—Si hubiese sabido que sabías cocinar, me habría quedado más tiempo arriba.

—Todos sabemos cocinar. Mamá me enseñó. Yo les enseñé a los muchachos.

La manteca que estaba en la sartén saltó y me salpicó en la mano. La saqué de inmediato hacia atrás y después la sacudí.

—¡Ay!

Thomas dejó la espátula sobre la plancha. Me tomó la mano con las suyas y la examinó.

—¿Estás bien? —preguntó.

Asentí.

Llevó mi mano hacia sus labios y me besó tiernamente los cuatro nudillos. Lo observé asombrada de lo diferente que era aquí respecto del hombre que era en su oficina. Nadie lo creería si lo vieran ahí parado en la cocina de su padre, cocinando y besándome la quemadura de la mano.

—Tú también eres uno de los muchachos —dije, cuando se dio vuelta para cuidar el omelette.

—Es lo que traté de decirle durante años —dijo Jim, al regresar del vestíbulo—. Deberías haberlo visto cuando vestía a Trenton para su primer día de jardín de infantes. Hasta se aseguró de hacer el mismo escándalo que su madre.

—Lo bañé la noche anterior y se despertó todo sucio —dijo Thomas con el entrecejo fruncido—. Tuve que lavarle la cara cuatro veces antes de subirlo al ómnibus.

—Siempre te ocupaste de ellos. No creas que no me daba cuenta —dijo Jim, con un ligero tono de disculpa.

—Ya sé, pa —dijo Thomas, incómodo con la conversación.

Jim cruzó los brazos sobre su protuberante estómago, señaló una vez a Thomas y después se llevó un dedo a la boca.

—¿Recuerdas el primer día de Trav? Todos ustedes le dieron una paliza a Johnny Bankonich por hacer llorar a Shepley.

Thomas soltó una carcajada.

—Sí, me acuerdo. Demasiados chicos se ligaron una paliza por alguno de los hermanos Maddox.

Jim sonrió orgulloso.

—Porque ustedes se protegían entre sí.

—De eso no hay duda —dijo Thomas, mientras doblaba el omelette en la sartén.

—No había nada que no pudieran resolver juntos —dijo Jim—. Si ustedes le pegaban a alguno de los hermanos, después se la daban a cualquiera que se riera de que uno de sus hermanos la hubiese ligado. No hay nada que pueda cambiar lo que cada uno significa para los otros. Nunca olvides eso, hijo.

Thomas se quedó mirando a su padre un largo rato y después se despejó la garganta.

—Gracias, pa.

—Ahí tienes una bonita muchacha y creo que es más lista que tú. Tampoco olvides eso.

Thomas puso el omelette de Jim en el plato y se lo entregó.

Jim le dio unas palmadas en el hombro y se llevó el plato al comedor.

—¿Quieres uno? —me preguntó.

—Creo que voy a desayunar en el aeropuerto —dije.

Thomas sonrió con ironía.

—¿Estás segura? Hago unos omelettes espectaculares. ¿No te gustan los huevos?

—Sí, pero es demasiado temprano para comer.

—Bueno. Eso significa que te prepararé uno de éstos algún día. Camille odiaba los huevos… —Se interrumpió de golpe, lamentando al instante lo que acababa de decir—. No sé por qué diablos dije eso.

—¿Porque estabas pensando en ella?

—Me vino de golpe a la cabeza. —Miró alrededor—. Estar aquí me provoca cosas muy extrañas. Siento como si fuera dos personas. ¿Tú te sientes diferente cuando estás en la casa de tus padres?

Sacudí la cabeza.

—Soy la misma dondequiera que vaya.

Thomas se quedó pensando en eso y luego asintió, bajando la vista.

—Tal vez deberíamos ir yendo. Voy a ver en qué anda Taylor.

Me dio un beso en la mejilla y después se fue por el hall. Yo entré en el living y me senté al lado de Jim. Las paredes estaban decoradas con fichas de póker junto con fotos de perros y de gente jugando al póker.

Jim estaba disfrutando su omelette en silencio con una mirada melancólica en los ojos.

—Es curioso cómo la comida puede recordarte a tu esposa. Era una cocinera muy buena. Excelente. Cuando Thomas me prepara uno de sus omelettes, es casi como si ella todavía estuviera aquí.

—Debe extrañarla mucho, en especial en días como éste. ¿A qué hora parte su vuelo?

—Salgo más tarde. Voy a ir con Trent y Cami, Tyler también viene. Vamos en el mismo vuelo.

Cami. Me pregunté por qué Thomas no la llamaba así.

—Es mejor cuando todos podemos ir juntos al aeropuerto.

Thomas y Taylor estaban parados en la puerta de entrada de la casa.

—¿Vienes, bebé? —me llamó Thomas.

Me paré.

—Nos vemos a la noche, Jim.

Me guiñó un ojo y salí rápido para la puerta. Thomas la mantuvo abierta para Taylor y para mí, y después fuimos hasta el auto de Travis.

Faltaban dos horas para el amanecer y toda la ciudad de Eakins parecía estar todavía sumida en el sueño. Los únicos sonidos eran los de nuestros zapatos pisando el rocío helado sobre el pasto.

Metí las manos en el bolsillo del frente de la sudadera, temblando de frío.

—Disculpen —dijo Taylor, apretando el control remoto para abrir las puertas y luego de nuevo para que saltara la puerta del baúl.

Thomas abrió la puerta de atrás para que yo entrara y después llevó las maletas al baúl.

—Debería haber calentado el auto —dijo Taylor, de pie al lado de su puerta abierta.

—Sí, habría sido agradable —dijo Thomas, cargando nuestras maletas y luego las de Taylor.

—No pude dormir anoche. Estoy loco pensando que Falyn tal vez no aparezca.

Taylor se sentó al volante y después esperó a que Thomas subiera. Arrancó el auto, pero encendió las luces hasta salir marcha atrás de la entrada de autos para no encandilar a su padre. Su gesto inconscientemente dulce me provocó una sonrisa.

Las luces del tablero hacían que las caras de Thomas y Taylor brillaran con un tenue resplandor verde.

—Va a ir —dijo Thomas.

—Me parece que le voy a contar de la chica del bar —dijo Taylor—. Me ha estado carcomiendo la conciencia.

—Mala idea —dijo Thomas.

—¿No crees que debería decirle? —pregunté.

—No si no quiere perderla.

—Yo no la engañé —dijo Taylor—. Ella me había dejado.

Thomas lo miró, impaciente.

—A ella no le importa que hubiese roto contigo. Se suponía que tú debías quedarte sentado en casa, imaginando maneras de recuperarla.

Taylor sacudió la cabeza.

—Es lo que estaba haciendo y después empecé a sentir que me estaba volviendo loco, así que compré un billete de avión para San Diego.

Thomas sacudió la cabeza.

—¿Cuándo van a aprender, cabezas huecas, que no pueden ir y acostarse con cualquiera cada vez que alguien los rechaza? No les va a hacer sentirse mejor. Nada les va a hacer sentirse mejor, salvo el tiempo.

—¿Fue eso lo que te hizo sentir mejor? —preguntó Taylor.

Suspiré porque me faltaba el aliento.

Thomas estiró el cuello y se dio vuelta para mirarme.

—Tal vez ahora no sea el mejor momento, Taylor.

—Lo siento. Sólo quería... necesitaba saber —en caso de que no aparezca—. No puedo volver a sentir eso, hombre. Es la muerte. ¿Liis, sabes cómo hacer para olvidar a alguien?

—Yo, eh... Primero alguien tendría que romperme el corazón.

—¿De veras? —preguntó Taylor, mirándome por el espejo retrovisor.

Asentí.

—No salía mucho con chicos en la secundaria, pero no hace falta. Se pueden analizar comportamientos y observar las señales que marcan que una relación está terminada. No es tan difícil calcular el riesgo.

—Guau —dijo Taylor a Thomas—. Con ésta estás hasta las manos.

—Liis todavía tiene que aprender que no se trata de matemáticas —dijo Thomas con una sonrisa—. El amor no se trata de predicciones o señales de comportamientos. Simplemente ocurre y uno no puede controlarlo.

Fruncí el entrecejo. En las últimas tres semanas había vislumbrado lo que Thomas acababa de describir, y se estaba volviendo evidente que era algo a lo que iba a tener que acostumbrarme.

—Así que sólo saliste con chicos que no te hacían sentir gran cosa —dijo Taylor.

—Definitivamente ninguno con el que estuviera... realmente comprometida.

—¿Te sientes comprometida ahora? —preguntó Taylor.

Incluso desde al asiento de atrás pude ver la sonrisa en el rostro de Thomas.

—¿Vas a dejar que tu hermanito haga el trabajo sucio por ti? —pregunté.

—Sólo responde a su pregunta —dijo Thomas.

—Me siento comprometida —dije.

Taylor y Thomas intercambiaron rápidas miradas.

Después, Thomas se volvió hacia mí.

—Si te hace sentir mejor, he revisado los números y no te voy a romper el corazón.

—Oh —dijo Taylor—, juegos previos intelectuales. No sé de qué diablos están hablando, pero me estoy sintiendo un poco incómodo en este momento.

Thomas le dio un fuerte golpe en la nuca.

—¡Hey! ¡Nada de agresiones al conductor en este viaje! —dijo Taylor, frotándose la nuca para aliviar la picazón del golpe.

El avión despegó justo después del amanecer. El vuelo fue maravilloso. A la mañana, podíamos ver la nube de nuestro aliento al exhalar, y el solo hecho de estar afuera hacía doler hasta los huesos. Por la tarde, nos estábamos sacando capas de ropa y poniendo protector solar para protegernos la cara del brillante sol caribeño.

Thomas abrió la puerta corrediza y salió al balcón de nuestra habitación del segundo piso del Ritz-Carlton, donde Travis y Abby iban a casarse… de nuevo.

Seguí a Thomas, apoyando las manos sobre la baranda y recorriendo con los ojos la vista que se extendía debajo de nosotros. Las instalaciones estaban meticulosamente cuidadas y había muchísimos colores y sonidos. Los pájaros cantaban, llamándose unos a otros, pero no los podía ver. La humedad del aire hacía que fuera un esfuerzo inhalar, pero me encantaba.

—Es hermoso —dije—. Mira a través de los árboles, se puede ver el mar. No dudaría un segundo en vivir aquí si el FBI tuviese una oficina.

—Siempre está la posibilidad de venir a vivir aquí cuando nos retiremos —dijo Thomas.

Lo miré.

Retrajo el rostro.

—¿Demasiado sincero?

—¿Eso es lo que fue?

Se encogió de hombros.

—Sólo pensaba en voz alta. —Se inclinó para darme un besito en la mejilla y luego regresó a la habitación—. Me voy a meter en la ducha. La boda es en una hora y media.

Me di vuelta para contemplar de nuevo la vista, respirando el denso aire salado de mar. Acababa de aceptar que probaría tener una relación con él, y él ya hablaba de cómo pasaríamos el resto de nuestras vidas.

Volví a la habitación, pero él ya estaba en la ducha. Golpeé a la puerta y entré.

—No lo digas —dijo Thomas, mientras se fregaba el cabello.

—¿Decir qué?

—Lo que estás por decir. Estás hiperanalizando todo.

Fruncí el entrecejo.

—Eso es parte de cómo soy. Por eso soy buena en mi trabajo.

—Y lo acepto. Lo que no aceptaré es que lo utilices para alejarme. Sé lo que estás haciendo.

Al instante sentí que me golpeaba una ola de enojo, humillación y devastación.

—Y yo acepto que tengas el don de ver a la gente como realmente es, pero no cuando señalas en mi dirección y eludes usar ese talento en ti mismo.

No respondió.

—¿Thomas?

—Ya pasamos por esto.

—Lo que dijo esta mañana Taylor, sobre olvidar a alguien...

—No, Liis.

—Ni siquiera sabes qué es lo que voy a preguntar.

—Sí, lo sé. Quieres saber si estoy usándote para olvidar a Camille. La respuesta es no.

—¿Entonces cómo hiciste para olvidarla? No la habías olvidado antes.

Se quedó en silencio unos segundos, dejando que el agua cayera por su cabeza, formando una cascada sobre su cara.

—No se puede dejar de amar a alguien así como así. No sé cómo explicártelo si nunca has estado enamorada.

—¿Quién te dijo que nunca he estado enamorada?

—Tú... cuando dijiste que nunca te habían partido el corazón.

—Muchas personas en este mundo han estado enamoradas y no les han partido el corazón.

—Pero tú no eres una de ellas.

Pestañeé, sorprendida.

—¿La has olvidado?

Thomas vaciló.

—Es difícil de explicar.

—Es una pregunta por sí o por no.

Se secó la cara y abrió la puerta.

—Bebé, por enésima vez... no quiero estar con ella. Yo te quiero a ti.

—¿Estarías todavía con ella si Trenton no hubiese aparecido?

Exhaló un suspiro de frustración.

—Es probable. No sé. Depende de si ella se hubiera mudado a California como habíamos hablado.

—¿Hablaron de ir a vivir juntos?

Suspiró.

—Sí. Evidentemente necesitamos hablar más de esto hasta que tengas las cosas bien en claro y te sientas mejor respecto de ciertas cuestiones, pero justo ahora tenemos que prepararnos para la ceremonia. ¿De acuerdo?

—De acuerdo. Pero… Thomas.

—¿Sí?

—Nunca voy a estar bien con cosas no resueltas.

Me miró con ojos tristes.

—No hagas eso. Disculpa si hablé de retirarnos aquí. Es demasiado temprano. Te asusté. Lo entiendo.

—No es eso lo que estoy haciendo. Esta conversación no es nueva.

—Lo sé.

Lo miré con ojos fulminantes.

—Liis… —Apretó los labios, evitando decir lo que fuera que estaba por decir. Tras unos segundos, volvió a hablar—. Lo vamos a solucionar, ya verás. Tú sólo quédate conmigo.

Asentí, y después me lanzó una pequeña sonrisa antes de cerrar la puerta de la ducha.

—¿Thomas? —dije.

Volvió a abrir la puerta, su cara estaba ensombrecida por la irritación.

—Lo único que me importa… es no lastimarte.

Sus ojos se ablandaron y en su expresión se adivinaba un dejo de dolor.

—Lo que no quieres es que te lastimen.

—¿Y quién quiere?

—Tienes que ver qué pesa más, si la alegría o el riesgo.

Asentí y después dejé que terminara de ducharse. El follaje de los árboles y el mar podían verse incluso desde la mitad de la pieza, y traté de olvidar mis preocupaciones presentes, nuestro futuro y todo lo que se interponía en el medio.

Me tiré en la cama, rebotando dos veces. Era muy inquietante estar con alguien que tenía un escudo contra las excusas y las idioteces. Thomas me había hecho saber que estaba poniendo excusas para salir corriendo antes de que yo mismo me hubiese dado cuenta de lo que estaba haciendo.

Alguien llamó a la puerta. Miré alrededor desconcertada, dudando de que siquiera le hubiésemos dado el número de nuestra habitación a alguien. Fui sigilosamente hasta la puerta y miré por la mirilla. La sangre se me congeló y me hirvió al mismo tiempo en las venas.

Oh, santo Dios.

Capítulo 19

No sabía qué otra cosa hacer, así que saqué la cadenita y después abrí la puerta con una sonrisa.

—Hola.

Camille vaciló unos segundos. Su vestido de fiesta azul marino sin tirantes tenía unos brillitos apenas visibles en el hilado. Con el más mínimo cambio de posición, la tela reflejaba la luz, resaltando cada uno de sus movimientos. Me imaginé que tenía que atenerse a vestidos muy simples para no desentonar con el álbum para colorear que tenía tatuado en sus brazos.

—Todos... eh... se están preparando en la habitación de Shepley y America. También están sacando fotos.

—De acuerdo —dije, mientras volvía a cerrar la puerta—. Se lo diré.

Camille sujetó con una mano la puerta, impidiendo que la cerrara. Le lancé una mirada, y de inmediato llevó la mano hacia atrás, como para protegerla. Con los brazos e incluso los nudillos tatuados y sabiendo que trabajaba en un bar, no tenía la impresión de que una mala mirada fuera a tener ningún efecto sobre ella. Me llevaba una cabeza, así que el hecho de que pareciera intimidada no tenía mucho sentido.

—Mierda, lo siento —dijo—. Yo sólo...

Ella sabe *algo*.

—¿Viniste a verlo? —pregunté.

—¡No! Quiero decir... sí, pero no es eso. —Sacudió la cabeza, y las puntas de su cabello cortado con navaja temblaron como si también estuviesen nerviosas.

—¿Está?

—Se está duchando.

—Oh —se mordió el labio, y enseguida miró hacia todos lados salvo a mí.

—¿Quieres volver más tarde?

—Estoy... en el otro edificio, del otro lado de la propiedad.

La miré unos segundos, desconfiada. De mala gana, le hice la última invitación que habría querido hacerle.

—¿Quieres pasar?

Ella sonrió, avergonzada.

—Si no hay problema. No querría molestar.

Abrí bien ancho la puerta y ella entró. Se sentó en el mismo lugar de la cama en el que había estado sentada yo antes de que llamara a la puerta, y en mi pecho ardieron todos los fuegos del infierno. Odiaba que pudiera meterse en mi piel sin siquiera intentarlo.

La ducha se cerró y casi de inmediato se abrió la puerta del baño. Una ráfaga de vapor precedió a Thomas, que sólo estaba cubierto con una toalla que sujetaba sin mucha firmeza en su cintura.

—Cariño, ¿has visto mi... —vio primero a Camille y luego sus ojos me buscaron— afeitadora?

Asentí. El impacto y la incomodidad de su cara al ver a Camille me dieron un poco de satisfacción, así como el hecho de que ella oyera que me dirigía una palabra de afecto. Al instante me sentí tonta por ser tan infantil.

—La pusiste en el bolsillo de tu maleta esta mañana. —Caminé unos pasos hasta su maleta y busqué en su interior.

—¿Podrías alcanzarme una camiseta y unos shorts también? —preguntó.

Cerró la puerta y una vez que ubiqué las cosas, se las llevé al baño.

Thomas tomó la camiseta, los shorts y la afeitadora, y luego se inclinó hacia mí.

—¿Qué está haciendo aquí? —dijo en un susurro.

Me encogí de hombros en dirección hacia donde ella estaba sentada.

—¿No dijo nada?

—Dijo que todos estaban preparándose en la habitación de Shepley y que se estaban sacando fotos.

—De acuerdo… ¿Pero por qué está aquí? —La mirada de desagrado me hizo sentir aún más segura.

—No dijo. Sólo sé que quería pasar.

Thomas asintió una vez y después se inclinó para besarme en la mejilla.

—Dile que salgo en un minuto.

Me di vuelta y puse la mano en el picaporte, pero entonces Thomas me hizo girar, tomó mis mejillas y juntó sus labios con los míos.

Cuando me soltó, me faltaba el aliento y estaba desorientada.

—¿Qué fue eso? —pregunté.

Resopló.

—No sé qué va a decir, sólo quiero que no estés molesta.

—¿Por qué no se van afuera? —le ofrecí.

Thomas sacudió la cabeza.

—Ella sabía que compartíamos una habitación, si quiere decirme algo, puede hacerlo delante de ti.

—Sólo deja… de estar nervioso. Cualquiera diría que estás aterrado.

Dejó caer la toalla y se puso la camiseta.

Volví a la habitación.

—Va a salir en un minuto.

Camille asintió.

Me senté en la silla que estaba en el rincón y tomé el material de lectura más a mano que tenía.

—Es una habitación muy linda —dijo Camille.

Eché un vistazo alrededor.

—Sí, lo es.

—¿Les dijeron que hicieron mandar los esmóquines? El suyo debería estar en el armario.

—Se lo diré.

Cuando Thomas salió del baño, Camille se paró de inmediato.

—Hola —dijo él.

Ella sonrió.

—Hey. Todos… están en la habitación de Shep.

—Eso oí —se limitó a responder.

—Y tu esmoquin está en el armario.

—Gracias.

—Tenía… la esperanza de que pudiéramos hablar un minuto —dijo.

—¿De qué? —preguntó.

—De anoche… y de otras cosas. —Se la veía tan aterrada como había estado él.

—Hablamos de eso anoche. ¿Tienes algo más que decir? —preguntó Thomas.

—¿Podemos… —hizo un gesto hacia el hall.

—Me parece mejor, por respeto a Liis, que nos quedemos aquí.

Camille me miró, suspiró, y después asintió, mordisqueando su esmalte de uñas negro metálico.

—Se te ve muy feliz —dijo bajando los ojos—. Tus hermanos te quieren ver más seguido en Eakins, T. J. —Como Thomas no respondía, Camille alzó la vista hacia él—. No quiero que las cosas resulten incómodas. No quiero que tú te alejes. De modo que esperaba… ya que se te ve tan feliz ahora… que consideraras la posibilidad de venir a visitarlos más a menudo. Abby, Liis, Falyn y yo tenemos que ser un frente unido. —Rio con nerviosismo—. Ustedes los Maddox son un grupo muy compacto y nada fácil de manejar... y quiero que me vaya bien en mi matrimonio.

—De acuerdo —dijo Thomas.

El rostro de Camille se ruborizó por completo y yo me maldije en silencio por la empatía que sentí con ella en ese instante.

—Estás distinto, T. J. Todos lo notan.

Thomas empezó a hablar, pero ella lo interrumpió.

—No, me alegro. A todos nos alegra. Eres el hombre que estabas destinado a ser, y no creo que hubieses llegado a serlo si hubieses continuado conmigo.

—¿A dónde quieres llegar, Camille? —preguntó Thomas.

Camille se interrumpió bruscamente.

—Sé que Liis no trabaja en la universidad. —Alzó una mano en mi dirección cuando yo me quedé con la boca abierta—. Está bien. No será el primer secreto que guarde. —Caminó hasta la puerta y giró el picaporte—. Estoy realmente muy feliz por los dos. Son exactamente lo que el otro necesitaba. Yo… oí sin querer su discusión en la fiesta de anoche y pensé que sería mejor si al menos teníamos una charla. Tenemos que olvidar el pasado, T. J., todos nosotros lo necesitamos como una familia que somos y Liis es una parte importante de ella.

Thomas estaba parado al lado mío sonriendo.

—Gracias por pasar. Haremos lo posible por venir de visita más seguido, en la medida en que nuestros trabajos nos lo permitan.

Miré a Thomas.

—De acuerdo. Los veo en la ceremonia —dijo antes de salir y cerrar la puerta.

—¿Va a hablar? —pregunté aterrada.

—No. Confío en ella.

Me senté y me cubrí la cara, con los ojos ardiendo por las lágrimas.

—¿Qué? —preguntó Thomas, arrodillándose enfrente de mí y tocándome las rodillas—. Háblame, Liis. —Se detuvo, cuando vio que mis hombros temblaban—. ¿Estás… llorando? Pero tú no lloras. ¿Por qué estás llorando? —habló con palabras entrecortadas, nervioso de verme en ese estado.

Lo miré con los ojos llenos de lágrimas.

—Soy un fiasco como agente encubierta. Si no puedo interpretar el papel de tu novia, cuando *soy* tu novia, soy un fracaso total.

Thomas rio y me tocó la mejilla.

—Por Dios, Liis. Pensé que ibas a decir algo totalmente distinto. Nunca estuve tan asustado en mi vida.

Me limpié la nariz.

—¿Qué pensaste que iba a decir?

Sacudió la cabeza.

—No importa. La única razón por la que Camille sabe que eres un agente es porque sabe que yo también lo soy.

—Anthony también se dio cuenta.

—Anthony les sirve a agentes todas las noches de la semana. La gente de San Diego llama a ese barrio el Nido del Águila por la concentración de agentes federales que hay. —Usó sus pulgares para secar las lágrimas de mi mejilla, y después acercó sus labios a los míos—. No eres un fracaso. Nunca me enamoraría locamente de una fracasada.

Parpadeé un par de veces.

—¿Estás locamente enamorado de mí?

—Loco de remate. Perdidamente enamorado.

Reí por lo bajo y el verde en sus ojos miel se iluminó con un brillo especial.

Me tocó el labio inferior con su pulgar.

—Desearía no tener que irme. Me encantaría quedarme tirado en una hamaca contigo en la playa.

Camille tenía razón. Estaba cambiado, incluso en comparación con el hombre que había conocido en el bar. La oscuridad de sus ojos había desaparecido por completo.

—¿Después de la recepción?

Thomas asintió y luego se despidió con un beso en el que sus labios no podían despegarse de mi boca.

—Trato hecho —susurró—. No te veré hasta la boda, pero papá te va a guardar un lugar en la primera fila. Te sentarás con Camille, Falyn y Ellie.

—¿Ellie?

—Ellison Edson. La amiga de Tyler. Hace mil años que la persigue.

—¿Mil años? Debería haberte hecho perseguirme un poco más. Creo que te la hice muy fácil.

Los ojos de Thomas se llenaron de malicia.

—Los federales no persiguen. Cazan.

Sonreí.

—Será mejor que vayas.

Se paró y fue hasta el otro lado de la habitación. Después de poner un par de medias en un par de zapatos negros de vestir impecablemente lustrosos, tomó el esmoquin que colgaba en una bolsa de plástico en el armario y se colgó la percha al hombro.

—Te veo en un rato.

—¿Thomas?

Se quedó parado con la mano en la puerta y la cabeza vuelta hacia mí, mientras esperaba atento a mis palabras.

—¿No sientes que estamos yendo a doscientos kilómetros por hora?

Se encogió de hombros, haciendo que las cosas que sujetaba en la mano también subieran junto con el gesto.

—No me importa. Trato de no pensar mucho en eso. Tú lo haces por los dos.

—Mi cabeza me dice que deberíamos apretar los frenos. Pero en realidad no quiero.

—Genial —dijo—. No creo que hubiese podido estar de acuerdo con eso. —Sonrió—. He hecho muchas cosas mal en mi vida, Liis. Pero estar contigo no es una de ellas.

—Te veo en una hora —dije.

Giró el picaporte y cerró la puerta al salir. Me apoyé contra el respaldo de la silla, inhalando bien hondo y negándome esta vez a hiperanalizar la situación. Éramos felices, y él tenía razón. No importaba por qué.

Travis tomó a Abby en sus brazos y tiró su cuerpo un poco hacia atrás mientras la besaba. Todos aplaudimos y Thomas me miró y guiñó un ojo.

El velo de Abby flameaba con la brisa caribeña, y yo alcé mi celular para sacar una foto. Camille, a uno de mis lados, y Falyn del otro, hacían lo mismo.

Cuando Travis finalmente enderezó a Abby, los hermanos Maddox y Shepley vitorearon a los gritos. America estaba parada al lado de Abby, sujetando el *bouquet* de la novia en una mano y secándose las lágrimas con la otra. Señalaba y se reía de la madre, que también se secaba las lágrimas.

—Les presento al señor y la señora Travis Maddox —dijo el pastor, esforzando la voz por encima de la brisa, las olas y los gritos del festejo.

Travis ayudó a Abby a bajar los escalones del gazebo, y caminaron por el pasillo hasta desaparecer detrás de una pared de árboles y arbustos.

—El señor y la señora Maddox les piden que los esperen en el restaurante Sails para la cena y la recepción. Hablo por ellos cuando les doy las gracias por estar presentes en este día tan especial.

Todos se pusieron de pie y juntaron sus cosas.

Thomas vino hasta donde yo estaba con una amplia sonrisa en los labios, al parecer aliviado de que la ceremonia ya hubiese terminado.

—¡Digan *cheese*! —dijo Falyn, alzando su celular.

Thomas me tomó en sus brazos y me dio un beso en la mejilla. Yo sonreí.

Falyn sonrió también mientras nos mostraba la foto.

—Perfecta.

Thomas me apretó en sus brazos.

—Ella lo es.

—Oh, genial —dijo Falyn.

Taylor le dio un golpecito en el hombro y ella se dio vuelta y lo abrazó.

Una tensión palpable inundó la atmósfera que nos rodeaba cuando Trenton tomó a Camille en sus brazos y la besó.

Jim aplaudió y se frotó las manos.

—Tomen a sus chicas, muchachos. Me muero de hambre. Vayamos a comer.

Thomas y yo nos tomamos de la mano y seguimos a Jim, que iba acompañado por Camille y Trenton. Taylor y Falyn, y Tyler y Ellison venían no muy lejos detrás.

—Taylor parece aliviado —le susurré al oído.

Thomas asintió.

—Pensé que se iba a desmayar cuando ella le mandó un mensaje de texto diciendo que su avión acababa de aterrizar. Creo que hasta ese momento creía que no vendría.

Caminamos hasta el restaurante al aire libre. Un gran toldo de lonas blancas protegía las mesas del resplandor del sol poniente. Thomas me llevó hasta una mesa donde estaban sentados Shepley y America junto con quienes yo reconocí como Jack y Deana, gracias a mis investigaciones anteriores al viaje. Apenas nos habíamos acomodado y el mozo se acercó para tomar el pedido de las bebidas.

—Me alegra tanto verte, corazón —dijo Deana, moviendo sus largas pestañas en un grácil parpadeo por encima de sus ojos verde miel.

—A mí también me da mucho gusto verte, tía Deana —dijo Thomas—. ¿Conoces a Liis?

Sacudió la cabeza y estiró la mano para saludarme.

—No tuvimos la oportunidad de conocernos antes de la ceremonia. Tu vestido es absolutamente fantástico. Ese violeta es tan vívido. Estás prácticamente resplandeciente. Te sienta perfecto con tu piel y tu cabello.

—Gracias —dije, dándole la mano.

Ella y Jack se volvieron hacia el mozo para ordenar sus bebidas.

Me acerqué al oído de Thomas.

—Se parece tanto a tu madre… Si no hubiese leído nada antes, me habría sentido muy confundida. Tú y Shepley podrían ser hermanos.

—Siempre descoloca a la gente lo parecido que somos —dijo—. Y a decir verdad, ella tiene razón. Estás fabulosa. No tuve oportunidad de decírtelo, pero cuando apareciste, tuve que obligarme a no salir del gazebo.

—Sólo es un vestido largo púrpura.

—No es el vestido.

—Oh —dije, curvando hacia arriba los labios.

Abby y Travis hicieron su entrada y el maestro de ceremonias anunció su llegada por los parlantes. Después se oyó una balada de rock, y Travis sacó a Abby a bailar.

—Son tan dulces —dijo Deana, y el labio inferior le temblaba de la emoción—. Cómo me gustaría que estuviera Diane para verlos.

—A todos nos gustaría —dijo Jack, pasando el brazo por el hombro de su esposa y apretándola fuerte contra su cuerpo.

Miré hacia donde estaba sentado Jim. Charlaba con Trenton y Camille. Cuando vio a Travis y Abby bailando, la misma sonrisa sentimental iluminó su rostro. Supe que también estaba pensando en Diane.

El sol se apagaba en el mar mientras los no tan recién casados bailaban su canción. Cuando terminaron, todos aplaudimos, y sirvieron el primer plato.

Comimos y reímos, mientras los hermanos se gastaban bromas unos a otros y contaban historias desde sus mesas.

Después del postre, Shepley se paró y golpeó su copa con un tenedor.

—He tenido un año para escribir el discurso y recién lo escribí anoche.

Una ola de risas recorrió el patio.

—Como padrino de la boda y mejor amigo del novio, es mi deber honrar y avergonzar a Travis. Empezando con una historia de nuestra infancia: hubo una época en que ponía mi burrito de frijoles sobre el banco de la escuela, y Travis elegía ese momento para ver si podía saltar sobre su lomo y sentarse a mi lado.

America se desternillaba de risa.

—Travis no es sólo mi primo, también es mi mejor amigo y mi hermano. Estoy convencido de que sin su guía mientras crecíamos, habría sido la mitad del hombre que soy hoy… con la mitad de los enemigos que tengo.

Todos los hermanos se cubrieron la boca con el puño y rieron a carcajadas.

—Ésta es una buena oportunidad para meditar sobre cómo conoció a Abby, y yo puedo hacerlo mejor que nadie porque estuve presente. Aunque tal vez no haya sido su más fanático partidario, Travis no me necesita. Desde el primer día, él supo que eran el uno para el otro. Su matrimonio ha reforzado lo que siempre creí y lo que siempre ha guiado mi vida: que acechar, hostigar y provocar a una mujer las mayores desagracias finalmente dan buenos resultados.

—Por todos los santos, Shepley Maddox —se quejó Deana.

—Pero yo no voy a usar este momento para nada de eso. Sólo alzaré mi copa para brindar por el señor y la señora Maddox. Desde el principio y a través de las buenas y las malas, y durante todo el último año, mientras todos les decían que estaban locos y que no funcionaría, ellos jamás dejaron de amarse. Ésa ha sido siempre la constante, y sé que siempre lo será. Por la novia y el novio.

—¡Por los novios! —gritó Jim, con su copa en alto.

Todos alzamos nuestras copas y brindamos por los novios, y después aplaudimos mientras Travis y Abby se besaban. Él la miró a los ojos con tanto cariño... Era un cariño familiar, la misma manera en que Thomas me miraba.

Me quedé un rato con el mentón apoyado en la palma de la mano, observando el cielo teñirse de colores rosa púrpura. Las luces que colgaban el techo de lonas blancas se agitaban con la suave brisa de mar.

Después del discurso de America, empezó la música. Al principio, nadie bailaba, pero a la tercera ronda de bebidas casi todos estaban en la pista de baile. Los hermanos, incluyendo a Thomas, parodiaban a Travis con sus típicos movimientos de baile y yo me reía tanto que me corrían lágrimas por las mejillas.

Abby vino hasta donde yo estaba y se sentó a mi lado, observando a los muchachos desde su nuevo asiento.

—Guau —dijo—. Me parece que están tratando de ahuyentar a Camille.

—No creo que eso sea posible —dije, secándome las lágrimas.

Abby me observó hasta que la miré.

—Va a ser muy pronto mi cuñada, me dijeron.

—Sí. La proposición fue muy divertida.

Tiró la cabeza hacia un costado y chasqueó la lengua.

—Como todo lo que hace Trenton. ¿Así que estuviste ahí?

—Sí. —Deseaba que Thomas no me hubiese dicho lo lista que era. Sus ojos calculadores hacían que quisiera hundirme en la silla.

—¿Durante toda la fiesta?

—Casi toda. Travis fue el primero en irse.

—¿Hubo *strippers*?

Suspiré aliviada.

—Sólo Trenton.

—Santo cielo —dijo, sacudiendo la cabeza.

Tras unos segundos de un incómodo silencio, dije:

—Fue una ceremonia hermosa. Felicitaciones.

—Gracias a ti, Liis. Así te llamas, ¿no?

Asentí.

—Liis Lindy. Un gusto conocerte finalmente. Oí hablar mucho de ti. ¿Un fenómeno del póker? Impresionante —dije sin un gramo de condescendencia en la voz.

—¿Qué más te dijo Thomas? —preguntó.

—Me contó del incendio.

Abby bajó los ojos y después miró a su esposo.

—Hoy hace exactamente un año. —Su mente quedó absorbida por pensamientos desagradables y después la forzó a volver rápidamente a la realidad—. Gracias a Dios, no estuvimos allí. Estábamos en Las Vegas. Casándonos, obviamente.

—¿Estaba Elvis?

Abby rio.

—¡Sí! Estaba. Nos casamos en la Capilla Graceland. Fue perfecto.

—Tienes familia allí, ¿verdad?

Los hombros de Abby se relajaron. Era fría como el hielo. Me preguntaba si incluso Val podría leerle los pensamientos.

—Mi padre. No nos hablamos.

—De modo que me imagino que no fue a la boda.

—No. No le dijimos a nadie.

—¿En serio? Pensé que Trenton y Cami sabían. Pero no puede ser, porque él estaba en la pelea esa noche, ¿cierto? Cielos, da miedo. Es una suerte que podamos verlo ahora haciéndose el payaso.

Abby asintió.

—Nosotros no estuvimos. La gente dice —rio para sus adentros— que huimos a Las Vegas a casarnos para dar a Travis una coartada. Qué ridículo, ¿no es cierto?

—Lo sé —dije, tratando de no parecer interesada—. Sería una locura. Y tú obviamente lo amas.

—Sí —dijo con convicción—. Dicen que no me casé con él por amor. Incluso si fuera verdad (y no lo es), eso es… bueno, es una verdadera estupidez. Si lo hubiese llevado a Las Vegas corriendo para casarnos y darle así una coartada, habría sido por amor, ¿no es cierto? ¿No habría sido ése el motivo? ¿No habría sido la demostración más total de amor por alguien? ¿Ir contra las propias reglas, porque amas tanto a esa persona?

Cuanto más hablaba, más furiosa se ponía.

—Absolutamente —dije.

—Si lo salvé, fue porque lo amaba. No hay ninguna otra razón para hacer eso por alguien, ¿o sí?

—No que yo sepa —dije.

—Pero yo no lo estaba salvando del incendio. Ni siquiera estuvimos ahí. Eso es lo que más odio me da.

—No, te entiendo completamente. No dejes que ellos te arruinen tu noche, olvídalos. Tú decides cómo son las cosas. Ésta no es su historia.

Me sonrió, moviéndose nerviosamente en la silla.

—Gracias. Me alegro de que hayas venido. Es lindo ver a Thomas feliz de nuevo. Es bueno incluso verlo. —Sonrió y suspiró, aliviada—. Prométeme que harán su boda aquí, así tendré una excusa para venir.

—¿Cómo?

—Todavía es reciente lo de Thomas y tú, ¿verdad? Y te trajo a una boda. Es raro que un Maddox haga algo así si no está locamente enamorado, y apuesto lo que sea a que lo está. —Se volvió para mirar la pista de baile, satisfecha—. Y yo no pierdo nunca una apuesta.

—No quería ser el único en venir solo.

—Tonterías. Ustedes no se pueden despegar. Están perdidamente enamorados. Me doy cuenta —dijo con una sonrisa maliciosa. Estaba tratando de ponerme incómoda y lo estaba disfrutando horrores.

—¿Ésa es tu versión de una iniciación? —pregunté.

Rio y se inclinó hacia adelante, pegando su hombro desnudo contra el mío

—Me descubriste.

—¿Qué hacen, perras? —dijo America, acercándose a nosotras, contorneándose—. Esto es una fiesta. ¡A bailar!

Jaló a Abby de la mano y luego a mí. Nos mezclamos con la multitud en la pista de baile. Thomas me tomó de la mano, me hizo girar y me atrajo hacia él hasta que mi espalda estuvo pegada contra su cuerpo, y luego envolvió los brazos por mi cintura.

Bailamos hasta que me dolieron los pies y entonces noté que Abby y America estaban despidiéndose de los padres de America. Después, Jack y Deana se fueron, y todos nos despedimos de Jim antes de que se fuera a su habitación.

Travis y Abby estaban ansiosos por estar solos, así que nos agradecieron a todos por haber ido y Travis se la llevó hacia la noche.

Dijimos buenas noches y luego Thomas me condujo por el caminito curvo y poco iluminado hasta que estuvimos en la playa.

—Hamaca —dijo, señalando una forma oscura a unos veinte metros del agua.

Me quité los zapatos y Thomas hizo lo mismo, y caminamos por la blanca arena. Thomas se sentó primero en la hamaca y luego yo. Se mecía mientras tratábamos de sentarnos en la hamaca sin caernos.

—Esto debería ser fácil para nosotros.

—Tal vez deberías…

La hamaca crujió. Nos aferramos uno del otro y nos quedamos paralizados, con los ojos bien abiertos. Después, largamos una carcajada.

Una vez que nos acomodamos, me cayó una gota de lluvia en la mejilla.

Cayeron unas gotas más y Thomas se secó los ojos.

—Tiene que ser una broma.

Luego empezaron a caer grandes gotas de lluvia, golpeando contra la arena y el agua.

—No me pienso mover —dijo, abrazándome fuerte.

—Entonces yo tampoco —dije, apretando mi mejilla contra su pecho—. ¿Por qué Camille y la *babysitter* de Toto te llaman T. J.?

—Era como me llamaban para que nadie supiera que estaban hablando de mí.

—Thomas James —dije—. Astutas. ¿La otra chica también es una ex?

Rio.

—No. Era la compañera de cuarto de Camille.

—Oh.

Thomas ancló su pie en la arena y después se impulsó, hamacándonos un poco.

—Esto es increíble. Definitivamente podría vivir aquí cuando me retire. Es tan… Ni siquiera puedo describirlo.

Me dio un beso en la sien.

—Se parece mucho a estar enamorado.

Las nubes de lluvia habían ocultado la luna, oscureciendo por completo el cielo. Todavía se oía el sonido distante de la música en Sails, a unos trescientos metros de distancia, y algunos huéspedes del hotel corrían para no mojarse. Podríamos haber estado perfectamente en una isla desierta, lejos de todo el mundo, en nuestra pequeña y tranquila playa.

—¿Exhausto? —pregunté.

—Tengo la mente en blanco —dijo.

Lo abracé e inhaló hondo por la nariz.

—Me odio por decir esto, pero tal vez deberíamos volver. Tenemos que levantarnos temprano.

Lo miré.

—Va a estar todo bien, sabes. Travis estará bien. Nos libraremos de Grove. Todo va a salir bien.

—Sólo quiero pensar en ti esta noche. Mañana va a ser un día difícil.

—Haré todo lo posible por captar tu atención. —Salí como pude de la hamaca y me paré. Lo ayudé a levantarse y le bajé el rostro para besarlo, succionándole el labio inferior a medida que me alejaba.

Gimió.

—No me cabe la menor duda. Has sido una distracción impecable.

Mi corazón se hundió.

—¿Qué? —preguntó, al ver el dolor en mis ojos.

—¿Por qué no lo admites de una buena vez? Dilo en voz alta. Me estás usando para dejar de pensar en ella. Eso no es un cierre.

Su rostro pareció derrumbarse.

—No es eso lo que quise decir.

—Esto no es enamorarse, Thomas. Lo dijiste con todas las letras. Sólo soy una distracción.

Por arriba de nosotros, un movimiento captó mi atención y Thomas también alzó la vista. Trenton estaba girando a Camille en el balcón de Sails y después la tomó en sus brazos. Ella lanzó un chillido de deleite, ambos rieron y después desaparecieron de nuestra vista.

Thomas bajó los ojos y se frotó la nuca. Frunció el entrecejo.

—Estar con ella fue un error. Trenton la amaba desde que eran pequeños, pero nunca pensé que lo de él era algo serio. Me equivoqué.

—¿Entonces por qué no la puedes soltar?

—Estoy tratando.

—Usarme a mí para hacerlo no cuenta.

Exhaló una carcajada.

—Me estoy quedando sin palabras para explicártelo.

—Entonces deja de hacerlo. Necesito una respuesta diferente y tú no la tienes.

—Actúas como si amar a alguien se pudiera cortar de golpe como apagar un interruptor de la luz. Hemos tenido esta conversación una docena de veces. Te quiero a *ti*. Estoy *contigo*.

—Mientras la extrañas a ella, deseando estar con ella. ¿Y quieres que cambie todo en lo que confío por eso?

Sacudió la cabeza como si no pudiera creer lo que pasaba.

—Ésta es una situación imposible. Pensé que éramos perfectos. Porque somos iguales, pero tal vez somos demasiado iguales. Tal vez eres mi castigo en vez de mi redención.

—¿Tu castigo? Me has hecho creer todo el fin de semana que estás locamente enamorado de mí.

—Y lo estoy. Por todos los cielos, Camille, ¿cómo puedo hacer para que te entre en la cabeza?

Me quedé congelada, y también Thomas, una vez que se dio cuenta de su error.

—Maldición, lo siento tanto —dijo, estirando el brazo para sujetarme.

Sacudí la cabeza, con los ojos ardiendo por las lágrimas.

—Soy tan… estúpida.

Thomas dejó caer sus manos a los costados.

—No, no lo eres. Es por eso que mantienes tu distancia. Incluso desde la primera noche supiste mantener tu distancia. Tienes razón, no puedo amarte del modo que necesitas que lo haga. Ni siquiera me amo a mí mismo. —Su voz se quebró con las últimas palabras.

Apreté mis labios con fuerza.

—No te puedo redimir, Thomas. Vas a tener que perdonarte tú mismo por lo que le hiciste a Trenton.

Thomas asintió y luego empezó a andar hacia el caminito. Me quedé detrás, observando el oscuro mar golpear contra la arena, con el cielo llorando sobre mis hombros.

Capítulo 20

Te ves nervioso —dije—. Te va a oler a un kilómetro de distancia si no te tranquilizas.

Thomas me miró, pero en vez de lanzarme una mirada fulminante como había esperado, hizo un esfuerzo inmenso por controlarse, limitándose a apartar la vista.

Un golpe en la puerta nos sobresaltó, trayéndonos abruptamente al tema en cuestión, y yo fui hasta la puerta para abrir.

—Buenos días, Liis —dijo Travis, con su cara resplandeciendo de euforia.

—Pasa, Travis. —Me hice a un lado para dejarlo pasar, mientras trataba que la culpa no pesara en mi sonrisa digna de un Oscar—. ¿Qué tal pasaste la noche? No necesito detalles. Sólo estoy siendo cortés.

Travis rio y después notó las sábanas y la frazada dobladas, y la almohada sobre el sofá.

—Oh —dijo, frotándose la parte de atrás del cuello—. Mejor que la tuya, hermano. ¿Quieren... eh... que vuelva más tarde? Los de recepción me dejaron una nota que decía que viniera aquí a las seis.

—Sí —dijo Thomas, poniéndose las manos en los bolsillos—. Toma asiento, Trav.

Travis fue hasta el sofá y se sentó, mirándonos con cautela.

—¿Qué pasa?

Me senté en una esquina de la cama, manteniendo los hombros relajados y tratando de evitar cualquier actitud en general amenazadora.

—Travis, necesitamos hablarte de tu participación en el incendio del diecinueve de marzo en la ESU.

Travis frunció el entrecejo, y después soltó una carcajada despojada de humor.

—¿Qué?

Proseguí:

—El FBI ha estado investigando el caso y Thomas ha logrado hacer un trato en tu favor.

Travis entrelazó las manos.

—¿El FBI? Pero él es un ejecutivo de publicidad —dijo, señalando a su hermano—. Dile, Tommy. —Como Thomas no respondía, Travis entrecerró los ojos. —¿Qué es esto?

Thomas bajó la mirada y después volvió a alzar los ojos en dirección a su hermano.

—No trabajo en publicidad, Trav. Soy un agente especial del FBI.

Travis miró fijo a su hermano por unos diez segundos y después soltó una carcajada.

—¡Oh, Dios, hermano! Estaban empezando a asustarme. No me hagan eso. ¿De qué quieren hablar realmente? —Su risa se desvaneció cuando vio que Thomas no sonreía—. Tommy, córtala.

Thomas cambió de posición.

—Hace un año que vengo trabajando con mi jefe para llegar a un trato en tu favor. Saben que estuviste en Eakins. El plan de Abby no funcionó.

Travis sacudió la cabeza.

—¿Qué plan?

—De que la boda en Las Vegas te sirviera de coartada para que no fueras a la cárcel —dijo Thomas, tratando de mantener una expresión relajada.

—¿Abby se casó conmigo para que no fuera a la cárcel?

Thomas bajó los ojos, pero asintió.

—Ella no quiere que lo sepas.

Travis se paró de un salto, agarró a Thomas de la camiseta y lo empujó hasta el otro lado del cuarto contra la pared. Me paré, pero Thomas alzó una mano, advirtiéndome de que no me metiera.

—Vamos, Travis, tú no eres estúpido. No te estoy diciendo nada que no sepas —gruñó Thomas.

—Retira lo que has dicho —dijo Travis furioso—. Retira lo que has dicho de mi esposa.

—Tenía diecinueve años, Travis. Ella no quiso casarse contigo hasta que no estuviste en riesgo de ir a la cárcel por organizar la pelea.

Travis le tiró un puñetazo, pero Thomas lo esquivó. Forcejearon, pero después Thomas se adueñó de la situación, arrinconando a su hermano contra la pared con el antebrazo.

—¡Termínala! ¡Maldición! ¡Ella te ama! Te ama tanto que hizo algo que no tenía intención de hacer hasta años después sólo para salvar tu estúpido trasero.

Travis respiraba con dificultad, y alzó las manos en señal de que se rendía.

Thomas lo soltó, retrocediendo un paso, y después Travis tomó impulso y le encajó un fuerte golpe en la mandíbula. Thomas se tomó una rodilla con una mano y se sujetó la mandíbula con la otra, tratando de controlar su furia.

Travis lo apuntó con el dedo.

—Ésa es por mentirle a papá.

Thomas se incorporó y después alzó el dedo índice.

—Ésa te la dejo pasar, pero no hagas que te dé una paliza, ya me siento bastante mal.

Travis me miró, estudiándome.

—¿En serio son del FBI?

Asentí, sin sacarle la mirada de encima.

—No hagas que yo también te dé una paliza.

Travis lanzó una carcajada.

—Tendría que dejarte. No les pego a las chicas.

—Yo sí les pego a los chicos —dije, todavía en guardia.

Thomas se frotó la mejilla y alzó las cejas.

—Pegas más fuerte que antes.

—Ésa fue a mitad de máquina, imbécil —replicó con sorna Travis.

Thomas se movió la mandíbula de un lado a otro.

—Abby estuvo muy ingeniosa, Trav, pero los registros muestran que compraste los billetes de avión con tu tarjeta de crédito bastante después de que el incendio comenzara.

Travis se limitó a asentir con la cabeza.

—Estoy escuchando.

—También estoy trabajando en un caso sobre lavado de dinero y una banda de traficantes de droga en Las Vegas. La banda es manejada por un tipo llamado Benny Carlisi.

—¿Benny? —preguntó Travis, claramente confundido—. ¿Tommy, estás hablando en serio ahora?

—Concéntrate, Travis. No tenemos mucho tiempo y esto es importante —le replicó Thomas—. Estás metido en serios problemas. Mi jefe espera una respuesta hoy. ¿Entiendes?

—¿Qué tipo de problemas? —Travis volvió a sentarse en el sofá.

—Te esperan los mismos cargos de asesinato con los que acusaron a Adam. Te esperan años de prisión.

—¿Cuántos? —preguntó Travis. Mientras miraba a su hermano con sus grandes ojos marrones, parecía un niño asustado.

—Adam recibió diez años —dijo Thomas, tratando de no perder su expresión estoica—. No imagino que tu sentencia fuese a ser distinta. Los medios han dado mucha publicidad a este caso. Quieren justicia.

Travis bajó la mirada y se tomó la cabeza con las manos.

—No puedo estar separado de Abby tanto tiempo.

Sus palabras me destrozaron el corazón. No le importaba ir a la cárcel. Lo único que quería era no separarse de su esposa.

—No tendrás que ir a la cárcel, Travis —dije—. Tu hermano ha pasado mucho tiempo e invertido mucho esfuerzo para garantizar que eso no ocurra. Pero primero tienes que dar tu consentimiento a algo.

Travis miró a Thomas y después a mí.

—¿Como qué?

Thomas volvió a llevar las manos a los bolsillos.

—Quieren reclutarte, Trav.

—¿La mafia? —preguntó. Sacudió la cabeza—. No puedo trabajar para Benny. Abby me dejará.

—La mafia no —dijo Thomas—. El FBI.

Travis soltó una carcajada.

—¿Qué quieren de mí? Soy un estudiante de la facultad… alguien que se gana la vida trabajando unas horas como *personal trainer.*

—Quieren utilizar tus contactos previos con Mike y Benny para obtener información de inteligencia sobre sus operaciones ilegales —dije.

—Quieren que trabajes como un agente encubierto —explicó Thomas.

Travis se paró y empezó a caminar por la habitación.

—Él va a querer que pelee para él, Tommy. No puedo hacer eso. Perderé a mi esposa.

—Entonces, tendrás que mentir —dije con toda naturalidad.

Travis me miró, primero a mí y luego a su hermano, y después se cruzó de brazos.

—Váyanse a la mierda los dos. No lo haré.

—¿Qué? —dijo Thomas.

—No le mentiré a Abby.

Thomas entrecerró los ojos.

—No tienes otra opción. O le mientes a Abby y sigues con ella o vas a la cárcel y la pierdes.

—No mentiré. ¿No puedo decirle? Ella se crió entre gente como Benny. No hablará.

Thomas sacudió la cabeza.

—La pondrías en peligro.

—Ella estará en peligro si jodo con esta gente. ¿Crees que me pegarán un tiro en la cabeza y se conformarán con eso? Este tipo de gente se carga a toda tu familia. Tendremos suerte si se detienen con Abby. Probablemente después pasen a papá y Trent, a Taylor y Tyler, también. ¿Qué diablos has hecho, Tommy?

—Ayúdame a terminar con ellos, Travis —dijo Thomas.

—Nos vendiste. ¿Por qué? ¿Un maldito ascenso? —Travis sacudió la cabeza.

Me estremecí por dentro. Sabía que Thomas se estaba muriendo interiormente.

—Papá nos dijo que no podía entrar en las fuerzas de seguridad. ¡Mamá no quería!

Thomas suspiró.

—Lo dice el que está por especializarse en derecho penal. Estás perdiendo tiempo, Travis. Abby no tardará en despertarse.

—Nos cagaste a todos. ¡Hijo de puta! —gritó Travis, tirando un puñetazo al aire.

—¿Terminaste? —preguntó Thomas, sin que su voz se alterara.

—No le mentiré a Abby. Si tengo que mentirle, no habrá trato.

—¿De modo que rechazas el trato? —preguntó Thomas.

Thomas entrelazó las manos encima de su cabeza, con cara de desesperación.

—No le puedo mentir a mi esposa. —Dejó caer los brazos a los costados del cuerpo, y sus ojos quedaron como en blanco—. Por favor, no me hagas hacer esto, Tommy. —Le temblaba el labio inferior—. Eres mi hermano.

Thomas lo miró fijo a los ojos, sin decir una palabra.

Pasé el peso de mi cuerpo a la otra pierna, manteniendo firme la mirada segura.

—En ese caso, tal vez no deberías haber incurrido en una actividad ilegal que provocó la muerte de ciento treinta y dos muchachos.

La cara de Travis se desmoronó y luego su cabeza cayó hacia adelante. Tras un largo minuto, se frotó la parte posterior del cuello y me miró.

—Lo pensaré —dijo, caminado hacia la puerta.

—Travis —dijo Thomas, dando un paso hacia adelante.

—Dije que lo pensaré.

Le toqué el brazo a Thomas y después pegué un salto por el portazo que dio Travis al salir.

Thomas aferró sus rodillas, con la respiración entrecortada, y después se derrumbó en el suelo. Me senté en el piso a su lado, sujetándolo fuerte, mientras él sollozaba en silencio.

Volví a hacerle un gesto con la cabeza a Anthony, insistiendo en que le sirviera a Thomas otro trago. No había hablado una sola palabra después de que Travis aceptara trabajar para el FBI ni cuando fuimos del hotel al aeropuerto. Tampoco había abierto la boca durante el vuelo. Sólo había dado a entender con un gesto que compartiéramos un taxi para el corto trayecto a nuestro edificio.

No le había preguntado, pero le había dicho que iríamos a Cutter's. Era fácil convencerlo de lo que fuera, cuando se negaba siquiera a hablar para protestar.

—Santo cielo —dijo Val por lo bajo, mientras se quitaba la cartera del hombro. Tomó asiento—. Está destrozado.

Marks se sentó del otro lado de Thomas, dejando que su amigo se emborrachara en paz. Se metió algunos maníes en la boca con la mirada fija en la televisión.

—Va a estar bien —dije—. ¿Cómo está Sawyer?

Val puso cara de sorpresa.

—¿Por qué debería saberlo?

—¿En serio? —dije sin expresión—. ¿Vas a tratar de mentirme?

Lanzó una mirada fulminante hacia la cabeza de Thomas.

—¿Maddox te dijo?

—Sí, y ha tenido una semana de mierda, así que no te puedes enojar con él. Yo, en cambio, puedo estar muy molesta contigo por ocultarme algo tan monumental, siendo que tú has insistido en saber hasta el más mínimo detalle de mi vida.

Val puso trompa.

—Lo siento. No quería que lo supieras. No quiero que nadie lo sepa. Desearía que nunca hubiese ocurrido.

—Sería más fácil olvidarlo si no vivieras con él —dije.

—Se niega a firmar los papeles del divorcio, y si me mudo, pierdo el departamento.

—¿Y?

—Yo vivía ahí primero.

—Múdate conmigo —dije.

—¿En serio? —preguntó con una mirada más relajada—. ¿Harías eso por mí?

—Sí. Qué pesadilla. Además, sería lindo compartir los gastos. Podría comprar un auto y, hasta entonces, ir contigo al trabajo.

—Te lo agradezco —dijo Val, tirando la cabeza hacia un lado—. En serio. Pero no pienso perder el departamento. Es mío, y es él quien tiene que mover el culo, no yo.

—¿Por qué no quieres ir más al trabajo conmigo? —preguntó Thomas, tratando de que las palabras no le patinaran en la lengua.

Era lo primero que decía en horas y el sonido de su voz me tomó de sorpresa, como si de golpe él se hubiese aparecido de la nada.

—Sí quiero —dije—. Sólo quise dar a entender que si Val se mudaba conmigo, las dos saldríamos ganando.

Thomas tenía la camisa arremangada casi hasta el codo y la corbata colgaba floja de cualquier manera. Había bebido tanto que apenas podía mantener los ojos abiertos.

—¿Qué hay de malo en ir conmigo?

—¿Te vas a mudar con Liis? —preguntó Marks, inclinándose hacia atrás para mirar a Val.

—No —dijo Val.

—¿Por qué no? —preguntó Marks—. ¿Ella te ofreció y tú dijiste que no? ¿Por qué dirías que no?

—¡Porque es mi departamento y no pienso dejárselo a Charlie!

Marks abrió la boca para decir algo. Pero antes de que pudiera decirlo, Thomas se inclinó hacia mí.

—¿Eres demasiado buena para viajar en mi auto ahora?

Alcé los ojos hacia el techo.

—No. —Miré a Val—. ¿Quién es Charlie?

—Sawyer —dijo con desdén.

—Oh, creo que sí —dijo Thomas—. Creo que tú piensas que eres demasiado buena para muchas cosas.

—De acuerdo —repliqué, con la voz llena de sarcasmo. Solía hacerle eso a mi madre y la volvía completamente loca. Me insultaba en japonés, lo que ella nunca hacía a menos que fuese en respuesta a esas dos palabras. A su modo de ver, nada era más irrespetuoso—. Tú solo emborráchate, Thomas, así podemos llevarte a casa y Marks puede meterte en la cama.

—Agente Maddox, para ti.

—De acuerdo. Te llamaré así cuando no estés completamente ebrio.

—Te olvidas de que tú me trajiste aquí —dijo, antes de beber un sorbo.

Val y Marks intercambiaron miradas.

—¿Quieres otro trago? —le pregunté a Thomas.

Pareció ofenderse.

—No. Es hora de que vayamos a casa.

Alcé una ceja.

—Querrás decir que es hora de que *tú* vayas a tu casa.

—¿Así que todo lo que dijiste este fin de semana eran puras mentiras? —preguntó.

—No, recuerdo haber sido muy sincera.

Arrugó la nariz.

—Viniste a casa conmigo la última vez que bebimos aquí juntos.

Marks parpadeó sorprendido.

—Hey, Thomas, tal vez sería mejor que...

—No, *tú* viniste a casa *conmigo* —dije, esforzándome mucho por no ponerme a la defensiva.

—¿Y qué demonios significa eso? —preguntó Thomas—. ¡Habla claro!

—Estoy hablando muy claro. Sólo que no estoy hablando como un borracho —dije.

La expresión de disgusto en su rostro se volvió aún más severa.

—Eso ni siquiera es gracioso. —Miró a Marks—. Ni siquiera es gracioso. Eso es grave, porque estoy borracho —dijo señalándose a sí mismo—. Y todo me parece gracioso cuando estoy borracho.

Anthony alzó la mano, de la que colgaba un trapo azul.

—No es mi intención cortarles la diversión, pero me queda poca paciencia y Maddox está completamente ebrio. ¿Así que serían tan amables de ponerse en movimiento?

Thomas lanzó la cabeza hacia atrás, soltó una carcajada y después señaló a Anthony.

—¡Eso sí que es gracioso!

Le toqué el brazo a Thomas.

—Tiene razón. Vamos. Te llevaré a tu departamento.

—¡No! —dijo, sacando el brazo.

Retiré mi mano.

—¿Quieres que te acompañe o no?

Val se quedó con la boca abierta y los ojos de Marks rebotaban entre Thomas y yo.

Sacudí ligeramente la cabeza.

—Thomas, estamos en San Diego. La misión terminó.

—¿Entonces se acabó todo? —Se paró, tambaleándose.

Marks se puso de pie con él, preparando sus manos para atajarlo en caso de que se cayera.

También me paré, haciendo señas a Anthony de que trajera la cuenta. Ya la había impreso, así que la tomó de al lado de la caja registradora y la colocó sobre la barra.

Escribí mi nombre y tomé a Thomas del brazo.

—De acuerdo, vamos.

Thomas quitó el brazo.

—Me estás dejando, ¿recuerdas?

—De acuerdo. ¿Te puede acompañar Marks? —pregunté.

Thomas me señaló con el dedo.

—¡No! —Rio, se tomó del hombro de Marks y caminaron hacia la puerta.

Me quité el cabello de la cara.

—Quiero saber más sobre este fin de semana —dijo Val—. Pero por esta vez lo dejaré pasar.

Nos reunimos con los muchachos en la vereda y entonces observamos cómo Marks luchaba por tratar de que Thomas caminara en línea recta. Los cuatro tomamos el ascensor hasta el sexto piso, y Val y yo esperamos a que Marks sacara las llaves del bolsillo de Thomas y abriera la puerta.

—De acuerdo, amigo. Di buenas noches a las chicas.

—Espera. —Thomas se aferró del umbral de la puerta, mientras Marks lo tiraba de la cintura para que entrara al departamento—. ¡Espera!

Marks lo soltó y Thomas casi se cae hacia adelante. Me estiré y lo ayudé a pararse derecho.

—Me prometiste que te quedarías conmigo —dijo. La tristeza de sus ojos era devastadora.

Miré a Val, que rápidamente sacudió la cabeza antes de que me volviese de nuevo hacia Thomas.

—Thomas... —Empecé a decir. Después, miré a Val y a Marks—. Yo me ocupo de él. Ustedes deberían ir a sus casas.

—¿Estás segura? —preguntó Marks.

Asentí, y después de lanzar unas miradas por encima de su hombro, Val tomó el ascensor con Marks.

Thomas me abrazó, tirando desesperadamente de mi cuerpo.

—Dormiré en el suelo. Me siento como un pedazo de mierda. Toda mi familia me odia, y tienen razón. Tienen razón.

—Vamos —dije, mientras lo entraba. Cerré la puerta de un puntapié, estiré el brazo para cerrar la traba y después ayudé a Thomas a recostarse en su cama.

Cayó de espaldas y se tapó los ojos con las manos.

—La habitación da vueltas.

—Pon un pie en el suelo. Eso ayuda.

—Tengo los pies en el suelo —dijo arrastrando las palabras.

Lo jalé hacia abajo y le puse los pies en el suelo.

—Ahí sí.

Comenzó a reír y después frunció el entrecejo.

—¿Qué hice? ¿Qué demonios hice, Liis?

—Hey —dije, subiendo a la cama y poniéndome a su lado—. Sólo duerme. Mañana todo será diferente.

Se dio media vuelta, enterrando su cara en mi pecho. Estiré el brazo para tomar una almohada y me la acomodé debajo de la cabeza. Thomas inhaló angustiado y yo lo abracé fuerte.

—He echado todo a perder —dijo—. He echado todo a perder.

—Lo arreglaremos.

—¿Cómo podemos arreglarlo si has terminado conmigo?

—Thomas, basta. Mañana lo arreglaremos. Sólo duerme.

Asintió, inhaló una vez bien hondo y luego exhaló lentamente. Cuando su respiración se aquietó, supe que ya estaba dormido. Alcé la mano para ver la hora y levanté los ojos hacia el techo. Los dos estaríamos exhaustos a la mañana.

Volví a abrazarlo y después me incliné para darle un beso en la mejilla antes de caer lentamente rendida.

Capítulo 21

Golpeaba con las uñas en el teclado de la computadora, mientras escuchaba por los auriculares la grabación de una conversación. Era un japonés mal hablado, argot en su mayor parte, pero el agente Grove había vuelto a adulterar los números. Esta vez había incluso identificado falsamente un lugar como un supuesto edificio vacío al lado de un hospital, cuando en realidad estaba al lado de un edificio de consultorios médicos a diez kilómetros de distancia.

Levanté el teléfono y apreté el primer botón de discado rápido.

—Oficina del agente especial a cargo. Habla Constance.

—La agente Lindy para el agente Maddox, por favor.

—La comunico —dijo Constance.

Su respuesta me tomó con la guardia baja. Por lo general, primero consultaba con él.

—Liis —respondió Thomas. Su voz era suave y con un dejo de sorpresa.

—Estoy escuchando estas grabaciones de Yakuza. Grove —miré por encima de mi hombro y luego eché un vistazo al salón por mi puerta abierta— se está volviendo descarado, casi desprolijo. Está identificando mal los lugares. Siento que algo importante está por suceder.

—Estoy trabajando en eso.

—De todas formas, tenemos que sacarlo del puesto antes de que se entere del reclutamiento de Travis. ¿Qué estamos esperando?

—Van a simular un accidente. Ésa es la única manera en que Tarou no sospeche de que estamos detrás de él y de Benny. De otro modo, podríamos hacer peligrar toda la operación.

—Entiendo.

—¿Qué haces a la hora del almuerzo? —preguntó.

—Eh... voy a Fuzzy's con Val.

—De acuerdo. —Rio nerviosamente—. ¿Y qué tal a la cena? Suspiré.

—Tengo trabajo acumulado. Me voy a quedar trabajando hasta tarde.

—Yo también. Te llevaré a casa, y en el camino podremos comprar comida.

Miré por la pared de vidrio hacia el salón del escuadrón. Val estaba hablando por teléfono, sin estar enterada de que habíamos quedado en almorzar juntas.

—Cualquier cosa te aviso —dije—. Las probabilidades de que terminemos a la misma hora son escasas.

—No dejes de avisarme —dijo Thomas antes de colgar.

Colgué el teléfono y me hundí en mi trono.

Volví a taparme los oídos con los auriculares y apreté el botón de play en el teclado.

La mañana había sido como cualquier otra, salvo por el hecho de sentirme cansada y de haberme despertado sola en la cama de Thomas. Justo cuando me estaba vistiendo para ir al trabajo, él había golpeado a la puerta. Cuando abrí, me ofreció un bagel con queso crema y un café.

El viaje al trabajo había sido incómodo y mi mente había estado ocupada con la necesidad de averiguar sobre agentes de venta de autos e imaginando con horror la posibilidad de que tuviese que volar de vuelta a Chicago y conducir mi Camry sola hasta San Diego.

Justo cuando la grabación se estaba poniendo interesante, se abrió mi puerta y luego se cerró con un fuerte golpe. Thomas tiró hacia atrás el costado de su saco y apoyó una mano en su cadera, tratando desesperadamente de pensar en algo que decir.

Me saqué los auriculares.

—¿Qué? —Mi cabeza sopesó a toda velocidad mil posibilidades, todas referidas a su familia.

—Me estás esquivando, y Constance me dijo que hoy te oyó hablando con un vendedor de autos cuando pasó a tu lado. ¿Qué está ocurriendo?

—Eh… que necesito un auto.

—¿Por qué? Yo te traigo al trabajo.

—Voy a otros lugares además de venir al trabajo, Thomas.

Se acercó hasta mi escritorio y apoyó ambas palmas sobre la pulida madera, mirándome fijo a los ojos.

—Sé sincera conmigo.

—Dijiste que me ibas a explicar más de Camille. ¿Qué tal ahora? —pregunté, cruzándome de brazos.

Thomas miró hacia atrás.

—¿Qué? ¿Aquí?

—La puerta está cerrada.

Thomas se sentó en uno de los sillones.

—Siento mucho haberte llamado Camille. Estábamos hablando de ella, era un momento muy tenso y podía oírlos reír a ella y a Trent. Fue un error razonable.

—Tienes razón, Jackson. Te perdono.

Las mejillas de Thomas se sonrojaron.

—Me siento horrible.

—Como corresponde.

—No has terminado conmigo de veras, Liis, no por un estúpido error.

—En realidad no creo que alguna vez hayamos empezado, ¿no te parece?

—Me importas mucho. Creo que yo a ti también. Sé que no te gusta salirte de tu zona de comodidad, pero yo estoy igual de asustado que tú. Te lo aseguro.

—Yo ya no estoy asustada. Di un salto. Sólo que tú no saltaste conmigo.

Su expresión cambió. Estaba tratando de mirar dentro de mí, en las profundidades que no podía ocultar.

—Estás huyendo. Te asusto.

—Basta.

Los músculos de su mandíbula bailaban debajo de su piel.

—No te perseguiré, Liis. Si no quieres estar conmigo, te dejaré ir.

—Bien —dije con una sonrisa de alivio—. Ahórranos a los dos mucho tiempo.

Me suplicó con los ojos.

—No dije que quería que te fueras.

—Thomas —dije, inclinándome hacia adelante—, estoy ocupada. Por favor, avísame si tienes alguna pregunta sobre mi FD-302. Se lo dejaré a Constance hoy a última hora.

Me miró sin poder creer lo que le decía y después se puso de pie, dirigiéndose hacia la puerta. Giró el picaporte pero vaciló, mirando por encima de su hombro.

—Hasta que soluciones tu situación con el auto, puedes viajar conmigo.

—Gracias —dije—. Pero ya pensamos algo con Val.

Sacudió la cabeza y cerró los ojos, después abrió la puerta, se fue y la volvió a cerrar. Giró a la derecha en vez de a la izquierda, hacia su oficina, y supe que se dirigía al gimnasio.

En el tiempo que le llevó a Thomas atravesar las puertas de seguridad, Val entró corriendo en mi oficina y se sentó.

—Eso se vio horrible.

Alcé los ojos hacia el techo.

—Ya está.

—¿Qué está?

—Como que… tuvimos algo el fin de semana. Se terminó.

—¿Ya? Tenía un aspecto terrible. ¿Qué le hiciste?

—¿Por qué automáticamente es mi culpa? —repliqué. Como Val alzó una ceja, continué—. Estuve de acuerdo en probar algo así como una relación, y luego él admitió estar todavía enamorado de Camille. Después, me llamó Camille. Así que…

—Yo jugueteaba con los lápices en el portalápices, tratando de no volver a ponerme furiosa por todo el asunto.

—¿Camille te llamó a ti? —preguntó, confundida.

—No, me llamó "Camille" a *mí* —*Me llamó por su nombre por error.*

—¿En la cama? —gritó.

—No —dije, con cara de asco—. En la playa. Estábamos discutiendo. Todavía no sé bien sobre qué.

—Oh, eso suena prometedor. Supongo que deberíamos haber sabido que dos dementes del control no se iban a llevar bien.

—Eso es lo que él dijo también. Oh, antes de que me olvide, tú y yo tenemos una cita para almorzar juntas.

—¿Sí?

—Eso es lo que le dije a Thomas, así que sí.

—De acuerdo —dijo, apoyando el codo sobre mi escritorio y luego señalándome con el dedo—. Pero vas a tener que darme detalles sobre todo el fin de semana.

—Seguro. Inmediatamente después de que me cuentes de tu matrimonio.

Val alzó los ojos hacia el techo.

—¡No! —chilló—. ¿Ves? Es por eso que no quería que te enteraras.

—No te viene nada mal aprender que no todos quieren ir por ahí desparramando cada uno de sus pensamientos, sentimientos y secretos. Me alegro de que al fin tenga con qué chantajearte.

Me miró con furia.

—Eres una mala amiga. Te veo a la hora del almuerzo.

Le sonreí, mientras me volvía a colocar los auriculares en los oídos, y Val regresaba a su escritorio.

El resto del día pasó como de costumbre, al igual que el día siguiente.

Val me esperaba a la mañana, justo afuera del edificio. Los mejores días eran cuando no me encontraba con Thomas en el ascensor. Por lo general, se mostraba amable. Dejó de venir a mi oficina, dándome las directivas por medio de correos que me enviaba a través de Constance.

Reunimos evidencia en contra de Grove y a su vez usamos la confianza que Tarou le tenía para obtener información de inteligencia sobre sus operaciones. Las respuestas se ocultan en los comentarios banales y en las charlas insustanciales entre Grove y Tarou y sus socios, como lo ingenuo que era el FBI y lo fácil que era sortear nuestro sistema de inteligencia, si uno conocía a las personas correctas.

Justo dos semanas después de que Thomas y yo le diéramos a Polanski la noticia indudablemente buena sobre Travis, me encontraba sola en Cutter's, bromeando con Anthony.

—Así que le dije: "Perra, tú no me conoces" —dijo, inclinando la cabeza hacia un lado.

Le ofrecí un par de aplausos y alcé mi copa.

—Bien hecho.

—Disculpa que me puse loca, pero eso es lo que le dije a él.

—Me parece que lo manejaste muy bien —dije antes de beber otro sorbo.

Anthony se inclinó hacia adelante y alzó de pronto la cabeza.

—¿Por qué ya no vienes con Maddox? ¿Por qué Maddox ya nunca viene por aquí?

—Porque las mujeres del mundo le están arruinando sistemáticamente todos sus lugares favoritos.

—Oh, eso es una estupidez. Y después dicen que soy una reina dramática —dijo, abriendo bien grande los ojos.

—¿*Quiénes* dicen?

—Tú sabes —dijo, haciendo un gesto de desprecio con la mano—. Ellos. —Después me señaló con el dedo—. Tienes que arreglar las cosas. Me están jodiendo con mis propinas. —Alzó la vista y luego volvió a bajarla—. Oh, oh, Aqua Net, las once en punto.

No me di vuelta. No me hacía falta. Sawyer me estaba respirando en la oreja en menos tiempo que debería haberle llevado llegar hasta mi banco preferido.

—Hey, hermosa.

—¿Qué pasa? ¿No quieren tu dinero en el club de *strippers*? —pregunté.

Hizo una sonrisa sarcástica.

—Estás de pésimo humor. Ya me enteré de que no eres más la preferida del jefe, pero no hace falta que proyectes tu enojo conmigo.

Bebí un sorbo.

—¿Qué sabes tú sobre ser la preferida del jefe si no le agradas a nadie?

—Oh —dijo Sawyer, ofendido.

—Lo siento. Eso estuvo de más. Pero en mi defensa debo decirte que al menos te harías de una amiga si firmaras esos malditos papeles.

Parpadeó un par de veces.

—Espera. ¿De qué estás hablando?

—Los papeles del divorcio.

—Ya sé, ¿pero estás diciendo que ya no somos amigos?

—No —dije, antes de beber otro trago.

—Oh, por Dios, Liis. Pasas un fin de semana con Maddox y ya te crees todo lo que te dicen. —Sacudió la cabeza y bebió un sorbo de la botella de cerveza que Anthony había puesto delante de él. —Me decepcionas.

—Tú sólo firma los papeles. ¿Cuán difícil puede ser?

—Contrario a lo que la gente cree, poner fin a un matrimonio es algo difícil.

—¿De veras? Pensé que sería más fácil para un marido infiel.

—¡Yo no fui infiel!

Alcé una ceja.

—Su talento —hizo un gesto señalando su cabeza y sus ojos— me estaba volviendo loco. ¿Tienes idea de lo que es vivir con alguien que no te deja tener ningún secreto?

—¿Entonces, para qué la engañaste? Prácticamente le estabas pidiendo el divorcio y ahora se lo niegas…

Rio una vez, dio un trago a su cerveza y después la apoyó sobre la barra.

—Porque pensé que después de eso no se iba a meter más en mi cabeza.

—Eso —dije, mientras asentía con la cabeza a Anthony que estaba apoyando un nuevo Manhattan— te hace parecer un idiota.

Jugueteó con la botella.

—Y lo fui. Fui un idiota. Pero ella no me da la oportunidad de repararlo.

Alcé la cabeza, sorprendida.

—¿Todavía la amas?

No apartó los ojos de la cerveza.

—¿Quién crees que le regaló el conejo que tiene en su escritorio para su cumpleaños? Te puedo asegurar que no fue Marks.

—Oh, mierda —dijo Anthony—. Habíamos hecho una apuesta con Marks de si eras gay o no.

—Tu gayómetro anda fallando —dije.

Anthony alzó una de las comisuras de la boca.

—Yo aposté que era heterosexual.

Sawyer arrugó la nariz.

—¿Marks piensa que soy gay? ¿Qué demonios?

Solté una carcajada y, justo cuando Anthony se inclinaba hacia mí para decirme algo, Thomas se sentó en el banco de al lado.

—Anthony quiere decirte que estoy aquí —dijo Thomas.

Mi espalda se puso rígida y me sonrisa desapareció.

—Maddox —dije, saludándolo.

—No lo tomes a mal, Maddox —dijo Anthony—. Le prometí que de ahora en más le cuidaría las espaldas.

Thomas pareció confundido.

—Quiso decir que *no lo tomaras a mal* —dije.

—¿Lo de siempre? —preguntó Anthony, al parecer molesto de que hubiese tenido que traducirlo.

—Beberé un Jack con cola esta noche —dijo Thomas.

—Con gusto.

Sawyer se inclinó hacia adelante.

—¿Mal día, jefe?

Thomas, en lugar de responder, se quedó con la mirada fija en sus manos, entrelazadas delante de él.

Sawyer y yo intercambiamos miradas.

Continué conversando con Sawyer.

—¿Y ella sabe?

—Por supuesto que sabe. Sabe todo —dijo Sawyer con la mueca de una sonrisa.

—Tal vez ya sea hora de ir marchando.

Dos tipos jóvenes entraron por la puerta. Nunca los había visto antes pero caminaban sacando pecho y meneando los brazos. Empecé a darme vuelta cuando uno de ellos me lanzó una mirada.

—Bonito saco, Yoko —dijo.

Sawyer puso un pie en el suelo y empezó a pararse, pero yo le toqué el brazo.

—Ignóralos. En el Casbah hay un concierto de rock esta noche. Deben venir de ahí buscando pelea. Mira la camiseta del grandote.

Sawyer miró en dirección al par de tipos, notando la larga rotura que uno tenía alrededor del cuello de la camiseta. Pedimos otra ronda. Thomas terminó su trago, tiró un billete sobre la barra y se fue sin decir una palabra.

—Eso fue muy raro —dijo Sawyer—. ¿Cuánto hace que no viene por aquí?

—Más de dos semanas —dijo Anthony.

—Y aparece así de golpe, toma un trago y se va —comentó Sawyer.

—¿No bebe por lo general sólo un trago? —pregunté.

Anthony asintió.

—Pero nunca cuando está con esa cara.

Me volví hacia la puerta, y vi al tipo con la camiseta rasgada y su amigo que se iban.

—Eso no duró mucho.

—Oí decir que estaban aburridos. Al parecer, el servicio era muy lento —dijo Anthony, guiñándome un ojo.

—Eres brillante —dije con una sonrisa.

—Deberías tratar de hablar de nuevo con Val, Sawyer. Poner todo sobre la mesa. Pero si ella no está de acuerdo, tienes que mudarte, y tienes que firmar esos papeles. No estás siendo justo con ella.

—Tienes razón. Te odio, pero tienes razón. Y no importa lo que digas, Lindy. Todavía somos amigos.

—De acuerdo.

Pagamos la cuenta, nos despedimos de Anthony y después atravesamos el salón oscuro hasta la puerta. La vereda estaba bien iluminada, el tránsito era normal, pero había algo raro.

Sawyer me tocó el brazo.

—¿Tú también? —pregunté.

Nos acercamos con cautela a la esquina, y alguien gimió.

Sawyer pensó en echar un rápido vistazo pero se quedó mirando paralizado con la boca abierta.

—¡Oh, diablos!

Lo seguí y de inmediato saqué mi celular. Los dos tipos que habían entrado en el bar estaban tirados en un charco de sangre.

—911, Emergencias.

—Aquí hay dos masculinos, entre veinte y treinta años, muy golpeados, están tirados en la vereda en el centro de la ciudad. Hace falta que venga una ambulancia.

Sawyer revisó a los dos.

—Éste no reacciona —dijo

—Los dos respiran. Uno no reacciona.

Le di la dirección a la operadora y corté.

Sawyer miró alrededor. Una pareja de mediana edad caminaba por la vereda de enfrente en la cuadra siguiente, pero salvo por esas personas y un mendigo que estaba revolviendo la basura en la esquina norte, la calle estaba vacía. No vi a nadie que resultara sospechoso.

A la distancia, se oía el eco de las sirenas.

Sawyer se metió las manos en los bolsillos.

—Supongo que encontraron la pelea que buscaban.

—Tal vez fueron las mismas personas con las que se toparon antes.

Sawyer se encogió de hombros.

—No es mi jurisdicción.

—Raro.

A los cinco minutos llegó un vehículo de la Policía, seguido por una ambulancia. Les dijimos lo que sabíamos y una vez que les mostramos nuestras credenciales, nos pudimos ir.

Sawyer me acompañó hasta la entrada de mi edificio y me dio un abrazo.

—¿Seguro que no quieres que te acompañe hasta tu casa? —pregunté—. Quienquiera que haya hecho eso todavía puede andar por ahí.

Sawyer rio.

—Cállate, Lindy.

—Buenas noches. Nos vemos mañana.

—No. Estaré afuera.

—Oh, de acuerdo. La… eh… la cosa —dije. Me sentía mareada. Me alegré de que nos hubiésemos ido del bar cuando lo hicimos.

—Estoy vigilando a una de nuestras fuentes de Las Vegas, Arturo.

—¿El tipo de Benny? ¿Por qué? ¿Está en San Diego? —pregunté.

—Benny lo mandó a visitar a su nueva familia oriental. Me estoy asegurando de que se comporte. No quiero que los tipos de Yakuza lo asusten y termine revelando algo y eso los alerte, perjudicándonos.

—Suena muy oficial.

—Siempre lo es. Buenas noches.

Sawyer se fue y yo caminé hasta el ascensor, y cuando fui a apretar el botón, noté que estaba manchado de sangre fresca. Miré alrededor pero no vi a nadie. Usé el interior de mi blazer para limpiarlo.

Las puertas se abrieron con el agradable repique de bienvenida de sus campanillas, pero cuando subí, mi corazón pegó un salto: el botón del sexto piso también estaba manchado de sangre.

Volví a usar el blazer para ocultar la evidencia y después esperé impaciente a que se abrieran las puertas. Salí corriendo, fui directo a la puerta de Thomas y llamé con un par de golpes. Como no contestaba volví a golpear fuerte contra el metal de la puerta.

—¿Quién es? —preguntó Thomas del otro lado.

—Liis. Abre de una vez.

Oí el ruido de la cadena, la traba hizo clic y luego Thomas abrió. Empujé la puerta para entrar, haciéndolo bruscamente a un lado, después giré sobre mis talones y me crucé de brazos.

Thomas tenía un *pack* de hielo en su mano derecha y una venda ensangrentada en la izquierda.

—¡Cielos! ¿Qué hiciste? —dije, sujetándole la mano vendada.

Le desenrollé cuidadosamente la venda, dejando al descubierto sus nudillos, que estaban en carne viva y supuraban, y después lo miré.

—Esos malditos racistas te insultaron.

—¿Así que por eso trataste de matarlos a golpes? —grité.

—No, eso ocurrió después de que los oí por casualidad decir que esperaban que tuvieras que pasar por algún callejón oscuro para llegar a tu casa.

Suspiré.

—Vamos. Déjame limpiarte las heridas.

—Ya está.

—Vendarlas y poner un poco de hielo no es limpiarlas. Se te van a infectar los nudillos. ¿Te parece divertido?

Thomas frunció el entrecejo.

—De acuerdo.

Fuimos hasta su baño. Se sentó en el borde de la bañera y estiró ambas manos.

—¿El botiquín de primeros auxilios?

Señaló hacia el lavabo.

—Debajo.

Saqué una caja de plástico, la abrí y revisé el contenido.

—¿Agua oxigenada?

Thomas se retrajo.

—¿Puedes pegarles a dos tipos grandotes hasta pelarte los nudillos pero no puedes soportar unos segundos de ardor?

—En el botiquín de los medicamentos. El espejo se abre.

—Sí, ya sé. El mío también —dije secamente.

—Traté de volver a casa sin…

—¿Atacarlos?

—Algunas personas son beligerantes, imbéciles depredadores durante toda su vida hasta que un día alguien los muele a golpes. Eso les da una nueva perspectiva.

—¿Es así como lo ves? Crees que les has hecho un favor.

Frunció el entrecejo.

—Le he hecho un favor al mundo.

Vertí el agua oxigenada en las heridas, y Thomas inhaló aire por entre sus dientes, retrayendo instintivamente la mano.

Suspiré.

—No puedo creer que te hayas sacado de ese modo por un estúpido insulto y una amenaza sin fundamento.

Thomas inclinó la cara hacia el hombro y lo usó para limpiar su mejilla, ensuciándolo con dos pequeñas manchas de sangre.

—Tal vez deberías bañarte en esto —dije, mostrándole la gran botella que sujetaba en mis manos.

—¿Por qué?

Tomé un poco de papel higiénico y lo empapé en el desinfectante.

—Porque estoy bastante segura de que ésa no es tu sangre.

Thomas alzó los ojos, con cara de aburrimiento.

—Lo siento. ¿Quieres que me vaya?

—En realidad, sí.

—¡No! —repliqué.

—¡Oh! *Eso* sí te resulta un insulto.

Le volví a limpiar las heridas con un poco de algodón.

—Los extraños no pueden herir mis sentimientos, Thomas. La gente que me importa sí.

Sus hombros se vencieron. De pronto pareció estar demasiado cansado para discutir.

—¿Qué hacías en Cutter's? —pregunté.

—Voy seguido.

Fruncí el entrecejo.

—Hacía bastante que no ibas.

—Necesitaba un trago.

—¿Un mal lunes? —pregunté, pensando si alguno podía ser bueno.

Vaciló.

—El viernes llamé a Travis.

—¿El Día de los Inocentes? —pregunté. Thomas me dio unos segundos—. ¡Oh! ¡Su cumpleaños!

—Me colgó.

—Uy.

Justo cuando lancé esa exclamación, Thomas retrajo su mano.

—Mierd... —Apretó bien fuerte los labios y las venas del cuello se le hincharon por la tensión.

—Disculpa —dije.

—Te extraño —dijo Thomas en voz baja—. Trato de comportarme profesionalmente en el trabajo pero no puedo dejar de pensar en ti.

—Te has estado comportando como un ogro. La gente lo está comparando con los días después de que terminaste con Camille.

Rio sin un dejo de humor.

—No hay ni comparación. Esto es mucho, mucho peor.

Me concentré en vendarle las heridas.

—Sólo alegrémonos de que no dejamos que las cosas fueran demasiado lejos.

Asintió.

—Tú seguramente deberías alegrarte. Yo no fui tan listo.

Dejé caer las manos sobre mi regazo.

—¿De qué estás hablando? Me dijiste hace dos semanas que no podías amarme.

—Liis... ¿tú sientes algo por mí?

—Sabes que sí.

—¿Me amas?

Miré fijo a sus ojos desesperados por un largo rato. Cuantos más minutos pasaban, más desesperanzados parecían.

Largué un suspiro entrecortado.

—No quiero enamorarme, Thomas.

Miró el vendaje de sus manos, ya con puntos rojos de sangre.

—No respondiste a mi pregunta.

—No.

—Mientes. ¿Cómo puedes tener una personalidad tan fuerte y estar tan asustada?

—¿Qué tiene? —repliqué—. Tú también lo estarías si te dijera que todavía estoy enamorada de Jackson y tú estuvieras muy, *muy* lejos de tu zona de seguridad.

—Eso no es justo.

Alcé el mentón.

—No tengo que ser justa contigo, Thomas. Tengo que ser justa conmigo. —Me paré y retrocedí hacia la puerta.

Thomas sacudió la cabeza y soltó una carcajada.

—No cabe la menor duda, Liis, de que tú eres mi castigo.

Capítulo 22

Me pareció mejor bajar por las escaleras que tomar el ascensor por sólo un piso. Bajé hasta el quinto, pasé al lado de mi puerta y seguí los pasos que quedaban hasta la ventana al final del pasillo.

La esquina del otro lado de la calle estaba manchada con sangre, pero nadie parecía notarlo. La gente que pasaba no tenía idea de la escena de violencia que había ocurrido menos de una hora antes en ese mismo espacio.

Una pareja se detuvo justo a unos pocos metros de la mancha más grande. Estaban discutiendo. La mujer miró en ambas direcciones y después cruzó la calle y la reconocí justo antes de que despareciera debajo del alero de nuestro vestíbulo. Marks la siguió y suspiré, sabiendo que en pocos minutos los dos iban a estar saliendo del ascensor.

Fui hasta mi puerta y la abrí, luego me quedé esperando en el umbral. Las campanillas del ascensor sonaron y al abrirse las puertas revelaron a mi amiga, al parecer más enojada de lo que la había visto jamás.

Bajó y después se detuvo abruptamente, dándole un codazo a Marks, que acababa de chocar con ella.

—¿Sales? —me preguntó.

—No, acabo de llegar a casa. —Mantuve la puerta abierta—. Pasa.

Val entró y después Marks se detuvo, esperando mi permiso para entrar. Yo le hice un gesto con la cabeza, y él la siguió hasta el sofá.

Cerré la puerta y me crucé de brazos.

—No estoy de humor para hacer del Dr. Phil. No sé qué hacer con mi propia locura. —Me saqué el cabello de la cara y después fui hasta la silla, saqué la manta doblada que había arriba y al sentarme la puse sobre mi regazo.

—Estás de acuerdo conmigo, ¿no, Liss? —preguntó Marks—. Tiene que echarlo a patadas.

—No se irá —dijo Val, exasperada.

—Entonces, yo haré que se vaya —dijo Marks, gruñendo.

Alcé los ojos hacia el techo.

—Vamos, Marks. Conoces la ley. Es su esposo. Si viene la Policía, es a ti a quien le pedirán que se vaya.

Marks no podía dejar quietos los músculos de su mandíbula y después miró más allá de mi cocina.

—Tienes un segundo dormitorio. La has invitado a mudarse contigo.

—No quiere perder su departamento —dije.

Val abrió bien grande los ojos.

—Es lo que le he dicho.

—¡No quiero que vivas con él! ¡No es normal! —dijo Marks.

—Joel, yo estoy manejando esto —dijo Val—. Si la situación te incomoda y no quieres verme, lo entiendo.

Entrecerré los ojos.

—¿Por qué están los dos aquí?

Marks suspiró.

—Fui a buscarla para ir a cenar. Él hizo un escándalo. Por lo general, espero afuera, pero pensé que por una vez podía comportarme como un caballero y él hizo una escena. ¿Con quién se enojó ella? Conmigo.

—¿Por qué nos hacemos esto? —pregunté, más que nada a mí misma—. Somos gente adulta. El amor nos vuelve tan estúpidos.

—Él no me ama —dijo Val.

—Sí que te amo —dijo Marks, mirándola.

Val se volvió lentamente hacia él.

—¿De verdad?

—Te he perseguido durante meses y todavía estoy detrás de ti. ¿Crees que lo que siento por ti es algo pasajero? Yo realmente te amo.

Val se quedó perpleja con la boca abierta.

—Yo también te amo.

Se abrazaron y empezaron a besarse.

Alcé los ojos hacia el techo, observando la ridícula escena.

—Lo siento —dijo Val, arreglándose el lápiz labial.

—Está bien —dije impávida.

—Tal vez deberíamos ir yendo —dijo Marks—. Apenas tenemos una reserva y no quiero empezar a buscar un restaurante decente apara cenar a las nueve y media de la noche.

Me obligué a sonreír y fui hasta la puerta, abriéndola de par en par.

—Disculpa —dijo Val al pasar.

Sacudí la cabeza.

—No hay problema.

Cerré la puerta, fui directo a mi habitación y me dejé caer de cara sobre la cama.

Val y Marks habían hecho que pareciera tan fácil encontrar una solución aunque hacía más de un año que Val compartía el departamento con Sawyer. Y yo me sentía una desgraciada por estar separada de Thomas por todo un piso. Pero nuestro problema era más complicado que el hecho de vivir con un ex marido. Yo amaba a un hombre al que no podía amar y que a su vez amaba a otra persona pero que me amaba más a mí.

El amor podía irse al reverendo infierno.

A la mañana siguiente, fue un alivio no encontrarme con Thomas en el ascensor.

A medida que iban pasando las semanas, se volvió menos una preocupación y más un recuerdo.

Thomas procuraba llegar al trabajo antes que yo y quedarse hasta mucho más tarde. Las reuniones eran breves y si nos daban una tarea, Val, Sawyer y yo odiábamos volver al escritorio de Constance con las manos vacías.

El resto del Escuadrón Cinco mantenía la cabeza gacha, mirándome con mala cara cuando pensaban que yo no los veía. Los días eran largos. El solo hecho de estar en el salón del escuadrón era agotador, y rápidamente me había convertido en el supervisor menos querido de todo el edificio.

Pasaron ocho días corridos sin que me topara una sola vez con Thomas en Cutter's y después pasó otra semana más.

Anthony me había dado el número de un amigo que conocía a alguien que trasladaba vehículos de un lado a otro del país, y cuando llamé y mencioné el nombre de Anthony, el preció bajó a la mitad.

Para mayo, mi Camry ya había llegado y pude explorar un poco más San Diego. Val y yo fuimos al Zoológico y empecé a visitar sistemáticamente todas las playas, siempre sola. Se volvió mi actividad preferida.

No me llevó mucho tiempo enamorarme de la cuidad y me pregunté si eso de enamorarme rápido no estaba empezando a volverse en mí una costumbre. Esa posibilidad quedó invalidada después de varias salidas con Val, cuando empecé a darme cuenta de que cada interacción con algún hombre lo único que hacía era recordarme cuánto extrañaba a Thomas.

Una noche de sábado, calurosa y pegajosa, entré al estacionamiento del Kansas City Barbeque y guardé las llaves en mi cartera. Incluso con un ligero vestido de verano podía sentir el sudor goteándome debajo de los pechos hasta mi estómago. Era un calor que sólo el mar o una piscina podían aliviar.

Tenía la piel transpirada y me había recogido el cabello en un chongo arriba de la cabeza. La humedad me recordaba la isla, y necesitaba distraerme.

Cuando abrí la puerta, me quedé paralizada. Lo primero que vi delante de mis ojos fue a Thomas parado enfrente del blanco de los dardos con una rubia a la que sujetaba de un brazo mientras con la otra mano la ayudaba a apuntar.

En cuanto nuestros ojos se encontraron, di media vuelta y caminé rápidamente hacia mi auto. No tenía sentido correr con tacones. Antes de que hubiese podido cruzar el patio, alguien dio vuelta en la esquina y me choqué contra él, trastabillando.

Casi doy contra el suelo, un par de manos grandes me recogieron.

—¿Cuál es el apuro? —dijo Marks, soltándome una vez que recuperé el equilibrio.

—Disculpa. Justo acababa de llegar para cenar.

—Oh —dijo con una sonrisa advertida—. Viste a Maddox ahí adentro.

—Eh… puedo buscar otro lugar.

—¿Liis? —llamó Thomas desde la puerta.

—No quiere comer aquí porque estás tú —gritó Marks, tomándome del hombro.

Todos los que estaban cenando en el patio se dieron vuelta para mirarme.

Empujé la mano de Marks, sacándomela de encima y alcé el mentón.

—Vete al diablo.

Fui hasta mi auto.

Marks me gritó:

—¡Has estado viendo demasiado a Val!

No me di vuelta. Metí la mano en mi cartera para sacar las llaves y apreté el botón para abrir el auto.

Antes de que pudiera abrir la puerta sentí de nuevo un par de manos sobre mis hombros.

—Liss —dijo Thomas, jadeando por la corrida a través del estacionamiento.

—Es sólo una amiga. Trabajaba para Polanski en el puesto que tiene ahora Constance cuando él era el SEC.

Sacudí la cabeza.

—No tienes nada que explicarme.

Metió las manos en los bolsillos.

—Sí, tengo. Estás molesta.

—No porque quiera. —Alcé los ojos hacia él—. Ya lo resolveré. Hasta entonces, lo de evitarnos me está dando buenos resultados.

Thomas asintió una vez.

—Lo siento. Lo último que querría es molestarte. Estás... espléndida. ¿Ibas a encontrarte con alguien?

Puse cara.

—No, no voy a encontrarme con nadie. No estoy saliendo con nadie. No es lo mío —repliqué—. No es que pretenda que tú no lo hagas —dije señalando hacia el restaurante.

Ya empezaba a sentarme en el asiento del conductor, pero Thomas me sujetó suavemente el brazo.

—No es una cita —dijo—. Sólo la estaba ayudando con los dardos. Su novio está ahí.

Lo miré, con desconfianza.

—Genial. Tengo que irme. No he comido.

—Come aquí —dijo, con una pequeña sonrisa esperanzada—. Puedo enseñarte a jugar.

—No me gusta ser una de muchas. Gracias.

—No lo eres. Nunca lo has sido.

—No, sólo de dos.

—Lo creas o no, Liis… has sido la única. Nunca ha habido otra más que tú.

Suspiré.

—Lo siento. No debería haber sacado el tema. Nos vemos el lunes en el trabajo. Tenemos una reunión temprano.

—Sí —dijo, dando un paso atrás.

Me senté en el auto y le di arranque con toda mi fuerza. El Camry lanzó un quejumbroso gruñido y después retrocedí y me fui, dejando a Thomas solo en el estacionamiento.

En el primer *drive-in* que vi abierto, entré y esperé en la cola. Una vez que recibí mi hamburguesa y mi porción pequeña de papas fritas, conduje el resto del camino hasta mi casa.

Tomé mi bolsa de comida, ya medio hecha un bollo, cerré la puerta del auto y después caminé hasta las puertas de mi edificio, con la sensación de que mi brillante plan para distraerme no habría podido resultar un mayor fracaso.

—¡Hey! —me gritó Val desde el otro lado de la calle.

La miré y ella me hizo señas con la mano.

—¡Eres una perra caliente! ¡Ven conmigo a Cutter's!

Alcé la bolsa.

—¿La cena? —gritó.

—¡Algo así! —le respondí, también con un grito.

—¿De Fuzzy's?

—¡No!

—Genial —gritó—. ¡Un poco de alcohol te será más gratificante!

Suspiré y después miré a ambos lados antes de cruzar la calle. Val me abrazó y luego su sonrisa desapareció cuando notó mi expresión.

—¿Qué pasa?

—Fui a Kansas City Barbeque. Thomas estaba ahí con una rubia muy alta y bonita.

Val frunció los labios.

—Tú eres mucho más bonita que ella. Todos saben que ella es una perra mugrienta.

—¿La conoces? —pregunté—. Es la asistente de Polanski.

—Oh —dijo Val—. No, Allie es superdulce, pero vamos a hacer de cuenta que es una perra mugrienta.

—¿*Allie*? —chillé, exhalando todo el aire como si me hubiesen dado un puñetazo en el estómago. El nombre sonaba exactamente como el de la chica perfecta de la que Thomas podía enamorarse—. Mátame ya mismo.

Me tomó del brazo.

—Estoy juntando bronca. Si quieres puedo hacerlo.

Apoyé mi cabeza en su hombro.

—Eres una buena amiga.

—Lo sé —dijo Val, guiándome hacia Cutter's.

Capítulo 23

Me obligué a sonreírle al agente Trevino al detener el auto en el puesto de entrada y después conduje mi Camry hasta la playa de estacionamiento. Ya estaba de mal humor por el fin de semana, y el hecho de que fuese lunes no alivianaba las cosas.

Thomas tenía razón. Detestaba manejar en la autopista y eso también me irritaba. Encontré un lugar para estacionar y metí el auto. Después, tomé mi cartera y mi maletín de cuero. Al abrir la puerta, me topé al bajar con el agente Grove, que estaba luchando por salir de su sedán azul.

—Buen día —dije.

Él se limitó a hacer un gesto con la cabeza y nos dirigimos a los ascensores. Apreté el botón, tratando de que no se diera cuenta de que me ponía nerviosa tenerlo parado detrás de mí.

Tosió en su mano y usé esa excusa para mirar hacia atrás.

Mi sedosa cola de caballo azotó contra mi hombro al darme vuelta.

—Los resfríos de verano son los peores.

—Alergia —gruñó casi para sí mismo.

Se abrió la puerta del ascensor y subí, seguido luego por él. Su camisa celeste y su corbata demasiado pequeña hacían que su expansivo abdomen pareciera todavía más pronunciado.

—¿Cómo van las entrevistas? —pregunté.

Hasta su bigote se contrajo.

—Es un poco temprano para gastar energía en charlas, agente Lindy.

Alcé las cejas y después miré hacia adelante. Llegamos al séptimo piso y bajé del ascensor. Me di vuelta para despedirme y él se quedó mirándome hasta que las puertas se cerraron.

Val se topó conmigo justo cuando estaba llegando a las puertas de seguridad.

—Abre la puerta, abre la puerta, abre...

—No hemos terminado —dijo Marks con la mueca de una sonrisa.

Val de inmediato puso su mejor sonrisa y se dio vuelta.

—Por el momento, sí.

—No —dijo Marks, haciendo brillar sus ojos azules.

Abrí la puerta. Val dio un paso hacia atrás.

—Para mí sí... así que sí. —Cuando la puerta se cerró en la cara de Marks, se dio vuelta y me apretó el brazo—. Gracias.

—¿Qué fue eso?

Val alzó los ojos hacia arriba y suspiró molesta.

—Todavía quiere que me mude a su departamento.

—Bueno... a mí tampoco me gustaría que mi novio viva con su esposa.

—Marks no es mi novio y Sawyer no es mi esposo.

—Tu estatus con Marks es discutible, pero no hay duda de que todavía estás casada con Sawyer. ¿No ha firmado los papeles aún?

Doblamos hacia nuestra oficina y Val cerró la puerta antes de dejarse caer en el sillón.

—¡No! Una noche volvió de Cutter's diciendo que lo de Davies había sido un error...

—Espera... ¿la agente Davies?

—Sí.

—Pero tú...

Val arrugó la nariz y cuando se dio cuenta a qué me refería, se paró de un salto.

—¡No! ¡Qué asco! Incluso si fuese lesbiana, preferiría una un poco menos pintarrajeada. La agente Davies parece una perdedora de una competencia Cher con toda esa —hizo un gesto circular alrededor de su rostro— cosa en la cara.

—Así que cuando dijiste que los conocías muy bien a Sawyer y a Davies te referías a que él te había engañado con ella.

—Sí —dijo todavía con cara de asco. Volvió a sentarse en el sillón, bien en el borde y recostándose en el respaldo.

—Si le dices eso a cualquier otra persona, tendrías que explicarte un poco.

Val se quedó pensando y después cerró los ojos y dejó caer los hombros.

—Mierda.

—¿No vas a perdonar a Sawyer? —pregunté.

—Dios, no.

—¿Qué te retiene ahí, Val? Sé que es tu departamento, pero eso no puede ser todo.

Levantó los brazos y luego los dejó caer sobre los muslos.

—Eso es todo.

—Mentira.

—Bueno —dijo sentándose derecha y cruzándose de brazos—, mira ahora quién está puliendo su arte.

—Es más sentido común que otra cosa —dije—. Pero si vas a ser una mala amiga, adiós. Tengo trabajo que hacer. —Revolví unos papeles, simulando no estar más interesada.

—No se lo puedo perdonar —dijo en voz muy baja—. He tratado. Podría haberle perdonado cualquier otra cosa.

—¿De veras?

Ella asintió.

—¿Se lo has dicho?

Empezó a comerse las uñas.

—Bastante.

—Tienes que decírselo, Val. Él todavía cree que tiene una oportunidad.

—Estoy saliendo con Marks. ¿Sawyer todavía cree que estoy enganchada con él?

—Estás *casada* con él.

Val suspiró.

—Tienes razón. Es hora. Pero te advierto, si bajo el martillo y él no se mueve, podrías tener una nueva compañera de cuarto.

Me encogí de hombros.

—Te ayudaré a empacar.

Val se fue con una sonrisa y yo abrí mi laptop, metí la contraseña y empecé a revisar mis correos. Tres de Constance marcados como *Urgente* llamaron primero mi atención.

Llevé el mouse al primero de los tres y cliqueé.

AGENTE LINDY:

EL SEC MADDOX SOLICITA UNA REUNIÓN A LAS 10:00.

POR FAVOR, DESPEJE SU AGENDA Y TRAIGA CONSIGO EL EXPEDIENTE DEL CASO.

CONSTANCE

Abrí el segundo.

AGENTE LINDY:

EL SEC MADDOX SOLICITA QUE LA REUNIÓN SE ADELANTE A LAS 09:00.

POR FAVOR, NO SE DEMORE Y TRAIGA
CONSIGO EL EXPEDIENTE DEL CASO.

CONSTANCE

Abrí el tercero.

AGENTE LINDY:

EL SEC MADDOX INSISTE EN QUE SE
PRESENTE EN SU OFICINA EN CUANTO LEA
ESTE CORREO. POR FAVOR, TRAIGA
CONSIGO EL EXPEDIENTE DEL CASO.

CONSTANCE

Miré mi reloj. Eran apenas las ocho. Agarré el mouse y abrí los documentos recientes para imprimir toda la información de inteligencia que había acumulado. Tomé la carpeta con el expediente, saqué las hojas impresas de la impresora y corrí por el pasillo.

—Hola, Constance —dije casi sin aliento.

Constance alzó la vista y sonrió, batiendo sus largas pestañas negras.

—La está esperando.

—Gracias —dije suspirando, al pasar junto a ella.

Thomas estaba de espaldas a la puerta, observando la vista espectacular que gozaba desde su oficina, ubicada en una de las esquinas del edificio.

—Agente Maddox —dije, tratando de que no se me notaran los nervios—. Disculpe la demora, acabo de ver el correo... Los correos. Traje el expediente del caso. Tengo algunos datos más…

—Tome asiento, Lindy.

Parpadeé un par de veces desorientada y después le hice caso. Los tres misteriosos portarretratos con fotos todavía estaban en su escritorio, pero el portarretratos del medio estaba colocado boca abajo.

—No puedo hacerlos esperar más —dijo Thomas—. La oficina del inspector general quiere un arresto.

—¿Travis?

Thomas se dio media vuelta. Estaba ojeroso y parecía haber perdido peso.

—No, no… Grove. Travis comenzará pronto su entrenamiento. Si Grove oye que Benny o Tarou mencionan a Travis… bueno, estaremos fritos.

—Constance enviará todo lo que tiene a la oficina del fiscal general. Van a simular un robo armado en la estación de servicio que frecuenta Grove. Le dispararán. Testigos oculares atestiguarán que resultó muerto. Entonces Tarou y Benny creerán que tuvieron mala suerte en vez de hacer las maletas y destruir evidencia, porque Grove fue arrestado y todas las puntas llevan a su actividad delictiva.

—Suena perfecto, señor.

Thomas contrajo el rostro por mi fría respuesta y después tomó asiento detrás del escritorio. Permanecimos en un incómodo silencio durante unos diez segundos interminables y después Thomas hizo un gesto casi imperceptible en dirección a la puerta.

—Gracias, agente Lindy. Eso es todo.

Asentí y me paré. Fui hasta la puerta, pero no pude irme. En contra de lo que me decía la razón, me di vuelta. Mi mano libre se había cerrado en un puño y la otra aferraba con fuerza la carpeta de los expedientes para que no se me cayera.

Thomas leía la primera hoja de una pila de documentos, con un resaltador en una mano y el capuchón en la otra.

—¿Se está cuidando, señor?

Thomas se quedó con la cara en blanco.

—¿Si me estoy qué…?

—Cuidando. Se ve cansado.

—Estoy bien, Lindy. Eso es todo.

Apreté fuerte los dientes y di un paso al frente.

—Porque si necesita hablar…

Thomas dejó caer las manos sobre el escritorio.

—No necesito hablar, y aunque lo necesitara, tú serías la última persona con quien hablaría.

Asentí una vez.

—Lo siento, señor.

—*Deja*… de llamarme así —dijo, bajando la voz al final de la frase.

Llevé las manos a mi regazo.

—Siento que ya no es adecuado llamarte Thomas.

—Agente Maddox o Maddox está bien. —Bajó la vista a la hoja que estaba leyendo—. Ahora, por favor… retírate, Lindy.

—¿Para qué me llamaste si no querías verme? Podrías haberle pedido a Constance que se encargara de esto.

—Porque cada tanto, Liis, necesito verte la cara. Necesito oír tu voz. Algunos días son más difíciles que otros.

Tragué y después me acerqué a su escritorio. Thomas juntó coraje para lo que podría llegar a decirle.

—No hagas eso —dije—. No me hagas sentir culpable. Traté de no… Eso es exactamente lo que no quería.

—Lo sé y acepto toda la responsabilidad.

—Esto no es culpa mía.

—Es lo que acabo de decir —dijo, con voz de exhausto.

—Prácticamente te lo buscaste. Querías que tus sentimientos por mí reemplazaran lo que sentías por Camille. Necesitabas a alguien más cercano a quien culpar, porque no podías culparla a ella. Tienes que llevarte bien con ella porque ella será parte de tu familia, y yo no soy más que alguien con quien trabajas… Alguien que sabías que no estaría aquí para siempre.

Thomas parecía estar demasiado agotado emocionalmente como para discutir.

—Por todos los cielos, Liis, ¿realmente crees que planeé todo esto? ¿Cuántas veces tengo que decírtelo? Lo que sentí por ti, lo que todavía siento por ti hace que mis sentimientos por Camille sean insignificantes.

Me cubrí el rostro.

—Siento que parezco un disco rayado.

—Y lo eres.

—¿Crees que esto es fácil para mí?

—Sin duda alguna eso es lo que parece.

—Bueno, no lo es. Pensé... No es que ahora importe, pero ese fin de semana tenía la esperanza de poder cambiar. Pensé, para dos personas heridas, que si estábamos lo suficientemente comprometidos, si sentíamos lo suficiente, que entonces lo lograríamos.

—No estamos heridos. Somos cicatrices gemelas.

Me quedé paralizada.

—Que si entrábamos en un territorio desconocido, que para mí es todo, podríamos ajustar variables. —Sentía que las lágrimas me quemaban los ojos—. Si yo iba a entregarte mi futuro, necesitaba que dejaras tu pasado. —Tomé el portarretratos que estaba boca abajo y se lo puse en la cara, obligándolo a que lo mirara.

Sus ojos se apartaron de mí, y cuando se posaron en la fotografía por debajo del vidrio, uno de los costados de su boca no pudo evitar sonreír.

Furiosa, di vuelta el cuadro y entonces me quedé con la boca abierta. Thomas y yo estábamos juntos en el portarretratos, una foto en blanco y negro, la que nos había sacado Falyn en St. Thomas. Él me apretaba fuerte contra su cuerpo, mientras me daba un beso en la mejilla, y yo sonreía como si todo fuese real y fuese a durar para siempre.

Levanté el otro portarretratos y lo miré. Era una foto de los cinco hermanos Maddox. Tomé la última y vi a sus padres.

—La amé primero —dijo Thomas—. Pero tú, Liis… eres la última mujer que amaré en mi vida.

Me quedé ahí parada, muda, y después fui hasta la puerta.

—¿Me puedes… devolver mis fotos? —preguntó.

Recién entonces me di cuenta de que había dejado el expediente sobre su escritorio y en su lugar me había ido con los portarretratos en las manos. Fui lentamente hasta donde él estaba. Thomas extendió la mano y le devolví las fotos.

—Le daré esto a Constance —dije, y recogí el expediente, sintiéndome completamente desorientada.

—Liis —me llamó antes de que me fuera.

En cuanto traspasé la puerta, prácticamente le aventé los expedientes a Constance.

—Que tenga un buen día, agente Lindy —dijo, y su voz resonó por todo el salón del escuadrón.

Me retiré a mi oficina y me senté en mi sillón, apoyando la cabeza sobre las manos. Segundos más tarde, Val entró como un torbellino. Marks vino detrás de ella y cerró la puerta de un golpe una vez que estuvo adentro.

Alcé la vista.

Val lo señaló.

—¡Basta! ¡No puedes perseguirme por todo el edificio!

—Dejaré de seguirte cuando empieces a darme respuestas coherentes —gritó.

—¿Qué diablos le pasa a todo el mundo hoy? ¿Toda la oficina se ha vuelto loca? —dije a los gritos.

—¡Ya te he dado una respuesta! —dijo Val, ignorándome—. ¡Te dije que voy a hablar con él esta noche!

Sawyer metió la cabeza, al tiempo que llamaba a la puerta.

—¿Jefe?

—¡Largo! —gritamos Marks, Val y yo al unísono.

—¡De acuerdo! —dijo Sawyer, sacando la cabeza.

—¿Y después qué? —preguntó Marks.

—Si él no se va, me iré yo —dijo Val, como si le hubiesen sacado las palabras a la fuerza.

—Gracias al cielo —gritó Marks a una audiencia invisible, señalando con todos los dedos en dirección a Val—. ¡Por fin, una respuesta concreta!

Thomas entró de golpe. ¿Qué demonios está pasando aquí? Volví a cubrirme la cara.

—¿Estás bien, Liis? ¿Qué le pasa, Val? ¿Está bien? —preguntó Thomas.

Marks habló primero.

—Lo siento, señor. ¿Estás… bien, Lindy?

—¡Estoy bien! —grité—. ¡Lo único que necesito es que todos, salgan de mi oficina!

Los tres se quedaron congelados, mirándome fijo y sin entender qué me pasaba.

—¡Salgan!

Val y Marks salieron primero y después, con un poco de vacilación, Thomas me dejó sola, cerrando la puerta al salir.

El resto del Escuadrón Cinco tenía los ojos fijos en mí. Fui hasta la pared de vidrio, les mostré a todos mis dos dedos medios, solté un par de palabrotas en japonés y después cerré las persianas.

Capítulo 24

Reacomodé mi celular para que encajara mejor entre mi mejilla y mi hombro, mientras trataba de cocinar.

—Espera, ma, un segundo —dije, decidida finalmente a poner el celular en la plancha.

—Sabes que odio hablar por el altavoz —se oyó su voz, entremezclándose con los aromas de las especias en el aire—. Liis, sácame del altavoz.

—Estoy sola aquí en casa, ma. No hay nadie que te pueda oír. Necesito las dos manos libres.

—Al menos te estás cocinando algo en vez de comer ese veneno procesado toda las noches. ¿Has ganado algo de peso?

—En realidad, perdí algunos kilos —dije, sonriendo aunque ella no pudiera verme.

—Espero que no demasiados —refunfuñó del otro lado del teléfono.

Reí.

—Mamá, nunca estás conforme.

—Es que te extraño. ¿Cuándo vendrás a casa? No vas a esperar hasta las fiestas, ¿verdad? ¿Qué estás cocinando? ¿Algo bueno?

Agregué un poco de brócoli, zanahorias y agua al aceite de canola caliente y después revolví todo en la sartén mientras se salteaba.

—Yo también te extraño. No sé. Miraré mi agenda. Pollo con verduras salteadas y eso, espero, va a ser maravilloso.

—¿Mezclaste la salsa? Tienes que mezclar la salsa primero, ya sabes, dejar que los sabores se fusionen y que respire.

—Sí, ma. Está en la plancha al lado mío.

—¿Le agregaste algo más? Como yo la preparo, sin nada más, está perfecta.

Reí hacia adentro.

—No, ma. Está tal cual la haces tú.

—¿Por qué estás comiendo tan tarde?

—Aquí es la hora de la Costa Oeste.

—Igual, son las nueve ahí. No deberías comer tan tarde.

—Trabajo hasta tarde —dije con una sonrisa.

—No te están haciendo trabajar mucho en la oficina, ¿verdad?

—Yo me estoy haciendo trabajar mucho. Lo prefiero. Ya lo sabes.

—No andas por ahí caminando sola de noche, espero.

—¡Sí! —le dije para molestarla—. Y ahora estoy sólo en ropa interior.

—¡Liss! —me dijo, en tono de reprimenda.

Me reí en voz alta y fue una sensación agradable. Sentí como si hiciera años que no reía.

—¿Liis? —dijo con tono de preocupación.

—Aquí estoy.

—¿Sientes un poco de nostalgia?

—Sólo los extraño a ustedes. Saluda a papá de mi parte.

—¡Patrick! ¡Patrick! Liis te manda saludos.

Podía oír la voz de mi padre desde algún lugar del cuarto.

—¡Hola, bebé! ¡Te extraño! ¡Pórtate bien!

—Empezó con las píldoras de aceite de pescado esta semana. Le da energía —dijo.

Oí un segundo que lo retaba y volví a reírme.

—Los extraño mucho a los dos. Adiós, ma.

Apreté el botón de terminar con mi meñique, y después agregué el pollo y la calabaza. Justo antes de agregar las chauchas y la salsa, alguien llamó a la puerta. Esperé unos segundos, creyendo que había sido mi imaginación, pero volví a oír los golpes, esta vez más fuerte.

—Oh, no, maldición —me dije a mí misma, bajando lo más posible el fuego.

Me limpié las manos con un trapo y fui corriendo hasta la puerta. Espié por la mirilla y después me apresuré a abrir la cadena y la traba, descorriéndola como una enloquecida.

—Thomas —murmuré, sin poder disimular mi total sorpresa.

Ahí estaba él parado, con una camiseta blanca lisa y joggings. Ni siquiera se había tomado el tiempo para calzarse, a juzgar por los pies descalzos.

Empezó a hablar pero luego se arrepintió.

—¿Qué haces aquí?

—Qué bien huele —dijo, olfateando.

—Sí. —Me volví hacia la cocina—. Un salteado de pollo y verdura. Hice un montón, si estás con hambre.

—¿Estás sola? —preguntó, echando un vistazo más allá de mí.

Largué una risa entrecortada.

—Por supuesto que estoy sola. ¿Quién más podría estar?

Se quedó mirándome unos segundos.

—Tienes puesta mi sudadera.

Bajé los ojos.

—Oh. ¿Quieres que te lo devuelva?

Meneó la cabeza.

—No, para nada. Sólo que no sabía que todavía lo usabas.

—Lo uso un montón. Me hace sentir bien a veces.

—Yo… eh… necesitaba hablarte. En la oficina todos hablan de tu exabrupto.

—¿Sólo mío? Yo soy la que se deja llevar por sus emociones, porque soy mujer. Típico —masculló.

—Liis, hablaste en japonés en la oficina. Todos saben.

Me quedé muda.

—Lo siento. Estaba molesta y… maldición.

—El AEC dio luz verde para avanzar con el plan de quitar a Grove del medio.

—Bien —dije, sujetándome el vientre. Me sentí vulnerable.

—Pero no lo encuentran.

—¿Qué? ¿Y Sawyer? Pensé que era el maestro de la vigilancia. ¿No seguía cada uno de sus pasos?

—Sawyer anda por ahí en la calle ahora, buscándolo. No te preocupes. Lo encontrará. ¿Quieres… quieres que me quede contigo?

Lo miré. Su expresión me suplicaba que dijera que sí. Yo quería que se quedara, pero eso sólo significaría largas conversaciones que terminarían en discusiones, y los dos estábamos cansados de las peleas.

Sacudí la cabeza.

—No, estaré bien.

La piel alrededor de sus ojos se ablandó. Di un paso al frente y estiró los brazos, tomándome de las dos mejillas. Me miró a los ojos, dejando entrever su conflicto interior arremolinándose en esos lagos gemelos color verde miel.

—Maldición —dijo. Se inclinó hacia adelante y apoyó sus labios contra los míos.

Dejé caer el trapo estiré los brazos para sujetar su camiseta con las manos, pero él no tenía ningún apuro en irse. Se tomó su tiempo para saborearme, sintiendo el calor de nuestras bocas, mientras se derretían juntas. Sus labios eran seguros y dominantes pero cedieron en cuanto apreté mi boca contra ellos. Justo cuando pensé que podía irse, me tomó en sus brazos.

Thomas me besó como si hubiese extrañado mis besos por años, y a la vez me besaba como una despedida. Era deseo y tristeza e ira, entremezclados pero controlados, en un beso dulce y suave. Cuando finalmente me soltó, sentí que mi cuerpo se inclinaba hacia delante, pidiendo más.

Parpadeó un par de veces.

—Traté de controlarme. Disculpa.

Después, se fue.

—No, está bien —le dije al pasillo vacío.

Cerré la puerta y apoyé la espalda contra ella, todavía con su sabor en mis labios. Aún podía oler su presencia. Por primera vez desde que me había mudado, no sentí que mi departamento fuese el santuario o la representación de mi independencia. Sólo se sentía vacío y solitario. El salteado de pollo y verdura no olía tan bien como había olido unos minutos antes. Miré a mi cuadro de las chicas de Takato, recordando que Thomas me había ayudado a colgarlas. Ni siquiera ellas podían hacer que me sintiera mejor.

Fui corriendo hasta la cocina, apagué la hornalla y tomé las llaves y mi cartera.

El ascensor parecía tardar una eternidad en llegar a mi piso y yo saltaba en el lugar sin poder contener mi impaciencia. Necesitaba salir del edificio, salir de debajo del departamento de Thomas. Necesitaba estar sentada enfrente de Anthony con un Manhattan en las manos, olvidándome de Grove, de Thomas y lo que no me había permitido tener.

Miré hacia los dos lados y crucé la calle a zancadas, pero justo cuando llegué a la vereda, una mano grande me tomó del brazo, obligándome a detenerme.

—¿Adónde demonios vas? —preguntó Thomas.

Saqué el brazo de un tirón y lo aparté con un empujón. Él apenas se movió, pero aun así me cubrí la boca con la mano y me llevé las manos al pecho.

—¡Oh, Dios! ¡Disculpa! Fue un reflejo.

Thomas frunció el entrecejo.

—No puedes andar así sola por la calle justo ahora, Liis, no hasta que ubiquemos a Grove.

Una pareja estaba parada a unos metros en la esquina, esperando que cambiara el semáforo. Aparte de ellos, no había nadie más en la calle.

Suspiré, aliviada, con el corazón todavía latiendo a toda velocidad.

—Y tú no puedes ir así por la vida agarrando a la gente. Tienes suerte de no haber terminado como el borracho de Joe.

La sonrisa de Thomas cubrió lentamente su rostro.

—Lo siento. Oí un portazo en tu departamento y me preocupé de que corrieras el riesgo de salir a la calle por mi culpa.

—Es posible —dije, avergonzada.

Thomas juntó coraje, ya dolido por lo que estaba por decir.

—No estoy tratando de que te sientas una desgraciada. Supongo que piensas que tendría que bastarme con hacerme sentir así yo mismo.

Sentí que la expresión en mi rostro se desmoronaba.

—No quiero que te sientas un desgraciado. Pero eso es lo que esto es, una desgracia.

Entonces, estiró la mano para tocarme.

—Volvamos. Podemos charlar de esto toda la noche, si quieres. Te lo explicaré tantas veces como quieras. Podemos poner algunas reglas. Presioné demasiado. Ahora me doy cuenta. Podemos ir más despacio. Podemos llegar a un acuerdo.

Nunca había querido algo tanto en toda mi vida.

—No.

—¿No? —dijo, devastado—. ¿Por qué?

Mis ojos quedaron en blanco y bajé la vista, haciendo que las lágrimas rodaran por mis mejillas.

—Porque lo deseo tanto que me asusta mucho.

Esa rápida explosión de emoción me sorprendió pero desató algo en Thomas.

—Amor, mírame —dijo, usando el pulgar para levantarme suavemente la barbilla hasta que nuestros ojos se encontraron—. No puede ser peor juntos de lo que es estando separados.

—Pero estamos en un callejón sin salida. Tenemos la misma discusión una y otra vez.

Thomas meneó la cabeza.

—Estás tratando de olvidar a Camille —pensé en voz alta—, y puede llevar un tiempo, pero es posible, y nadie consigue todo lo que quiere, ¿verdad?

—No se trata de que te quiera, Liis. Te necesito. Eso no desaparece.

Me tomó de la camisa y apoyó su frente en la mía. Olía tan bien, tan limpio y perfumado. El simple roce de sus dedos en mi ropa hacía que quisiera derretirme en él.

Lo miré a los ojos, incapaz de responder.

—¿Quieres que diga que ya la he olvidado? La he olvidado —dijo, su voz volviéndose más desesperada con cada palabra.

Sacudí la cabeza, mirando hacia la calle oscura.

—No quiero sólo que lo digas. Quiero que sea verdad.

—Liss. —Esperó hasta que alcé la vista hacia él—. Por favor, créeme. Amé a alguien alguna vez, pero nunca he amado a nadie de la manera en que te amo a ti.

Me hundí en su cuerpo, dejando que me envolviera con sus brazos. Me permití abandonarme, dar el control a las fuerzas misteriosas que nos habían llevado hasta ese lugar. Tenía dos opciones. Podía alejarme de Thomas y soportar el dolor que sentía cada día por estar lejos de él. O podía correr un riesgo enorme basándome sólo en la fe, sin predicciones, sin cálculos ni certezas.

Thomas me amaba. Me necesitaba. Tal vez no fuese la primera mujer que hubiese amado, y quizás el amor que un Maddox sentía durara para siempre, pero yo también lo necesitaba. Yo no era la primera, pero sería la última. Eso no hacía de mí un segundo premio. Me hacía suya para siempre.

Un fuerte estallido reverberó del otro lado de la calle. De los ladrillos detrás de mí saltaron mil astillas en todas direcciones.

Me di vuelta, alcé la vista y vi una pequeña nube de polvo flotando en el aire sobre mi hombro izquierdo y un agujero en la pared.

—¿Qué diablos? —preguntó Thomas. Sus ojos recorrieron todas las ventanas que estaban encima de nosotros y después se detuvieron en la calle vacía entre nosotros y nuestro edificio.

Grove cruzaba la calle con el brazo extendido delante de él, sujetando una pistola del FBI en su mano temblorosa. Thomas se puso de costado en una postura defensiva, cubriendo mi cuerpo con el suyo.

Le clavó una mirada fulminante a nuestro atacante.

—Pon el arma en el suelo, Grove, y saldrás con vida.

Grove se detuvo a sólo unos veinte metros y un auto estacionado en paralelo entre nosotros.

—Te vi salir corriendo del edificio para alcanzar a la agente Lindy, descalzo. Dudo de que te hayas acordado de tomar tu arma. ¿Te la metiste en los shorts antes de salir?

Para ser un petiso rechoncho y de aspecto grasiento, era horriblemente altanero.

Los bigotes de Grove se contraían de nervios, y él sonreía, revelando unos dientes ya bastante podridos. Era verdad. El mal carcomía a la gente por dentro.

—Me delataste, Lindy —gritó Grove, con desprecio.

—Fui yo —dijo Thomas, doblando lentamente los codos para alzar las manos—. Yo la traje porque desconfiaba de tus informes de inteligencia.

Dos hombres doblaron en la esquina y se quedaron paralizados.

—¡Oh, maldición! —dijo uno de ellos, antes de que dieran la vuelta y huyeran corriendo por donde habían venido.

Lentamente metí la mano en mi cartera, usando el cuerpo de Thomas para ocultar mi movimiento.

El arma de Grove se disparó y Thomas se sacudió. Bajó los ojos y se llevó la mano a la parte inferior derecha de su abdomen.

—¿Thomas? —grité.

Él lanzó un quejido, pero se negó a apartarse.

—No podrás escapar de ésta —dijo Thomas, con voz de dolor—. Esos tipos están llamando a la Policía ahora mismo. Pero puedes pasarte de bando, Grove. Danos la información que tienes sobre Yazuka.

Los ojos de Grove quedaron en blanco.

—De todas maneras ya soy un hombre muerto. Perra estúpida —dijo, volviendo a apuntar el arma.

Alcé la mano, entre el brazo de Thomas y su torso, y disparé. Grove cayó de rodillas y un círculo rojo oscureció el bolsillo de su camisa blanca. Cayó de costado, y después Thomas giró, gimiendo de dolor.

—¡Déjame ver cómo es de grave! —le dije, levantándole la camiseta.

Manaba sangre de la herida, vertiendo un líquido de color carmesí oscuro con cada latido de su corazón.

—Maldición —dijo Thomas entre dientes.

Me puse el arma en la cintura, mientras Thomas se quitaba la camiseta. La enrolló y la presionó contra la herida.

—Deberías recostarte. Detendrá un poco la hemorragia —dije, mientras marcaba 911 en mi celular.

Los mismos dos hombres de antes espiaron por la esquina, y una vez que vieron que no corrían peligro, salieron de su escondite.

—¿Está bien? —preguntó uno de los dos—. Llamamos a la Policía. Vienen en camino.

Colgué.

—Ya llamaron. Están viniendo.

Como si me hubiesen oído, se escucharon las sirenas a unas pocas cuadras de distancia.

Le sonreí a Thomas.

—Vas a estar bien, ¿sí?

—Demonios, sí —dijo, esforzándose por hablar—. Al fin te recuperé. Una bala no va a arruinar esto.

—Toma esto —dijo el otro hombre, quitándose la camiseta—. Podrías entrar en shock.

Thomas dio un paso, estirándose para tomar la camiseta, y desde el rabillo del ojo vi a Grove alzar la pistola, apuntándola directamente a mí.

—¡Maldición! —gritó uno de los tipos.

Antes de que tuviese tiempo de reaccionar, Thomas saltó y se puso delante de mí, escudándome con su cuerpo. Estábamos uno enfrente del otro cuando sonó el disparo y Thomas volvió a sacudirse.

—¡Cayó de nuevo al suelo! Creo que está muerto —dijo uno de los hombres, señalando a Grove.

Me di vuelta y vi a los dos tipos acercarse cuidadosamente a Grove. Uno de ellos apartó el arma de un puntapié.

—¡No respira!

Thomas cayó de rodillas, completamente pálido, y después se derrumbó de costado. Se oyó un fuerte golpe al dar con la cabeza contra la vereda.

—¡Thomas! —grité—. ¡Thomas! —Las lágrimas que brotaban de mis ojos me empañaban la visión.

Lo palpé para revisarlo. Tenía una herida de bala en la parte inferior de la espalda, a unos centímetros de la columna vertebral. Por el agujero manaba sangre que se derramaba sobre la vereda.

Thomas susurró algo y me incliné para oírlo.

—¿Qué?

—La herida de salida —susurró.

Lo di vuelta para mirarlo de frente. Tenía heridas de bala que coincidían con las de la espalda. Una a cada lado en la parte inferior del abdomen. Una del lado derecho del primer disparo que había hecho Grove, y la otra del lado opuesto.

—Ésta no es grave —dije—. Pasó de largo.

Me detuve. *Una herida de salida.*

Sentí una oleada de dolor quemándome la parte media del torso y bajé la vista. Una mancha roja se había esparcido por mi camisa. La bala había atravesado el cuerpo de Thomas y había penetrado en el mío. Me levanté la camisa y vi sangre que corría sin parar desde un agujero en la parte baja del tórax, a la derecha, justo debajo de las costillas.

La visión nublada no era por las lágrimas, sino por la pérdida de sangre. Me desmoroné al lado de Thomas, sin dejar de presionar su herida con una mano y la mía con la otra.

Las sirenas parecían alejarse en vez de acercarse. El barrio empezó a girar, y me derrumbé boca abajo.

—Liis —dijo Thomas, girando de espaldas para poder mirarme de frente. Tenía la piel pálida y sudorosa—. No me dejes, amor. Ya vienen.

El frío de la vereda contra la mejilla era reconfortante. Una pesadez se apoderó de mí, un agotamiento como nunca antes había sentido en mi vida.

—Te amo —susurré con las últimas fuerzas que me quedaban.

Una lágrima escapó del rabillo de mi ojo, cruzó el puente de mi nariz y después cayó sobre nuestro lecho de asfalto, mezclándose con la mancha roja que se extendía debajo de nuestros cuerpos.

Thomas soltó la camiseta, estiró la mano, casi sin fuerzas, para tocarme, mientras sus ojos me decían "te amo".

No podía moverme, pero sí sentir sus dedos tocando los míos, y nuestras manos se entrelazaron.

Quería hablar, parpadear, hacer algo para tranquilizar sus temores, pero estaba totalmente paralizada. Podía ver el pánico en sus ojos a medida que la vida abandonaba mi cuerpo, pero no podía hacer nada.

—Liis —gritó con lágrimas en los ojos y sin fuerza.

La oscuridad fue apoderándose de las esquinas de mi visión y luego me tragó por completo. Me hundí en la nada, una soledad silenciosa donde podía descansar en una inmovilidad total.

Después, el mundo explotó —luces brillantes, órdenes, sonidos en mis oídos y pellizcos en mis manos y brazos.

Voces extrañas decían mi nombre.

Parpadeé un par de veces.

—¿Thomas? —Mi voz sonaba apagada por la máscara de oxígeno que me tapaba la nariz y la boca.

—¡Volvió en sí! —dijo una mujer, parada arriba de mí.

Mi lecho de asfalto era ahora un colchón firme. La habitación era blanca, haciendo que las luces encima de mí parecieran todavía más brillantes.

Oí respuestas sobre mi presión arterial, mi pulso y oxigenación pero ninguna sobre mi vecino, mi socio, el hombre que amaba.

—¿Liis? —Una mujer estaba parada al lado de mi cama, cubriéndome de la luz que me daba en los ojos. Sonreía—. Bienvenida de vuelta.

Mis labios se esforzaron por formar las palabras que quería decir.

La mujer me sacó los cabellos de la cara, todavía apretando la bolsa unida a mi máscara de oxígeno que zumbaba cerca de mi oído.

Como si pudiese leerme la mente, hizo un gesto con la cabeza señalando hacia atrás.

—Está en la sala de operaciones. Todo está perfecto. El cirujano dice que va a estar bien.

Cerré los ojos, dejando que las lágrimas me cayesen por las sienes hasta mis oídos.

—Tienes visitas que te quieren saludar en la sala de espera: Val, Charlie y Joel.

Alcé los ojos hacia ella y fruncí el entrecejo. Finalmente, me di cuenta de que Charlie y Joel eran Sawyer y Marks.

—Susan recién salió a decirles que estás estable. Pueden volver en un rato. Ahora trata de descansar.

La máscara de oxígeno desvirtuaba mis palabras.

—¿Qué? —preguntó.

—Ustedes no llaman a los familiares, ¿verdad? —dije, sorprendida de lo débil que sonaba mi propia voz.

—No, a menos que el paciente lo solicite.

Sacudí la cabeza y ella estiró la mano hasta el otro lado de la cama y me puso una máscara más liviana. Un zumbido salía del interior.

—Inhalaciones profundas —dijo, y salió de mi campo de visión, mientras ajustaba el equipo que me rodeaba—. Vas a tener que ir al piso de arriba más tarde, pero el médico primero quiere que tu estado general mejore.

Miré alrededor, sintiéndome grogui. Parpadeé un par de veces. Casi en cámara lenta. Otra vez sentí mi cuerpo muy pesado antes de perder de nuevo el conocimiento y volver luego a despertarme de golpe.

—Hey —dijo Val, parándose de la silla de un salto.

Estaba en otra habitación. Ésta tenía cuadros de ramilletes de flores en las paredes.

—¿Dónde está Thomas? —pregunté, sintiendo la garganta como si hubiese tragado vidrio.

Val sonrió e hizo un gesto con la cabeza. Miré a un costado y vi a Thomas durmiendo profundamente. Habían bajado los rieles de las dos camas y las habían juntado. La mano de Thomas reposaba sobre la mía.

—Tuvo que usar sus más altas influencias para convencerlos de que hicieran esto —dijo Val—. ¿Estás bien?

Le sonreí, pero su cara se había ensombrecido de preocupación.

—No sé todavía —dije, en un gesto de dolor.

Val tomó el botón para llamar a las enfermeras y lo apretó.

—¿Qué necesitan? —dijo una voz nasal.

Val acercó el remoto de plástico a su boca, para no tener que subir la voz.

—Está despierta.

—Le informaré a su enfermera.

Val me acarició la rodilla.

—Stephanie va a venir con tus calmantes enseguida. Se ha portado de maravilla. Creo que está enamorada de Thomas.

—¿No lo está todo el mundo? —dijo Sawyer, desde un rincón oscuro.

—Hey, Charlie —dije, usando el control remoto para levantar un poco la cama.

Él y Marks estaban sentados en extremos opuestos de la habitación.

Sawyer frunció el entrecejo.

—Ya has muerto una vez en las últimas veinticuatro horas. No hagas que te mate de nuevo.

Reí y después contuve el aliento.

—Maldición, duele. No puedo imaginarme lo que deben doler dos de éstos. Es probable que Thomas no se pueda mover cuando despierte.

Lo miré y le apreté la mano.

Entonces parpadeó.

—Buenos días, mi sol —dijo Marks.

Thomas de inmediato miró a su izquierda. Sus rasgos se ablandaron, y en su cara se dibujó una amplia sonrisa cansada.

—Hey. —Se llevó mi mano a sus labios y me besó los nudillos. Después, relajó la mejilla contra la almohada.

—Hey.

—Pensé que te había perdido.

Arrugué mi nariz.

—No.

Sawyer se paró.

—Me voy yendo. Me alegro de que los dos estén bien. Los veo en la oficina. —Se acercó hasta mí, me besó en el cabello y después se marchó.

—Hasta pronto —dije.

Val sonrió.

—Me prometió firmar los papeles.

—¿En serio? —pregunté, sorprendida.

Marks bramó indignado:

—Con la condición de que él se queda con el departamento.

Miré a Val que se encogió de hombros.

—Espero que hayas hablado en serio cuando dijiste que necesitabas a alguien con quien compartir tu departamento.

—De todos modos es por poco tiempo —dijo Marks—. La voy a convencer de que venga a vivir conmigo.

—Vete al infierno —le replicó Val. Y luego me sonrió—. Tú sólo preocúpate por ponerte bien. Yo me ocuparé de todo lo demás. El momento es ideal. Necesitarás alguien que te ayude a cocinar y limpiar.

Marks miró a Thomas.

—Estás bien jodido, amigo.

—¿Puedo mudarme yo también? —dijo Thomas en broma. Contenía el aliento, mientras se movía para acomodarse.

Val hizo un gesto hacia Marks.

—Deberíamos ir yendo. Dejémoslos que descansen.

Marks asintió, se paró y dio unos golpecitos en la barandilla de la cama a los pies de Thomas.

—Recupérate, hermano. Nosotros nos ocuparemos del fuerte.

—Temía que dijeras eso —dijo Thomas.

Marks le ofreció la mano a Val, ella se la tomó y salieron juntos hacia el pasillo.

—¿Qué sabes de Grove? —pregunté a Thomas—. ¿Tienes alguna información nueva?

Asintió.

—Marks dice que se están ocupando de eso, ateniéndose lo más posible al plan original. Un asalto con consecuencias fatales.

—¿Y qué hay de los testigos?

—También se están ocupando de eso. Benny no tiene la menor idea de que Travis muy pronto golpeará a su puerta, y Tarou sólo creerá que perdió al hombre que tenía infiltrado en el FBI. La investigación podrá continuar según lo planeado.

Asentí. Thomas frotó su pulgar contra el mío, y miró nuestras manos.

—Espero que esto esté bien —dijo.

—Está mejor que bien.

—Sabes lo que esto significa, ¿verdad? —preguntó.

Sacudí la cabeza.

—Cicatrices gemelas.

Una amplia sonrisa asomó en mi cara.

Thomas apoyó mi mano contra su mejilla y después me besó en la muñeca. Luego, bajando lentamente nuestras manos hasta el colchón, se acomodó y se relajó, asegurándose de poder verme hasta caer dormido.

Thomas me necesitaba. Me hacía feliz y me volvía loca, y tenía razón: sólo teníamos sentido juntos. Me negué a pensar qué sucedería luego, a analizar las probabilidades o la logística de una relación exitosa, a tratar de controlar si sentía demasiado. Finalmente había encontrado el amor por el que valía la pena correr el riesgo de que te rompieran el corazón.

Habíamos tenido que encontrarnos para entender que el amor no podía controlarse. Mi amor por él era volátil, incontrolable, avasallador. Pero... eso era el amor. Un amor verdadero.

Epílogo

unque hacía años que no tenía cajas a medio desempacar en cada una de las habitaciones, el caos organizado todavía me hacía sonreír. Los recuerdos de cuando me había mudado a mi primer departamento en San Diego —incluso los primeros meses volátiles— eran buenos, y me habían acompañado durante el estrés de mi formación en mi trabajo como la más nueva analista de Inteligencia en el CNCV de Quantico.

Apenas seis meses antes me había presentado para el puesto de mis sueños. Tres meses más tarde, me dieron el traslado. Ahora tenía puesta una bata y medias abrigadas, mientras desempacaba los vestidos de verano que aún habría estado usando en California. Tuve que prometerme, en cambio, no regular —de nuevo— el termostato, y me las arreglaba para no alejarme mucho del fuego, que mantenía encendido en el hogar de mi habitación.

Me desaté el cinturón de la bata, dejando que se abriera, y después levanté mi sudadera con capucha gris jaspeado del FBI para sentir la gruesa cicatriz circular que tenía en el abdomen. La herida cicatrizada siempre me recordaría a Thomas. Me ayudaba a creer que estaba cerca de él cuando él no estaba. Nuestras cicatrices gemelas eran un poco como la sensación de estar bajo el mismo cielo, pero mejor.

Oí un ruido de motor acercarse por la entrada para autos y las luces altas surcar las paredes de la habitación hasta que se apagaron. Atravesé el living y espié por las cortinas al lado de la puerta de entrada.

El vecindario estaba tranquilo. El único vehículo era el estacionado en mi entrada para autos. Casi todas las ventanas de las casas vecinas estaban oscuras. Adoraba la nueva casa y la nueva comunidad. Muchas familias jóvenes vivían en mi calle, y aunque llamaban seguido a la puerta y yo sentía que me la pasaba atendiendo a chicos de la escuela que pedían cosas para vender en las ferias, me sentía más en casa que nunca.

Una silueta oscura bajó del auto y tomó un bolso. Después volvieron a encenderse las luces altas, el auto dio marcha atrás y se fue. Me froté las manos sudorosas en mi sudadera, mientras la sombra de un hombre se acercaba al porche de mi casa. No lo esperaba tan pronto. No estaba preparada.

Subió los escalones, pero vaciló cuando llegó a la puerta.

Corrí la traba y entreabrí la puerta.

—¿Ya está?

—Ya está —dijo Thomas, exhausto.

Abrí bien grande la puerta y Thomas entró, tomándome en sus brazos. No dijo una palabra. Le costaba respirar.

Desde mi traslado, habíamos vivido cada uno en un extremo distinto del país y me había acostumbrado a extrañarlo. Pero cuando se fue junto con Travis, pocas horas después de supervisar el envío del resto de sus pertenencias a nuestro nuevo hogar en Quantico, me había preocupado. La misión no sólo había sido difícil. Los dos juntos habían allanado las oficinas de Benny Carlisi y el delito organizado en Las Vegas nunca sería el mismo.

Por la cara de Thomas, las cosas no habían salido muy bien.

—¿Ya diste el parte? —pregunté.

Asintió.

—Pero Travis se negó. Se fue directo a su casa. Estoy preocupado por él.

—Es su aniversario de boda. Llámalo mañana. Asegúrate de que lo haga.

Thomas se sentó en el sofá, apoyó los codos en sus muslos y bajó los ojos.

—Nada salió como lo habíamos planeado. —Respiraba con dificultad.

—¿Quieres hablar del asunto? —pregunté.

—No.

Esperé, sabiendo que siempre decía que no antes de empezar una historia.

—Se enteraron de lo de Travis. Benny y sus hombres lo llevaron a un escondite. Al principio, entré en pánico, pero Sawyer ubicó el lugar. Oímos mientras lo golpeaban durante por lo menos una hora.

—Cielos —dije, tocándole el hombro.

—Travis obtuvo muy buena información de inteligencia. —Rio sin una pizca de humor—. Benny le estaba dando un gran discurso y confesó todo, creyendo que Travis iba a morir.

—¿Y? —pregunté.

—El muy estúpido amenazó con matar a Abby. Empezó a detallar cómo pensaba torturarla después de matar a Travis. Fue bastante gráfico.

—Entonces Benny está muerto —dije, más como una afirmación que una pregunta.

—Sí —dijo Thomas, suspirando.

—Años de trabajo y Benny ni siquiera verá un juzgado por dentro.

Thomas frunció el entrecejo.

—Travis dijo que lo sentía mucho. Todavía tenemos mucho por hacer. Mick Abernathy tiene contactos con muchos jefes además de Benny. Podemos trabajar el caso desde ese ángulo.

Pasé suavemente los dedos por el cabello de Thomas. Él no sabía que Abby y yo teníamos un secreto. Iba a entregar al FBI toda la información que tenía sobre su padre a cambio de mantener a su esposo en casa y a salvo de los problemas. Abby había aceptado dar la información a Travis para su aniversario, quien a su vez se la entregaría a Val, que había sido ascendida a SEC en San Diego.

—Te prometí que iba a tener todo desempacado para cuando volvieras a casa —dije—. Me siento culpable.

—Está bien. Quería ayudar —dijo. Su mente estaba en otra parte—. Lamento que no hayas podido estar allí. Era tanto tu caso como el mío. —Alzó la vista y tocó la tela estirada de la sudadera con capucha que cubría mi protuberante panza, la segunda cosa no planeada que nos ocurría—. Pero me alegro de que no hayas estado.

Sonreí.

—Ya no alcanzo a ver la cicatriz.

Thomas se paró y me envolvió con sus fuertes brazos.

—Ahora que finalmente estoy aquí, puedes mirar la mía durante las próximas once semanas (días más, días menos) hasta que te puedas volver a ver la tuya.

Cruzamos, tomados de la mano, el living y Thomas me llevó hasta nuestro dormitorio. Nos sentamos juntos en la cama y nos quedamos contemplando el fuego que crepitaba en el hogar y las sombras que bailaban sobre las pilas de cajas con nuestras fotos y las chucherías de nuestra vida juntos.

—Estoy seguro de que crees que a esta altura deberíamos haber inventado un sistema más eficiente para manejar esto —dijo Thomas, con el entrecejo fruncido ante la gran cantidad de cajas aún sin desembalar.

—Simplemente no te gusta la parte de desempacar.

—A nadie le gusta desempacar, por más feliz que esté uno de mudarse.

—¿Estás feliz de mudarte? —pregunté.

—Estoy feliz de que hayas conseguido este trabajo. Te esforzaste durante mucho tiempo para lograrlo.

Alcé una ceja.

—¿Dudabas de mí?

—Ni por un segundo. Pero estaba nervioso por el puesto de SEC en D.C. Estaba empezando a preocuparme de no poder conseguir el traslado antes de que llegase el bebé, y tú no parecías muy apurada de que yo llegase.

Arrugué la nariz.

—No me encanta que tengas viajes de una hora todos los días.

Se encogió de hombros.

—Es mejor que un vuelo transcontinental. Evitaste responder la parte de que no estabas apurada de que el padre de la criatura estuviese cerca.

—El hecho de que esté aprendiendo a dejar libradas al azar algunas variables no significa que no tenga un plan maestro.

Alzó de golpe las cejas.

—¿Así que ése era el plan? ¿Que me volviera loco por extrañarte durante tres meses? ¿Que tuviera que volar de noche para llegar a cada cita con el médico? ¿Que me preocupara cada vez que sonaba el teléfono de que fueran malas noticias?

—Ahora estás aquí y todo está perfecto.

Thomas frunció el entrecejo.

—Sabía que te ibas a presentar para este puesto. Me preparé mentalmente para la mudanza. Nada podría haberme preparado para que cuatro semanas más tarde me dijeras que estabas embarazada. ¿Sabes lo que significó para mí ver a mi novia embarazada viajar sola de una punta del país a la otra? Estaba aterrado.

Largué una carcajada.

—¿Por qué no me dijiste todo esto antes?

—Estaba tratando de apoyarte en todo.

—Todo ocurrió como lo había planeado —dije con una sonrisa, increíblemente satisfecha con esa afirmación—. Conseguí el trabajo y me traje justo lo necesario para arreglarme. Tú también conseguiste el trabajo y ahora podemos desempacar juntos.

—¿Qué tal si, cuando se trata de nuestra familia, planeamos las cosas juntos?

—Cuando tratamos de hacer planes juntos, nada sucede como lo planeamos —le dije para molestarlo, mientras le daba un golpe con el codo.

Pasó su brazo alrededor de mi cuerpo y me atrajo hacia él, colocando su mano libre sobre mi panza redonda. Me abrazó un largo rato, mientras observábamos el fuego y disfrutábamos de la tranquilidad de nuestro nuevo hogar y el final de un caso en el que los dos habíamos trabajado durante casi una década.

—¿Todavía no te has dado cuenta? —dijo Thomas, tocándome el cabello con los labios—. Es en el reino de lo imprevisto donde parecen suceder los momentos más importantes y hermosos de nuestra vida.

Agradecimientos

Gracias a Kristy Weiberg, no sólo por alentarme tanto, sino también por presentarme a Amy Thomure, que está casada con el agente del FBI Andrew Thomure.

Andrew, agradezco la paciencia que demostraste cuando te hacía preguntas que probablemente debían parecerte raras, aunque en ningún momento me hiciste sentir que lo eran. ¡Gracias por tu ayuda!

Como siempre, gracias a mi increíble esposo, Jeff. No podría enumerar todo lo que haces cotidianamente para mantener la casa funcionando, para llevar a los chicos a los distintos lugares que tienen que ir —y a tiempo— encima de todo lo que haces por detrás de la escena. Eres mi salvador, y no podría mantener mis horas de trabajo sin ti.

Gracias a mis hijos por entender mis extraños horarios y por su indulgencia cuando su madre les dice por enésima vez: "No puedo, tengo que trabajar".

Gracias a Autumn Hull, de Wordsmith Publicity; Jovana Shirley, de Unforseen Editing; Sarah Hansen, de Okay Creations; y Deanna Pyles. Todas ustedes son miembros inestimables de mi equipo, y valoro el tremendo esfuerzo que hicieron para ayudarme a terminar esta novela.

A las autoras Teresa Mummert, Abbi Glines y Colleen Hoover, que me permiten desahogarme, festejar, ser locamente espontánea y hacer preguntas tontas. Son mi cable a tierra y estaría perdida en esta vida sin ustedes.

Un GRACIAS enorme a Ellie, de Love N. Books, y Megan Davis, de That's What She Said Book Review & Blog. Sin su ayuda en los últimos dos meses, no habría podido concentrarme en terminar esta novela. Gracias por hacer todo el trabajo pesado en A Beautiful Wedding Vegas Book Event, y gracias por dar siempre un paso adelante para ayudar sin vacilar.

Y por último, sin que eso implique para nada un menor reconocimiento, gracias a Danille Legasse, Jessica Landers, Kelli Spear y al fabuloso McPack por el increíble apoyo y por hacer que el mundo conozca mi trabajo.

Maravillosa liberación de Jaime McGuire
se terminó de imprimir en abril de 2017
en los talleres de
Litográfica Ingramex, S.A. de C.V.
Centeno 162-1, Col. Granjas Esmeralda, C.P. 09810
Ciudad de México.